Le goût des jeunes filles
de Dany Laferrière
est le sept cent quatre-vingt-quatrième ouvrage
publié chez
VLB ÉDITEUR.

D1469143

VLB éditeur bénéficie du soutien de la Société de développement des entreprises culturelles du Québec (SODEC) pour son programme d'édition.

Gouvernement du Québec – Programme de crédit d'impôt pour l'édition de livres – Gestion SODEC.

Nous reconnaissons l'aide financière du gouvernement du Canada par l'entremise du Programme d'aide au développement de l'industrie de l'édition (PADIÉ) pour nos activités d'édition.

Nous remercions le Conseil des Arts du Canada de l'aide accordée à notre programme de publication.

LE GOÛT DES JEUNES FILLES

DU MÊME AUTEUR

Comment faire l'amour avec un Nègre sans se fatiguer, Montréal, VLB éditeur, 1985 ; Paris, Belfond, 1989 ; Paris, J'ai lu, 1990 ; Paris, Le Serpent à Plumes, 1999 ; Montréal, Typo, 2002.

Éroshima, Montréal, VLB éditeur, 1987 ; Montréal, Typo, 1998.

L'odeur du café, Montréal, VLB éditeur, 1991 ; Montréal, Typo, 1999 ; Paris, Le Serpent à Plumes, 2001.

Le goût des jeunes filles, Montréal, VLB éditeur, 1992.

Cette grenade dans la main du jeune Nègre est-elle une arme ou un fruit ?, Montréal, VLB éditeur, 1993 (épuisé) ; Montréal, Typo, 2000 (épuisé) ; nouvelle édition revue par l'auteur, Montréal, VLB éditeur, 2002.

Chronique de la dérive douce, Montréal, VLB éditeur, 1994.

Pays sans chapeau, Montréal, Lanctôt éditeur, 1996 ; Montréal, Québec Loisirs, 1997 ; Paris, Le Serpent à Plumes, 1999 ; Montréal, Lanctôt éditeur, 1999.

La chair du maître, Montréal, Lanctôt éditeur, 1997 ; Paris, Le Serpent à Plumes, 2000.

Le charme des après-midi sans fin, Montréal, Lanctôt éditeur, 1997 ; Paris, Le Serpent à Plumes, 1998.

J'écris comme je vis. Entretien avec Bernard Magnier, Montréal, Lanctôt éditeur, 2000 ; Paris, Éditions La passe du vent, 2000.

Le cri des oiseaux fous, Montréal, Lanctôt éditeur, 2000 ; Paris, Le Serpent à Plumes, 2000.

Je suis fatigué, Montréal, Lanctôt éditeur, 2001 ; Paris, Initiales, 2001.

Dany Laferrière

LE GOÛT DES JEUNES FILLES

roman

vlb éditeur

VLB ÉDITEUR
Une division du groupe Ville-Marie Littérature
1010, rue de La Gauchetière Est
Montréal (Québec) H2L 2N5
Tél.: (514) 523-1182
Téléc.: (514) 282-7530
Courriel: vml@sogides.com

Maquette de la couverture: Nicole Morin
Photo de la couverture: © Daniela Akerblom (danielaakerblom@sympatico.ca)

Catalogage avant publication de Bibliothèque et Archives Canada
Laferrière, Dany
    Le goût des jeunes filles
    Nouv. éd. rev. et augm.
    Éd. originale: c1992.
    ISBN 2-89005-882-4
    I. Titre.

PS8573.A348G68   2004   C843'.54   C2004-941512-3
PS9573.A348G68   2004

DISTRIBUTEURS EXCLUSIFS:

• Pour le Québec, le Canada
  et les États-Unis:
  LES MESSAGERIES ADP*
  955, rue Amherst
  Montréal (Québec) H2L 3K4
  Tél.: (514) 523-1182
  Téléc.: (514) 939-0406
  *Filiale de Sogides ltée

• Pour la Belgique et la France:
  Librairie du Québec / DNM
  30, rue Gay-Lussac
  75005 Paris
  Tél.: 01 43 54 49 02
  Téléc.: 01 43 54 39 15
  Courriel: liquebec@noos.fr
  Site Internet: www.quebec.libriszone.com

• Pour la Suisse:
  TRANSAT SA
  C. P. 3625
  1211 Genève 3
  Tél.: 022 342 77 40
  Téléc.: 022 343 46 46
  Courriel: transat-diff@slatkine.com

Pour en savoir davantage sur nos publications,
visitez notre site: **www.edvlb.com**
Autres sites à visiter: www.edhomme.com • www.edtypo.com
• www.edjour.com • www.edhexagone.com • www.edutilis.com

Aux hommes de ma lignée :
à mon grand-père, celui qui aimait tant les roses.
À mon père, l'éternel absent, mort à New York
au terme de trente ans d'exil.
À mon oncle Yves, toujours présent,
que j'ai volontairement oublié.
À Christophe Charles, le mari de mon unique sœur,
qui a écrit un livre sur Magloire Saint-Aude.
À tous ces hommes, à leur manière sincères,
courageux et honnêtes,
qui trouveront un jour, j'espère, leur chantre.
Pardonnez-moi de le dire ici :
seules les femmes ont compté pour moi.

Pour ma belle fille naufragée
Tel l'harmonica du voyou!

MAGLOIRE SAINT-AUDE

Vingt-cinq ans plus tard,
une petite maison à Miami

Je suis descendu à Little Haïti chercher mon paquet chez mes tantes. J'ai deux tantes qui vivent à Miami (tante Raymonde et tante Ninine). Le reste de la famille est encore à Port-au-Prince. Mes tantes habitent près de North Miami Avenue, à dix minutes (à pied) de l'église Notre-Dame. Tante Ninine travaille dans une petite boutique de souvenirs à l'aéroport et tante Raymonde passe ses nuits avec les malades en phase terminale de l'hôpital Jackson. Tante Ninine n'est pas encore revenue de l'aéroport et tante Raymonde s'apprête déjà à partir travailler. Elle m'a remis le paquet que ma mère m'a envoyé. Ma mère connaît mon adresse à Miami, mais tout ce qu'elle m'expédie doit nécessairement transiter chez ses sœurs. Comme ça, elle est sûre que je garde le contact avec elles. Une fois par semaine, le mercredi ou le vendredi, je passe les voir. Aucun être humain normalement constitué ne peut affronter tante Raymonde plus d'une fois par semaine.

— Je ne vais pas travailler tout de suite, me dit-elle tout en continuant à mettre de l'ordre dans sa minuscule chambre pleine à craquer d'objets hétéroclites.

— Tante Raymonde…

– J'ai trop de choses à faire… (Un long soupir.) Il faut d'abord que je passe chez *Hall* faire mon dernier paiement et prendre la robe, c'est une robe de tergal jaune que j'ai achetée pour Renée, elle m'a écrit le mois dernier qu'elle n'avait plus rien à mettre pour aller à l'église, alors que moi, je n'ai même pas le temps d'aller à l'église, que Dieu me pardonne (elle fait un rapide signe de croix), je n'ai même pas besoin de Lui demander ça. Il sait, Il voit la vie que je mène ici, à Miami, dans l'enfer de Miami…

Des images de fusillade à la télé. Une petite télé en noir et blanc juchée au sommet d'une montagne de journaux (*The Miami Herald, Ebony, The Amsterdam News, Free Black Press*). Tante Raymonde se nourrit d'informations et de café. Elle avale une centaine de tasses de café brûlant par jour.

– … Tu vois, c'est arrivé ce matin, dit-elle en pointant du doigt la télé, la femme était chez elle quand deux types sont entrés dans sa cuisine, elle n'a pas eu le temps de dire quoi que ce soit qu'ils lui logeaient une balle dans la tête. Ensuite, ils l'ont arrosée de gazoline et y ont mis le feu. Des voisins ont appelé la police. Quand on l'a amenée à l'hôpital Jackson, elle était encore vivante, disons, ce qui restait d'elle n'arrêtait pas de tressauter… Trois heures de souffrance, et il paraît qu'ils n'ont rien trouvé à voler, peut-être qu'ils n'étaient pas venus pour ça… C'est Satan qui opère, Satan s'est emparé de l'âme de ce pays, ô Babylone, trois fois Babylone, quand est-ce que cette épreuve va prendre fin?

Tante Raymonde marche dans la chambre en jupon et soutien-gorge. Elle cherche frénétiquement une paire de bas.

– Tu vois, la police les a retrouvés dans une petite maison près de Miami Beach. Il paraît que ce sont des Cubains qui sont arrivés la semaine dernière… C'est normal que ça arrive: les gens viennent dans ce pays et, après une semaine, on les jette dans la rue comme un paquet de linge sale. C'est arrivé dernièrement…

Elle s'arrête pour enfiler ses bas blancs d'infirmière. Les chaussures attendent sur la petite table de chevet.

– ... L'homme, un type du Maryland, un père de famille, il paraît qu'il a perdu son travail... Il est rentré chez lui... Oh, merde, j'ai oublié le fer sur la planche...

D'un bond, tante Raymonde arrache le fer à repasser juste à temps.

– Oui, qu'est-ce que je disais?... Ah oui, l'homme a embrassé sa femme et ses enfants comme si de rien n'était, il a pris une douche, s'est changé, a soupé avec sa famille et s'est couché...

– Sait-on aussi s'il a fait l'amour avec sa femme? je demande d'un air candide.

– On ne m'a pas dit ça..., commence tante Raymonde avant de remarquer que c'était un piège. Pourquoi tu me demandes ça, petit chenapan? dit-elle avec un sourire en coin. Laisse-moi finir: le lendemain, il est sorti de chez lui comme pour aller travailler, à l'heure quoi! Il s'est plutôt rendu à la banque pour retirer assez d'argent pour s'acheter une mitraillette... Il est allé ensuite dans un *McDonald's* et a fait feu sur tout le monde...

Un long silence.

– C'est ça, les États-Unis, mon fils...

Elle a maintenant fini de repasser sa robe blanche et on change de pièce. Tante Raymonde enfile une vieille robe grise.

– Regarde cette vaisselle, si je ne la fais pas, elle restera là jusqu'à la fin des temps. Je dois tout faire dans cette maison. Je travaille douze heures par jour à Jackson et ça me permet uniquement de manger, d'acheter une robe – quand on travaille à l'hôpital, il faut être toujours impeccable (elle branle légèrement la tête en signe de fierté) – et d'envoyer un peu d'argent à Port-au-Prince... Tout le reste sert à payer les factures... Regarde ça (elle me montre une liasse d'enveloppes brunes bien ficelées), c'est pour payer ça que je donne mon sang au Blanc, et dis-toi que je ne fais jamais de dépenses inutiles… Juste le nécessaire. Je ne peux pas rester sans manger, ni boire, ni sans électricité, et il me faut les nouvelles à la télé, les journaux surtout, heureusement que ça ne me coûte pas un sou, je les prends à l'hôpital… On reçoit tous les journaux du pays, enfin une bonne quantité, mais moi, je les lis tous sans manquer un seul…

— Et vous les ramenez à la maison.

Elle se retourne, comme étonnée d'entendre ma voix.

— Quand il y a un article qui m'intéresse vraiment, dit-elle vivement en jetant un rapide coup d'œil à sa pile de journaux sous le téléviseur… À l'hôpital, les gens n'écoutent que les *soap operas*, je ne sais pas comment ils font, mais moi, il faut que je sache ce qui se passe en Russie, en Allemagne ou en Afrique du Sud… J'ai une malade, cancer généralisé, elle me dit toujours : « Ray », elle m'appelle Ray, « je ne vois pas ce que ça change à ta vie d'écouter les nouvelles comme ça, à part un ulcère que tu peux attraper… » Elle a raison, regarde, hier, je suis arrivée ici fatiguée, je me couche, j'ouvre la télé, et bang, des images de réfugiés haïtiens… Le propriétaire du bateau avait pris leur argent en leur promettant de les amener ici et quand il a vu les garde-côtes américains, il les a laissés en pleine mer…

— Comment a-t-il fait pour disparaître si le bateau était en pleine mer ? Il s'est sauvé à la nage ou il s'est désintégré ?

Tante Raymonde fait un geste de la main pour me faire comprendre que ma question est idiote.

— … Quand on les a repêchés, ils étaient à moitié morts de soif… Ce qui fait que je n'ai rien mangé depuis hier soir… Je ne peux pas manger, moi, quand je vois d'autres qui ont faim… Peux-tu me dire pourquoi il n'y a que ces nouvelles à la télé ?

Elle me regarde droit dans les yeux. Attend-elle vraiment une réponse ? J'en doute fort. Tante Raymonde n'a jamais rien accepté de personne. Elle se plaint, mais il ne faut pas la consoler.

— Tout ce que je fais, c'est travailler. Je vais travailler, je rentre à la maison, je mange un morceau, d'ailleurs je n'ai plus d'appétit, ça me reste là, sur l'estomac, bon, je fais un effort pour manger quelque chose, après je prends un laxatif et je me couche, mais non, je ne me couche pas, je n'ai pas le temps, je dois tout faire dans cette maison comme tu le vois. Il n'y a pas d'homme ici, je suis seule avec Ninine et je dois m'occuper de tout, regarde, j'ai fait venir un réfrigérateur, avant-hier, parce que l'autre était trop vieux, il ne faisait plus de glace, c'était pourtant un Westinghouse, une bonne marque, mais que veux-tu, tout a une fin... Moi aussi d'ailleurs, je vais mourir bientôt, je me sens lasse, mes bras n'ont plus de force, c'est normal, ils ont trop travaillé, je travaille comme une bête... Mes jambes ne tiennent plus... Qu'est-ce que j'ai fait pour mériter ça? Je n'ai tué personne pourtant. J'ai passé ma vie à faire le bien... Tout ce que j'ai, c'est simple, je le donne... Maintenant, je n'ai plus rien à moi, sauf ce pauvre corps... Des fois, je me demande si on ne peut pas échanger une vieille Raymonde contre une neuve...

Elle éclate de rire. Un rire frais, presque enfantin.

— Qu'est-ce que je disais?... Oui, eh bien, le type est venu et a flanqué le réfrigérateur juste devant la maison, alors que je lui avais bien dit de passer par la cour, j'avais laissé la barrière ouverte exprès pour lui, mais lui, il s'en fout, je l'avais payé et c'est ce qu'il ne fallait pas faire... C'était une grossière erreur...

— Et c'est vous qui avez installé le réfrigérateur dans la maison?

— J'allais le faire (un sourire coquin), mais quand les types qui travaillent dans le garage en face m'ont vue faire, ils se sont précipités pour m'aider... Pourquoi? Eh bien, parce que je sais vivre, je parle à tout le monde, je ne suis pas snob, je dis ça tout le temps à Ninine, mais Ninine a toujours été comme ça, elle choisit les gens à qui elle doit adresser la parole, moi, je suis une démocrate, comme ton père, je connais les affaires de tout le monde et tout le monde connaît ma vie… Ma vie est un livre ouvert. Il n'y a pas de secret (elle dit ça en me regardant droit dans les yeux)… Écoute, hier, j'ai envoyé de l'argent à Gilberte parce qu'elle a des problèmes, et quand elle a des problèmes, devine à qui elle s'adresse. Remarque, je n'ai rien contre, je n'ai pas envie qu'elle aille mendier à un homme, ça, c'est impossible, aucune fille de Da ne s'est jamais humi-liée ainsi. Résultat: il n'y a pas d'homme dans cette famille, d'accord, il y en a eu un et c'était ton père, pas n'importe qui… Les hommes, nous, on n'en a pas besoin. D'ailleurs à quoi ça sert, hein? Qu'est-ce que je ferais d'un homme? J'au-rais plutôt besoin d'un petit vieux millionnaire, non, milliar-daire, parce que millionnaire aujourd'hui ça ne veut rien dire, et en plus il faudrait qu'il soit presque mort, deux ou trois ans à vivre, pas plus, parce que ça peut devenir lassant, tout ce qui dure trop longtemps devient lassant à la fin…

Elle finit de s'habiller. Je ramasse le paquet que j'ai laissé sur la table de la salle à manger. Elle fait le salut militaire.

— C'est comme mon costume de soldat. Ce travail, c'est pire qu'à l'armée. On me réveille à n'importe quelle heure et il m'arrive de faire trois jours d'affilée… Bien sûr, on me paie, mais (sa voix devient ténue, au bord des larmes) je ne suis plus jeune, je n'ai plus la force pour faire un tel travail…

Elle s'approche de moi et me regarde encore une fois droit dans les yeux. Je baisse les yeux après un moment.

— Regarde-moi…

Elle me pointe son index au visage.

— Tu ne dis plus rien, hein! Tu espères ma mort.

Je garde, un moment, la tête baissée. Ses yeux brûlants. Sa main osseuse me relève le menton d'un geste sec et précis.

— Comment ça, tante Raymonde?

Le doigt se fait plus menaçant qu'un couteau mexicain sous ma gorge.

— Ton livre est faux de bout en bout.

Ah, j'aurais dû m'en douter… Tout ça n'était qu'une mise en scène pour en arriver à ce point précis. LE LIVRE. Je venais de publier, il y a quelques mois, un petit livre à propos de mon enfance et je lui en avais donné un exemplaire… Elle m'avait dit, il y a deux mois, qu'elle l'avait lu tout de suite, en trois jours. Un peu chez elle, un peu dans l'autobus, un peu à l'hôpital. Curieusement, elle ne m'a plus jamais reparlé du livre. J'ai essayé une ou deux fois de lui tirer les vers du nez. Rien. Et aujourd'hui, vlan!

— Rien n'est vrai dans ce livre.

— Rien?

— Oui, rien, dit-elle avec un air de défi.

Tante Raymonde se lance en trois secondes vers une petite étagère où mon livre se trouve avec quelques bouquins de recettes de cuisine. Elle le prend, l'ouvre, le renifle comme s'il sentait mauvais. Je choisis d'éviter l'affrontement.

— Bien sûr, tante Raymonde, c'est de la fiction.

Naturellement, elle ne marche pas.

— Ah non, tu ne vas pas t'en tirer comme ça… Quand on ne sait pas quoi dire, on ne met pas le nom des gens dans son affaire…

— Au fond, c'est un mélange de fiction et de réalité…

— Je n'ai pas besoin de savoir ce que c'est! Je peux encore lire, grâce à Dieu…

Elle feuillette fébrilement le livre.

— Où as-tu pris l'histoire de Timise?

— En fait, cette histoire est arrivée à Oginé, mais pour mon récit, c'était mieux avec Timise.

— Bravo (avec un sourire de mépris)… Et si, en lisant ton livre, Timise…

— Tante Raymonde, Timise ne sait pas lire.

Elle éclate de rire. Le téléphone sonne au même moment. Elle court répondre. Conversation brève.

— C'était l'hôpital… Toujours l'hôpital, car qui d'autre songerait à appeler Raymonde. Le seul homme qui se rappelait mon anniversaire est mort et c'était mon père.

Terrain glissant, très glissant. Je reste silencieux, espérant que son monologue (un monologue en forme de dialogue) prenne une autre direction.

— Tu n'as écrit que des mensonges à propos de mon père…

Voilà, je n'y échapperai pas. Je me souviens d'avoir fait un portrait très juste de mon grand-père.

— C'était mon grand-père, tante Raymonde, finis-je par balbutier.

— Je le sais, mais tu ne le connais pas plus pour autant.

— Un grand-père est différent d'un père, je veux dire que c'est la même personne, mais deux fonctions différentes…

Elle me regarde un moment, un peu interloquée, comme si quelque chose lui avait échappé.

— Pourquoi tu n'as pas parlé de la solidarité de notre famille?

— J'ai bien parlé de ma grand-mère…

J'ai eu honte un moment d'avoir dit ça. Tante Raymonde sourit. Radieuse. Comme elle a dû être belle!

— Oui, ça, c'était bien… Tu as toujours aimé ta grand-mère…

On est restés un moment sans parler. Da (ma grand-mère) est parmi nous. Courte trêve.

— Pourquoi n'as-tu pas dit que mon père s'était sacrifié pour faire notre éducation? À une époque, à Petit-Goâve, où on envoyait les filles apprendre la couture chez Julie, mais que mon père…

– Oui, tante Raymonde…

– Laisse-moi terminer, jeune homme, tu as eu tout ton temps et tout le monde doit maintenant tout savoir de nous, tous ces gens que je ne connais même pas, que je ne connaîtrai jamais… Mon père a choisi de nous envoyer à Port-au-Prince faire nos études. Tu ne peux pas savoir ce que ça représentait à l'époque… Cet homme (une grande photo de mon grand-père est accrochée au-dessus du téléphone) s'est sacrifié pour ses filles et ça, ce n'est pas dans ton livre.

Elle donne une grande tape au livre : j'ai la curieuse sensation d'avoir été giflé. Pourtant, tante Raymonde m'avait raconté, il y a dix ans, une autre version, complètement différente de celle-là. Je ne pense pas que ce soit le moment de la contredire.

– Nous les filles de Da, on a toujours fait un seul bloc face à l'adversité, on a toujours été ensemble et on restera toujours ensemble… Aucun homme ne peut nous séparer, il y a eu un seul homme dans cette famille et c'est ton père, le seul… Je sais que Gilberte a eu des amants, et Ninine aussi quelquefois, mais c'était toujours passager, ce n'était pas vraiment important…

– Et tante Renée ?

Un cri.

– Jamais !

J'avais envie de lui dire que c'est à cause d'elle si tout ça s'est passé comme ça et qu'elle a empoisonné la vie de ses sœurs avec cette idée fixe d'un seul homme, mais à quoi bon…

– Moi aussi, ajoute-t-elle avec un petit air de défi, j'ai eu des demandes, mais j'ai choisi ma famille, et tant que mes sœurs auront besoin de moi, je serai là… Un bon capitaine n'abandonne jamais son navire en pleine tempête…

– Quelle tempête, tante Raymonde ?

– La tempête de la vie, monsieur.

Elle ramasse vivement ses factures qu'elle glisse dans sa poche avant droite. Elle attrape un foulard en passant (elle a un léger rhume) et traverse le salon sans un regard pour le miroir ovale. Le temps de comprendre la situation, tante Raymonde est déjà dans la rue. Je cours chercher ma voiture pour la rattraper au carrefour.

— Tante Raymonde, je peux vous déposer…

— Non merci.

— Je ne suis pas pressé…

— L'autobus passe devant mon hôpital.

— Ce n'est rien pour moi… Juste un petit détour.

— Tu n'auras pas à faire ce détour.

Je suis affolé.

— C'est sur mon chemin, tante Raymonde, j'aimerais vous conduire à votre travail… Ce serait un plaisir pour moi…

— Ne te dérange pas… Voilà mon autobus.

Je la regarde grimper dans l'autobus. Elle serre sa valise sous son aisselle droite. Pas un regard en arrière. Elle n'est même pas fâchée contre moi. Elle est simplement furieuse. Contre la vie.

Au dernier moment, elle se tourne vers moi : regard aigu, léger sourire.

— De toute façon, me lance-t-elle, tu as assez de matériau aujourd'hui pour pouvoir écrire pendant toute une semaine.

— Comment ça!? je crie au moment où l'autobus démarre.

Elle porte son index à sa tempe pour me rappeler qu'elle n'est pas encore folle.

Ne jamais quitter ma salle de bains

I

J'adore lire mon courrier dans le bain. L'eau, assez tiède. Un long moment sans penser à rien. Le paquet par terre, à portée de ma main gauche. Quelques lettres (une de tante Gilberte, une autre de tante Renée et deux de ma mère). Ma mère préfère toujours m'envoyer deux courtes lettres au lieu d'une. La première est, disons, plus technique, toujours bourrée de conseils pratiques : à propos des légumes, du sommeil réparateur des forces, des carottes bonnes pour les yeux, des maladies vénériennes, des filles qui veulent à tout prix tomber enceintes de vous sans votre consentement et qui vous font plus tard des procès qui durent des années, des avantages de prendre un bon bain le soir avant de se coucher, des faux amis, des jaloux, de l'huile de foie de morue qu'il faut toujours avoir à portée de main, de l'empoisonnement alimentaire, de la nécessité de se faire couper les cheveux au moins tous les quinze jours, et surtout de ne jamais oublier qu'elle (ma mère) est la seule personne au monde en qui je peux avoir une confiance absolue. L'autre lettre est plutôt mystique. Ma mère me parle de Jésus que je dois associer à tout ce que j'entreprends. De toute façon, on ne peut rien réussir sans Lui. C'est un frère, un ami, un compagnon et un bon associé. Il ne demande rien pour sa peine, pas un sou, seulement de le mettre au courant de tout ce qu'on fait. «Ses conseils sont toujours désintéressés, m'écrit ma mère. Remets ta vie entre ses mains.» Ma mère me parle de Jésus comme de quelqu'un qu'elle connaît personnellement. Et je suis sûr qu'elle le connaît effectivement. Je crois dans sa foi. Au début, les lettres de ma mère me faisaient toujours un peu sourire. Aujourd'hui, je crois de plus en plus que cette femme, inoffensive, fragile, humble et modeste, tient en quelque sorte le destin du monde dans sa main. Le monde ne disparaîtra pas tant que ma mère sera vivante. Je sens sa présence dans cette salle de bains. Je ramasse mes pieds sous mes fesses dans la position du fœtus. Ma douloureuse naissance. Quelques jours plus tard, le sein de ma mère! Ah! Le bon temps. Le doux lait maternel, mais malheureusement pas assez sucré à mon goût. Juste un peu plus de sucre et je serais encore au lait de ma mère. Je me plonge la tête sous l'eau. L'eau, la merveilleuse. Dans le grand débat qui oppose, depuis l'origine des temps, l'eau au feu, j'ai toujours été du côté de l'eau. Je suis un être aquatique. Je reste un moment sans bouger. Je fais le mort. La noyade. Devenir un des éléments de l'eau. Ne plus jamais avoir soif. Je somnole quelques secondes. Le monde lent de l'eau. La vie ronde. Je me réveille sans précipitation. J'ai eu peur d'un tel bonheur. Je m'enfonçais tranquillement dans un autre univers. Je m'essuie les mains avant de prendre les lettres bien enveloppées dans les pages du *Nouvelliste*. Je défais soigneusement le paquet en évitant de déchirer le papier mince du journal. C'est toujours ainsi, en lisant le journal froissé et déchiré par endroits, que j'apprends qu'un de mes anciens camarades de classe est devenu ministre, tandis qu'un autre se fait rechercher par la police. Toujours un grand moment de silence. Le temps de digérer ces nouvelles, et après commence la douloureuse interrogation. Qu'est-ce que je suis devenu? Pourquoi ne suis-je pas là-bas? Peut-on changer sa vie? Ces questions volent en général cinq minutes de ma vie. Puis je palpe l'objet. Un livre. Ma mère m'envoie toujours les livres de mes amis. J'arrache avec une légère impatience la dernière page du journal. C'est un livre de Magloire Saint-Aude. Le vieil exemplaire de mon adolescence. Je relis la lettre de ma mère qui m'apprend, entre deux conseils pratiques (j'avais sauté quelques paragraphes auparavant), qu'elle a trouvé le recueil dans son armoire. Elle est tombée dessus par hasard et elle me l'envoie, dit-elle à sa façon simple et directe. Elle ajoute aussi que Miki (« Tu te souviens, chéri, elle habitait juste en face… ») a un magasin de bijoux et de tissus et qu'elle va régulièrement faire des achats à Miami. Elle lui a donné mon numéro de téléphone. Je suis resté un long moment à regarder la couverture un peu chiffonnée du recueil de poèmes de Magloire Saint-Aude.

2

Le téléphone sonne. C'est Miki. J'en suis sûr. Le destin, dit Borges ou un poète arabe, est un chameau aveugle. Il peut repasser trois fois au même endroit sans le savoir. C'est un truc assez courant. Vous oubliez l'existence de quelqu'un pendant des années et, un jour, vous en entendez parler trois fois dans la même journée. Pourquoi? Je n'en sais rien. Pour le moment, j'essaie de sortir du bain sans mouiller mes lettres qui sont par terre, ni laisser échapper le livre dans l'eau, ni encore trop inonder le plancher, et, s'il vous plaît, avant que Miki ne raccroche. C'est fait. Bravo, mon vieux. Je décroche. C'est bien Miki. Il y a des jours comme ça.

– C'est toi?
– Oui… Comment ça va, Miki?

Un moment.

— Ah! Ta voix a changé… Elle est devenue plus grave.

— J'ai près de quarante ans, Miki.

— Ne me parle pas de l'âge… Comment vas-tu?

— Non. Toi d'abord…

— Bien. Et toi, lance-t-elle du même souffle.

— Bien.

— Qu'est-ce que tu fais? Oh, je sais, s'empresse de dire Miki, Pasqualine a vu une photo de toi dans une revue américaine… Tu fais parler de toi, dit-elle avec un petit rire mi-ironique, mi-admiratif.

— Et toi, Miki?

— Moi, rien… Ta mère ne t'a pas dit…

— Oui… Tu as une boutique… Je suis content pour toi… Et ça marche?

— Je n'ai pas à me plaindre… Tu es au courant de ce qui est arrivé à Choupette?

Sa voix est devenue subitement grave.

Je hurle:

— Non! pas de mauvaise nouvelle.

— Comme tu veux, dit Miki tranquillement. Et puis non, tu dois savoir ça… C'était dans les journaux…

— OK, je t'écoute…

— Tu savais que Choupette et Papa vivaient ensemble à un moment donné… Il avait laissé sa femme et ses enfants pour elle…

— Excuse-moi, Miki, mais je n'ai eu aucune nouvelle de Choupette depuis ce fameux week-end…

— Bon, dit Miki, ils étaient ensemble et je voyais de moins en moins Choupette. Papa faisait toujours des crises de jalousie insensées, paraît-il, mais Choupette s'en foutait. Elle menait sa vie comme avant. Elle était devenue folle d'un jeune guitariste… Papa les a surpris dans une chambre d'hôtel à Delmas. Sûrement que quelqu'un a averti Papa qu'ils se trouvaient là. De toute façon, Choupette n'a jamais été discrète, comme tu le sais… Il paraît, ça, je l'ai lu dans *Le Nouvelliste*, que Papa a foutu au type trois balles qui l'ont atteint aux reins. Heureusement qu'aucun organe vital n'a été touché, mais il vit depuis dans un fauteuil roulant… J'ai vu Choupette deux ou trois fois après le drame et elle m'avait l'air très secouée. Elle m'a dit en parlant de Papa, et je n'oublierai jamais le ton de sa voix : « Miki, je ne pouvais pas savoir qu'il m'aimait puisque personne ne m'a jamais aimée… » Je ne l'ai plus revue depuis. Pasqualine m'a dit qu'elle l'a vue à Martissant avec une bible, il paraît qu'elle est devenue Témoin de Jéhovah. Excuse-moi de t'avoir dérangé avec cette histoire…

– Non, tu as bien fait de me la raconter.

Un temps.

– Je dois te quitter maintenant, dit Miki, j'ai quelqu'un sur l'autre ligne.

Un temps.

– Salut, Miki.

– Salut, toi… Je t'appellerai une autre fois et on ira prendre un verre quelque part.

– D'accord.

Dans vingt ans, peut-être. J'aurai cinquante-neuf ans. L'âge de Saint-Aude quand il est mort.

3

Je retourne à la salle de bains, m'enfonce doucement dans l'eau tiède qui me protège des morsures du temps et des malheurs de la vie. J'ouvre le livre de Saint-Aude et je lis les derniers vers du poète.

Dernier lied
Pâles amours solennelles…

25

Derniers feux

Derniers jeux

Pour mon guignol
À mon trépas écarquillé
Sur les quais du silence.

Saint-Aude n'écrira plus jamais d'autres vers de sa vie.

4

Toujours dans le bain. Le téléphone cette fois pas loin de ma main gauche. Je songe un peu à Miki. Même le téléphone n'a pas pu déformer sa voix fraîche. Je pense surtout à ce week-end terrible que j'ai passé chez elle, il y a près de vingt ans. On se demande pourquoi tel événement se fixe dans nos mémoires. Quand on imagine toutes ces histoires (de microscopiques sensations crépitant constamment à la surface de notre peau), on s'interroge sur celles qui vont se fixer sur notre corps en tatouages colorés. Pas toujours ces histoires brûlantes, au premier jour, qui nous ont gardés éveillés toute la nuit. Souvent, ce sont des centaines d'émotions si furtives qu'on les a crues mineures. Alors qu'elles s'enfonçaient clandestinement sous notre peau, restaient sans bruit comme un espion dormant, pour refaire surface des années plus tard. Entre-temps, elles auront contribué à changer notre rythme interne. Si nous ignorons pourquoi certaines fois notre sang se met à courir plus vite dans nos veines, c'est parce que nous ne savons à peu près rien de ce qui se trame sous notre peau. Cette habitude de croire que notre cerveau contrôle tous les réseaux du système, et qu'aucune information ne saurait échapper à ses antennes ultrasensibles, pourrait nous aveugler sur l'essentiel. La mémoire de la peau. C'est une mémoire qui remonte à la surface uniquement quand je suis dans l'eau. Ce lien très ancien entre la peau et l'eau. L'eau qui permet de lire ce parchemin poussiéreux. C'est comme si l'air en asséchant la peau effaçait les hiéroglyphes qui la couvrent. Après quelques minutes, dans l'eau, les signes réapparaissent. Je n'essaie nullement de faire remonter un vieux souvenir du fond de ma mémoire (pourquoi aller chercher si loin ce qui est sous nos yeux?), je me contente de lire ce qui est écrit sur ma peau.

5

Trois heures plus tard, je me parle devant un petit miroir ovale. Moi et l'autre.

L'AUTRE. Tu fais semblant d'oublier que Magloire Saint-Aude n'a jamais été inquiété sous le régime de Duvalier.

MOI. C'est une bonne chose, je trouve…

L'AUTRE. Peut-être, mais veux-tu savoir pourquoi il n'a pas été inquiété?

MOI. Si tu y tiens…

L'AUTRE. Tu vois… déjà tu te rebiffes…

MOI. C'est que je préférerais voir Saint-Aude traîner ses fesses dans les rues de Port-au-Prince plutôt que dans les geôles de Duvalier.

L'AUTRE. Il est resté l'ami de Duvalier jusqu'à sa mort… Ils sont morts la même année, d'ailleurs.

MOI. Et alors! Saint-Aude n'a jamais été un poète engagé.

L'AUTRE. Pourtant, il est à l'origine de cette idéologie…

MOI. Des preuves.

L'AUTRE. Votre Saint-Aude a signé, en juin 1938, avec Carl Brouard, un autre poète anarchiste qui a eu des funérailles nationales, le sombre Lorimer Denis et le sinistre Duvalier, *Le manifeste des griots*, qui est l'équivalent caribéen du *Mein Kampf* d'Adolf Hitler…

27

MOI. Là, tu y vas un peu fort… Tu sais que ce texte a été à l'origine d'une prise de conscience nationale…

L'AUTRE. … et du duvaliérisme… Même aux pires moments de la dictature, Saint-Aude n'a jamais renié Duvalier…

MOI. Son œuvre l'a fait à sa place.

L'AUTRE. Qu'est-ce que tu dis?

MOI. Je dis que l'œuvre de Saint-Aude est à l'opposé de sa pensée politique.

L'AUTRE. La preuve que c'est un faux jeton.

MOI. Ce n'est pas bien convaincant, mon vieux…

Un silence. Nous nous regardons droit dans les yeux comme des boxeurs à la pesée.

L'AUTRE. Est-il toujours, pour toi, le plus grand poète d'Amérique?

MOI. Hélas oui!

6

Le téléphone sonne de nouveau. Il est tout près de moi, cette fois. Je n'aurai pas à mouiller le tapis.

— C'est encore moi… Miki.

— Oui.

— J'avais oublié de te dire quelque chose… Ne t'inquiète pas. C'est une bonne nouvelle. Regarde à la page soixante-trois du magazine *Vogue* de ce mois-ci…

Comment ne pas être perplexe par cette soudaine avalanche d'informations? Pourquoi ai-je l'impression que tout cela émane à la fois de Miki et de moi? À mon avis, ce ne sont pas des faits objectifs qui circulent dans l'air attendant que quelqu'un les attrape. C'est plutôt le contraire. Cela sort d'un corps comme des projectiles à têtes chercheuses. Brusquement, tout se met à vibrer autour de moi. Et ce remue-ménage émotionnel a fini par réveiller les espions dormants. Comment cela fonctionne-t-il? Si je pense à Miki au moment où elle pense à moi, cela suffit-il pour faire «un contact»? Tout est électrique dans nos corps (l'eau est un bon conducteur d'électricité). C'est le voltage maintenant qui va pousser ou non un des deux pôles du réseau à «agir». Ne pas négliger l'importance du téléphone dans l'affaire. J'imagine qu'avant l'invention du téléphone, il fallait un massif voltage pour permettre le contact des corps.

— Tu te souviens de Pasqualine?
— Bien sûr... Qu'est-ce qu'il y a?
— C'est une surprise. *Bye, ciao...*
— *Ciao*, Miki...

7

J'irai acheter le *Vogue* plus tard. Pour le moment, rien ne me fera sortir de mon bain. J'ouvre le robinet d'eau chaude. Je me savonne encore une fois. À blanchir un Nègre, dit le proverbe, on perd son savon. Je continue ma lecture du bouquin de Saint-Aude. Je n'avais pas remarqué ce texte, il y a vingt-cinq ans, à la dernière page du livre.

Je ne connaissais pas Breton à l'époque. Son article retentissant a paru à l'automne 1945. Juste après la guerre.

C'est ce court texte de Breton qui a ouvert toutes les portes à Saint-Aude. Il est vrai que Saint-Aude les a refermées l'une après l'autre. Saint-Aude n'avait pas besoin de Breton comme guide des portes étroites. Il allait s'occuper lui-même de sa chute. Et avec quel soin!

> Douze à quinze vers, pas davantage, je comprends votre désir: la pierre philosophale ou presque, la note inouïe qui dompte le tumulte, la dent unique où la roue du destin

29

engrène l'extase. On cherche qui, depuis le Sphinx, eût, dans de telles limites, réussi à arrêter le passant. Dans la poésie française, parfois Scève, Nerval, Mallarmé, Apollinaire… Mais vous savez bien que tout est beaucoup trop «lâché» aujourd'hui. Il y a une seule exception: Magloire Saint-Aude.

ANDRÉ BRETON

Plus tard, en 1953, Jean Brierre rencontre le poète et revient avec ce portrait définitif:

> Ce coolie au visage carré, qui porte un demi-sourire en filigrane dans sa parole, vit dans la nuit, parmi des lampes, des reflets et des ombres. Ses yeux chinois où brûle une sourde malice ont une complicité marquée avec deux rides fortes qui parenthèsent les lèvres et ce reste de rire qu'il rumine éternellement sur le rythme d'une toux artificielle.

J'essaie de voir combien de temps je peux rester sous l'eau sans respirer. Un peu plus d'une minute. Plus de six minutes, c'est un autre univers qui m'attend. Un initié du vaudou peut passer plus de trois jours sous l'eau. Saint-Aude vivait à la frontière de ce monde.

8

Deux femmes me précèdent dans la file. Une Blanche et une Noire. Toutes deux énormes: c'est l'Amérique démocratique. Leurs paniers débordent de nourritures terrestres. Des boîtes de conserve, de la viande en quantité industrielle, des amas de spaghetti, des bouteilles de coke, des œufs, du riz, du lait, des bananes, etc. J'attrape le magazine *Vogue*. Je l'ouvre et tombe pile sur une photo de Pasqualine.

Sur le chemin du retour, je pose la photo de Pasqualine sur le siège vide, à côté de moi. C'est une photo de la fin des années soixante pour un numéro spécial sur la mode durant ces années turbulentes. Ce que les jeunes (pas uniquement les jeunes Américains et Européens, cette fois) du monde entier portaient à l'époque. Et la longiligne Pasqualine occupe une page entière, tandis que les autres (Vietnam, Sénégal, Laos, Égypte, Trinidad, New Delhi, Algérie, Bulgarie, Turquie, Brésil, Argentine) se partagent parfois la page à quatre. Elle est debout sur le trottoir (à Port-au-Prince) : en jean et corsage blanc. Les yeux mi-clos. Le soleil semble l'aveugler. J'avais oublié qu'elle était aussi belle. J'avais oublié qu'elles étaient aussi belles. Des yeux vifs. Un furieux appétit de vivre. Je regarde les photos tout en écoutant le dernier tube des Skah Shah. Je me sens glisser doucement dans un autre monde. J'entends, au loin, le chant irrésistible des sirènes.

La voiture roule. J'ai la tête ailleurs. Déjà entamé ce voyage dans le passé. Au lieu de rentrer chez moi, je prends l'autoroute. Le dernier endroit pour rêver en Amérique. J'évite la sortie qui va à Little Haïti. Je file droit devant moi sur la US 1 en direction de Key West. Jusqu'au bout de l'Amérique. Kilomètre zéro. Je descends à l'hôtel le plus au sud : *The Southern Most Motel.* Je prends une chambre avec vue sur l'océan Atlantique. Je ferme les rideaux. Aucun intérêt. J'ai toujours préféré une bonne salle de bains à un quelconque océan. Je fais couler l'eau. Et j'entre doucement dans le bain. J'aime être à l'étroit dans la cuve. La position du fœtus. Personne ne sait où je suis. Je suis en Amérique et c'est tout. Ma vie est devenue si simple qu'elle ne concerne que moi. Je prends le magazine pour découvrir la vraie surprise que Miki n'a pas voulu me dire. Je m'attendais à tomber un jour sur une des filles dans un catalogue de mode.

Bon, le temps a tout emporté avec lui. J'avais même oublié cette époque de ma vie, ou plutôt je l'avais confondue avec le reste. Mon adolescence fut un long tunnel noir et humide. J'avais oublié ce bref passage aveuglant de lumière. Ce mélange de peur et de désir refoulés. On oublie, on oublie tant de choses. Donc la vraie surprise, ce n'était pas Pasqualine (l'enfer de mes quinze ans), mais Marie-Michèle. C'est elle qui a signé le texte. Et le magazine signale qu'elle vient de publier un livre (*Fast Lane: Girls, Food, Sex, Music – The Sixties in Haiti*).

Je suis passé l'acheter chez *Barnes and Noble*. Et j'ai été soufflé par ce journal de bord où Marie-Michèle notait tout à chaud. Ce livre raconte de manière personnelle l'année 1971 (l'année de la mort de François Duvalier et de l'arrivée au pouvoir d'un jeune homme de dix-huit ans, son fils, Jean-Claude Duvalier), un moment crucial de ma vie. Papa Doc suivi de Baby Doc. Pour elle, comme pour nous tous, les années soixante ont commencé en Haïti au printemps 1971. À la fin du journal, elle a ajouté des commentaires cinglants sur toute cette génération. Avec elle, pas de quartier! Si je comprends bien, pour elle Duvalier n'était pas l'unique responsable de cette situation. C'est une culture qui a engendré Duvalier et non le contraire. Bon, j'ai à peine parcouru son bouquin. Je dois avouer que je suis passablement intéressé par le journal (je reviendrai aux commentaires plus tard). Pour le moment, je suis plutôt fasciné par les ruses utilisées par cette adolescente de dix-sept ans pour traverser ces années difficiles. Et dire qu'à ce moment-là Marie-Michèle me semblait si mûre, si posée, si sûre d'elle (elle faisait au moins vingt ans). Je n'arrive pas à croire qu'elle n'avait que deux ans de plus que moi. Je lis quelques passages, et me voilà bouche bée. Des propos brillants, des analyses justes et percutantes. Je reste impressionné par tous ces détails minimes qu'elle a engrangés dans son journal comme une fourmi entrepose de la nourriture pour la mauvaise saison. Son œil froid et lucide zoome et panoramique une société complète. C'est incroyable combien on était à la fois si proches et si loin : pendant que j'enregistrais dans ma tête et dans mon cœur ce qui se passait de l'autre côté de la rue, durant ce fameux week-end, eh bien, au même moment, elle notait presque les mêmes événements dans son journal. C'est l'époque qui est ainsi tricotée : on sait ce qu'on fait, on sait qui on est, pourtant on ignore ce que fait l'autre au même moment, bien que l'on soit tous les deux sur la même longueur d'onde. Et, à mon avis, pour comprendre bien cette époque, il sera nécessaire de regarder mon petit film (pour l'instant, il est dans ma tête) tout en lisant le journal de Marie-Michèle. Si mon Œil objectif balaie la surface des choses, l'Oreille ultrasensible de Marie-Michèle descend jusque dans les grandes profondeurs pour capter certaines vibrations. Elle raconte, dans une brève préface, que, si elle a gardé le caractère spontané des observations et des commentaires, elle a quand même retouché le style trop naïf (d'après elle) de la jeune adolescente surdouée qu'elle était. Le style d'écriture de la première version était souvent télégraphique (« J'écrivais partout, dans n'importe quelles conditions, et je n'avais pas le temps de terminer mes phrases. C'est ce que je vivais à dix-sept ans, c'est ainsi que je pensais à cet âge-là, mais mon écriture est devenue très classique depuis. Je n'ai pas l'impression que ce soit une bonne chose pour le livre. »). Dommage, car j'aurais préféré, moi, le style haletant de l'adolescente indignée. « À cette époque-là, conclut-elle, je n'arrêtais pas de penser. À défaut de vivre, j'écrivais, je lisais, et surtout je réfléchissais. Je pensais trop, je crois. C'est pourquoi je fus tant attirée par ces jeunes filles si vivantes qui avaient leur QG au centre-ville. J'avais intérêt à m'éloigner de mon Cercle trop cérébral. Vous ne pouvez pas savoir le bien que cela m'a fait d'avoir rencontré Miki,

Pasqualine, Marie-Flore, Marie-Erna et Choupette. Quand je pense à Haïti, aujourd'hui, c'est elles qui me viennent à l'esprit. Ces jeunes filles incroyables représentent à mes yeux le caractère indomptable de ce pays. »

Voilà : un petit film à faible budget, sans acteurs professionnels, avec une équipe réduite au minimum. Un tournage de trois jours. Caméra à l'épaule. Très amateur. En noir et blanc, bien sûr. Uniquement pour mon plaisir. Personne d'autre ne verra ce film. Je le passerai en séance très privée (un seul spectateur), quand je serai dans mon bain. Un jour de pluie, bien sûr.

Week-end à Port-au-Prince

(un film écrit, filmé
et réalisé par Dany Laferrière*)

---

* Dis donc, mon vieux, on ne se refuse rien !

GÉNÉRIQUE

LES FILLES

Choupette, dix-huit ans
Marie-Erna, dix-huit ans
Marie-Flore, quinze ans
Marie-Michèle, dix-sept ans
Miki, vingt ans
Pasqualine, dix-sept ans

LES GARÇONS

Gégé, quinze ans
Dany, quinze ans

LES FEMMES

Marie (ma mère)
Tante Raymonde
Tante Ninine
Tante Gilberte
Tante Renée

Papa
Frank

MUSIQUE

Les groupes :
Tabou Combo
Les Shleu Shleu
Bossa Combo
Shupa Shupa
Les Gypsies
Les Difficiles (de Pétionville)
Les Skah Shah

TEMPÉRATURE

Trente-cinq degrés à l'ombre. Temps humide. Pluie vers la fin du week-end.

LIEUX

Cinéma Olympia
Macaya Bar
Chez Doc
Portail Léogâne
Place Sainte-Anne
Fort Dimanche
Anson Music Center
National Bar

Chez Pasqualine (à Pétionville)
Chez Miki
Chez ma mère et mes tantes

Doc
Le policier du poste de Portail Léogâne
La prostituée du *Macaya Bar*
Les marsouins
Le guitariste
Le chanteur
Le photographe du magazine *Vogue*
Le journaliste de *Rolling Stone*
Le chauffeur de taxi
Le souteneur
Sylvana, la prostituée du Cap
Les revendeurs de billets

L'action se passe à Port-au-Prince, à la fin du mois d'avril 1971. Les années soixante venaient à peine de commencer en Haïti. Avec dix ans de retard. Comme toujours.

VOIX OFF

Je regarde par la fenêtre de ma chambre. Une pluie légère. Les voitures passent dans un chuintement. De l'autre côté du trottoir, c'est la maison de Miki. Toujours pleine de rires, de cris, de filles. Miki habite seule, mais elle a beaucoup d'amis. Il y a toujours deux ou trois voitures garées devant sa porte, prêtes à partir pour la plage, pour un restaurant à la montagne ou pour le bal. Tous les jours. Et moi, je dois étudier mon algèbre. S'il n'y avait que Miki. Mais voici Pasqualine qui s'étire comme une chatte persane. Marie-Michèle est un peu snob et Choupette, aussi vulgaire qu'une marchande de poissons. La bouche méprisante de Marie-Erna et les fesses dures de Marie-Flore. Les hommes ne sont pas toujours les mêmes. Quant à moi, je ne bouge pas de la fenêtre de ma petite chambre. À l'étage. Je rêve du jour où j'irai au paradis, c'est-à-dire en face. Pour cela, dit-on, il faut mourir. C'est la moindre des choses.

Scène I

Vendredi après-midi

À l'horizon des fièvres.

M. S.-A.

Choupette saupoudre son *chicken basket* de ketchup, de sel ou de poivre, et l'asperge d'eau de vinaigre. Marie-Flore scrute encore la carte. Le serveur numéro sept s'impatiente et court prendre la commande qui attend sur le comptoir de la cuisine. Marie-Flore et Miki filent vers les toilettes. Marie-Erna attrape le numéro sept au vol et fait venir du poisson et de la salade. Pasqualine achève son rhum sur glace et commande un *strawberry*. Le soleil pénètre de toutes parts dans le *National Bar*. Les vitres sont brûlantes. D'autres filles arrivent et se dirigent vers le fond.

La vieille Buick 57 pointe son cul devant la boucherie *Oso Blanco* pour se ranger dans le parking du *National Bar*.

— Regarde qui vient, dit Pasqualine.

— C'est Papa…, lance Marie-Erna. On fait comme si on ne le connaissait pas.

— Ah bon, comme ça, tu le connais? demande Choupette avec un air sérieux.

Les filles se mettent à rire sans raison. Brusquement, Marie-Erna passe du rire au sanglot.

— Qu'est-ce que t'as? lui demande Marie-Michèle.

Elle continue à sangloter de plus belle.

— Qu'est-ce que t'as? Tu peux me le dire…, insiste Marie-Michèle.

— Rien, parvient à articuler Marie-Erna.

— Comment, rien? s'exclame Pasqualine.

Choupette passe un kleenex à Marie-Erna, qui se mouche bruyamment.

— Qu'est-ce que t'as? répète Marie-Michèle.

— Elle n'a rien, dit Choupette, c'est pas la première fois qu'elle me fait le coup…

— Une crise de nerfs, peut-être, avance Pasqualine.

— Il paraît que les épileptiques agissent comme ça, dit Marie-Michèle.

— Je ne suis pas épileptique. J'ai toujours été ainsi. Quand je ris trop ou quand il fait trop beau, je me mets à pleurer.

— J'ai jamais vu un truc pareil, dit en riant Pasqualine. Comme ça, t'es allergique au bonheur?

— C'est sûrement ça, dit Marie-Erna en souriant douloureusement.

— Est-ce que ça t'arrive aussi quand tu baises? rigole Choupette.

— J'ai gagné! hurle Pasqualine, jusque-là occupée à manger son *strawberry*. J'avais parié un foulard à Miki que tu ne passerais pas dix minutes sans parler de sexe, et ça fait exactement six minutes et trente-huit secondes.

— Tu veux dire que ça fait plus de six minutes que je n'ai pas parlé de sexe! s'exclame Choupette en souriant.

Tout le monde s'esclaffe.

— Merde, Choupette, tu le fais exprès, crie Marie-Erna avant d'éclater en sanglots.

— Quelqu'un a vu Papa? demande Marie-Michèle.

– Le voilà qui arrive, lâche Pasqualine.

Papa file au *Food Store* s'acheter une pierre à briquet. Le type au nez rouge et boutonneux de la caisse lui conseille de descendre à la *Petite Europe*. Papa traverse la rue, jette un rapide coup d'œil vers la Buick étincelante au soleil et pousse la porte vitrée du *National Bar*. Le numéro neuf abaisse, au même moment, deux stores pour régler l'entrée d'ombre et de lumière dans la pièce (une minuscule salle bien éclairée avec une demi-douzaine de tables).

Le groupe change de table et s'installe au soleil. Marie-Flore et Miki sortent des toilettes avec, chacune, un chou-black au coin de l'oreille. Leurs cheveux qui ruissellent d'eau de réglisse sont peignés à la garçonne, une raie au milieu. Marie-Flore vide d'un trait son orangeade et pêche la cerise au fond du verre avec une longue tige en plastique. Avant de la glisser dans son sac, Marie-Erna regarde distraitement le mode d'emploi sur la bouteille de pommade placée devant elle sur la table :

POUR CONSERVER DES CHEVEUX JEUNES ET ÉCLATANTS, PRENEZ UN PEU DE MOELLE DE BŒUF QUE VOUS RÉPARTIREZ SUR VOS MAINS ET PROCÉDEZ À UN LÉGER MASSAGE DU CUIR CHEVELU AINSI QU'À L'IMPRÉGNATION DE LA POINTE DES CHEVEUX.

Miki secoue sa tête et des gouttelettes d'eau volent partout.

– Tu me dois un foulard, lui dit Pasqualine.

Miki jette un bref regard à Choupette.

– J'ai tenu plus de cinq minutes, murmure Choupette.

Papa s'assoit à une table d'où il peut voir facilement la Buick. La masse noire étalée de la vieille Buick comme une flaque d'encre de Chine. Papa fait semblant d'étudier minutieusement le menu en jetant de temps en temps un coup d'œil dans le coin des filles.

— Qu'est-ce qu'il a ? demande Miki, tout bas.

— Choupette l'a mis en quarantaine, dit Marie-Erna.

— Qu'est-ce qu'il t'a fait ? s'inquiète Miki.

— Rien, dit Choupette, mais je n'ai pas envie de l'avoir tout le temps entre les jambes.

— Dans les jambes, rectifie Marie-Michèle, on dit dans les jambes, Choupette...

— Figure-toi que je le savais...

— Merde, Choupette, dit Miki, tu ne peux pas arrêter de penser à ça, juste une minute ?

— Oui, dit Choupette, quand je le fais.

Brusquement, Marie-Flore change de place avec Marie-Erna pour se mettre plus près de Papa.

— Je ne supporte pas de le voir manger tout seul, dit Marie-Flore.

Miki change de place avec Pasqualine et se retrouve à côté de Marie-Erna. Marie-Flore cherche une cigarette dans son sac, la trouve, la porte à sa bouche avec une lenteur infinie jusqu'à ce que Papa se réveille et lui allume la cigarette. Choupette se tortille sur sa chaise en regardant sa montre. Le numéro sept ramasse les verres vides, essuie la table et remplace le cendrier.

— Pourquoi tu n'arrêtes pas de regarder ta montre ? demande Miki.

— Je n'aime pas voir le temps passer.

— As-tu quelque chose à faire ? insiste Miki.

— Non, rien, dit Choupette en faisant un geste sec avec son épaule gauche. Je n'aime pas gaspiller mon temps, c'est tout.

— Mais tu n'as rien à faire, murmure Miki.

— Justement, dit Choupette, c'est quand on n'a rien à faire que le temps est précieux.

— C'est bon ça, dit Marie-Erna. Où as-tu piqué cette phrase ?

— Dans ton cul.

— Va te faire foutre! gueule Marie-Erna.

— Vous n'allez pas recommencer!… crie Miki. Dans ce cas, je m'en vais.

Les filles se lèvent d'un bond et se lancent vers la porte. Le serveur numéro sept s'affole. Le numéro neuf essaie de les rattraper. Papa fait un signe au numéro sept de mettre le tout sur son compte. Tout baigne dans l'huile.

Papa ouvre la porte de la Buick pour laisser entrer les filles. Choupette refuse de monter dans la voiture.

— Viens près de moi, lui dit Miki.

— Pourquoi? lui demande Pasqualine.

— Parce que, répond sèchement Choupette.

Miki et Pasqualine descendent et poussent Choupette à l'intérieur de la voiture.

— Ce qui se passe entre un homme et une femme ne me concerne pas, dit clairement Marie-Erna.

— Qu'est-ce que tu lui as fait? demande Marie-Michèle à Papa.

— Je ne lui ai rien fait, dit celui-ci plaintivement.

— Justement…, lance Choupette. Je suis jeune, moi, j'ai envie qu'il se passe quelque chose… Je veux qu'il m'arrive un malheur… Au lieu de cela, je me retrouve avec ce vieux débris.

— Tu exagères, Choupette, jette Marie-Erna.

— Tu peux le prendre si tu veux, siffle Choupette.

— Je ne touche jamais à ce qui n'est pas à moi, répond Marie-Erna.

— Tu parles! éructe Choupette, cette salope ne fait que ça.

— T'es un homme chanceux, Papa, dit Marie-Michèle avec un demi-sourire. Deux femmes se battent pour toi.

— Je n'ai rien fait, dit Papa tout en conduisant vers le centre-ville.

— Ta gueule, toi, dit Choupette, on sait que tu ne fais jamais rien…

— Où va-t-on ? demande Marie-Michèle.

— Pourquoi veux-tu savoir ça ? dit Miki.

— Parce que je suis dans la voiture, riposte Marie-Michèle.

— Eh bien, on ne va nulle part, ma chérie, tout se passe dans la voiture.

Pasqualine pousse un cri suraigu. Marie-Flore fait danser ses seins. L'après-midi n'a qu'à bien se tenir.

Journal de Marie-Michèle

I

Ma mère insiste pour me déposer, chaque matin, à Sainte-Rose-de-Lima, un collège huppé pour jeunes filles de bonne famille. Elle aime tellement jouer à la mère poule, surtout quand il n'y a aucun danger, que n'importe qui aurait des soupçons quant à l'authenticité de ses sentiments maternels. Moi, en tout cas, je ne la crois pas capable de suspendre l'examen de son nombril plus de dix secondes dans une journée. Pendant longtemps, me fondant sur sa seule conduite, j'ai mis en doute l'instinct maternel. Faut dire que je n'avais qu'elle comme modèle de mère. Nous sommes seulement trois dans cette immense demeure juchée sur les hauteurs de Pétionville. Je ne sais pas comment ça se passe chez les autres, mais ma mère, je peux jurer que ce n'est pas une vraie mère. En tout cas, elle n'a rien en commun avec celles que je croise le long de la route qui mène à mon collège. Ces mendiantes que je vois toujours avec un bébé attaché à leurs hanches, la bouche suçant frénétiquement un sein flasque où ne semble plus rester une seule goutte de lait. D'abord, ma mère n'aurait jamais accepté que je maltraite à ce point son sein (ah, elle y tient), elle ne m'aurait non plus jamais nourrie de ses dernières réserves, comme le font, avec abnégation, toutes ces mères. J'ai toujours rêvé d'être un de ces bébés soudés à leur mère, d'accompagner ainsi ma mère partout, de faire équipe avec elle pour soutirer quelques sous aux passants. Je regarde, le cœur toujours serré, ces gosses à moitié nus, qui quémandent sur le trottoir, à deux pas de leur mère, et qui, dès qu'on leur donne une piécette, se précipitent pour la rapporter, avec un large sourire, à celle-ci. Je n'ai pas pitié d'eux, j'ai pitié de moi qui ai tout eu, sauf l'attention de ma mère.

Ce matin, nous sommes descendues de Pétionville sans rencontrer une seule marchande sur la route. Signe qu'il se trame quelque chose. Comment se fait-il que les gens du peuple soient toujours au courant bien avant nous (quand je dis « nous », je parle des riches, bien entendu, m'y incluant pour le moment, mais pas pour longtemps, car je me prépare à sauter la barrière de classe ces jours-ci) de ce qui se passe dans ce pays ? Ma mère va à tous les cocktails d'ambassade, elle connaît tout le monde, des colonels, des évêques, des hommes d'affaires puissants, des femmes d'ambassadeur au fait des derniers potins du Palais national, et même quelques personnes si influentes qu'on raconte qu'elles pourraient succéder à Duvalier père, surnommé Papa Doc, si celui-ci venait à mourir (je ne serais pas étonnée qu'il soit déjà mort et qu'on ne nous en ait rien dit – un fantôme circule dans les couloirs du Palais national). Je sais, je sais, il y a son fils, Baby Doc, ce gros idiot qui s'apprête à lui succéder. Je l'ai rencontré deux ou trois fois déjà, il a mon âge. Je n'ai jamais vu de ma vie un homme aussi peu attirant. Je plains celle qui se retrouvera prise avec un type aussi terne. Même ma mère pense qu'il est un peu bête. Au fond, il me fait pitié, mais faut que j'arrête ça, car je me connais, je serais capable de coucher avec lui juste à cause de ses grands yeux éperdus, piqués sur une tête en chou-fleur. On dirait un bœuf qu'on mène à l'abattoir. C'est tout à fait ça. Et c'est ce qui me fend, d'une certaine manière, le cœur. Tu t'imagines, ton père est un des pires criminels de son époque, et toi qui n'as même pas encore dix-huit ans, tu entends dire partout que le vieux va crever et que tu es son héritier politique. Tu vas hériter de quoi? D'un pays de misère ou de ses crimes. Je peux te dire que je me serais cassée vite fait. J'aurais inventé une douleur à la poitrine que les médecins d'ici ne pourraient détecter en aucun cas, on m'aurait envoyée à l'étranger me faire soigner et, comme ces footballeurs dernièrement, j'aurais demandé l'asile politique. Oh là là, tu parles d'un raffut! On verrait sa tête partout. Dans les journaux, à la télé. Le fils Duvalier qui demande l'asile politique.

— Et pourquoi une pareille décision, jeune homme? s'informe un agent de renseignements.

— Je ne veux pas être président de ce pays, monsieur.

— Mais tout le monde chez vous ne rêve que de cela.

— Pas moi, j'étais gardé en otage au Palais.

— Par qui?

— Par les tontons macoutes.

— Ce sont les tueurs à gages du gouvernement, vous accusez donc votre père de chercher à vous tuer?

— Non, c'est les autres, les tontons macoutes, qui lui ont fait comprendre qu'il ne peut pas partir comme ça...

— Il compte aller où, votre père?

— Il voudrait mourir, mais on lui a fait comprendre que ce n'était pas le moment approprié.

L'avenir semble trop incertain ici. Comme si brusquement les dictateurs n'étaient plus fréquentables. Et les hommes de main du régime se sentiraient terriblement en danger si Duvalier père ne présentait pas un successeur légitime afin d'assurer la continuité du régime. J'entends encore la voix nasillarde de François Duvalier, à la télé, présentant son fils au peuple (cela m'a fait penser à l'histoire d'Abraham immolant son fils, sauf que, cette fois-ci, Dieu n'est pas intervenu): «Voici ce jeune leader que je vous avais promis dans mon message du 2 janvier dernier.» Seigneur, si tu voyais à côté de lui le visage en sueur de ce jeune homme étouffant dans ce costume gris anthracite trop étroit. Oh là là, me voilà enfoncée jusqu'au cou dans un marécage de paranoïa politique à cause de ma tendance à fabuler. C'est dû au fait qu'on n'a rencontré presque personne sur notre chemin, ce matin. Je pense rarement à la politique. Il se trouve que ce type me fait pitié. Nous sommes presque du même âge. Je le vois vert de peur dans son uniforme vert de nouveau chef des tontons macoutes. Je n'ai jamais vu une pareille trouille chez personne d'autre. L'impression qu'il se tient face à un peloton d'exécution, à côté de son père.

Ma mère conduit, les mains vissées sur le volant. Les veines saillantes de son cou. Elle regarde droit devant elle parce que, de chaque côté de la voiture, c'est la misère totale. Insoutenable. Ma mère descend avec moi chaque matin au centre-ville, mais je ne l'ai jamais vue jeter un seul regard autour d'elle. Je me demande des fois si elle voit un lien quelconque entre elle et tous ces gens. Il y a Pétionville, la riche banlieue où nous vivons, puis le reste du pays. Comme toujours, elle gare soigneusement la voiture devant l'entrée de l'école, m'embrasse sur les deux joues, comme si j'allais encore à la maternelle, et me regarde un long moment avec cette intensité feinte qui m'embarrasse chaque fois. Je descends tranquillement de la voiture et franchis en sautillant la grande porte en fer de l'école, sachant que cela lui fait plaisir de me voir me comporter encore comme une gamine. Elle a surtout peur de faire face à une adolescente égoïste et exigeante, pas loin de ce qu'elle est elle-même. Au bout d'un moment, je quitte ma cachette pour revenir sur le trottoir. Et là, j'attends patiemment que la voiture tourne au coin de la rue pour filer chez Miki.

Scène II

Un garçon avec un long menton,
des yeux bridés et pas de front

> Long plus que mon ombre.
>
> M. S.-A.

Gégé est passé me prendre à la maison. Je faisais semblant d'étudier. J'ai un examen de physique lundi prochain. Tante Renée est en train de peler une orange sous mon nez et l'odeur m'indispose. Je respire difficilement. J'ai toujours été sensible aux odeurs. Tante Ninine essaie une robe jaune criblée d'épingles devant le miroir ovale. J'attends qu'elle me tourne le dos pour filer et rejoindre Gégé que ma mère m'interdit de fréquenter. Tante Gilberte dit qu'il a une sale gueule, Gégé.

C'est vrai que Gégé n'a pas de chance avec les filles. Il a un long menton, des yeux bridés et pas de front. On l'appelle le Mongol. Il a déjà arraché un œil à un type du lycée Pétion. L'œil, tout gluant, a roulé par terre. Gégé a posé son pied droit dessus et l'a fait éclater. Ma mère pense que Gégé m'entraîne dans des jeux dangereux. Ma mère ne sait pas combien elle a raison. Pourquoi je le suis comme un petit chien ? D'abord pour sortir des jupes de ma mère et de mes tantes qui me traitent comme si j'étais encore un enfant. L'autre raison, c'est qu'avec Gégé je ne m'ennuie jamais. Ici, je ne fais rien. J'étudie mes leçons, je fais mes devoirs (je suis un bon élève), sinon je m'assois dans les marches de l'escalier qui donne sur la rue et je regarde passer les gens. Juste ça. C'est tout ce que je fais l'après-midi. Rien d'autre. Des fois, je regarde passer les nuages. Je peux regarder passer les nuages pendant des heures. La course des nuages. Je me demande où va tout le temps que je perds à regarder les nuages. Les nuages ou la lune. La lune, c'est encore mieux.

J'ai connu Gégé et tout a changé. Au début, je croyais qu'il ne me voyait que pour copier mes devoirs tranquillement, ou quelque chose de ce genre. J'ai vite compris que l'école ne représentait rien pour Gégé. Chaque jour, il inventait un jeu plus dangereux que celui de la veille. Il m'a appris le jeu du train. On se couche sur les rails pour attendre le train. Quand le train fonce, on doit se lever à la dernière seconde. Inutile de dire que j'étais toujours le premier à me relever. Finalement, on a laissé tomber ce jeu (ouf!) pour un autre plus dangereux (brrr…). Un jour, il m'a emmené à l'école, la veille d'un examen d'algèbre. Nous sommes descendus dans la cour de l'école. Il n'y avait pas un chat. Il faisait déjà sombre. Nous rasions le mur sur la pointe des pieds quand j'ai senti quelque chose de froid, là, entre mes jambes. Je ne me suis pas retourné tout de suite. J'ai touché Gégé à l'épaule. Il a souri, le salaud. Il avait prévu le coup. Je n'osais plus faire un pas. Gégé a sorti d'un petit sac une boulette de viande remplie d'éclats de verre qu'il a lancée au chien. Le chien a regardé, un moment, la boulette rouler à quelques mètres de lui. Il a hésité deux ou trois secondes avant de se lancer en trois bonds vers le morceau de viande.

— Bon, ça va l'occuper, dit Gégé.

— S'il mange ce truc, il risque de mourir, Gégé.

— Tu aurais préféré qu'il t'arrache les couilles?

— Non, mais le tuer ainsi…

— Il n'a qu'à ne pas le manger.

— Tu sais bien qu'il le mangera, Gégé.

— Alors, ce sera son choix.

Le chien avait l'air de bien aimer la boulette de viande. On a continué notre chemin. Il faisait noir à l'intérieur de l'école. On s'est dirigés tout droit vers le bureau du directeur. Gégé a sorti son trousseau de clés. À peine entré dans le bureau, il est allé vers les grands tiroirs métalliques. Après cinq minutes, il avait déjà en main les examens d'algèbre. L'algèbre, ça ne compte pas pour moi. Je pourrais résoudre ces problèmes les yeux fermés. Gégé a copié calmement les équations et on est sortis tout de suite après. Au moment de franchir le mur, j'ai vu le chien, près de sa niche. Couché sur le dos, les yeux grands ouverts. De magnifiques yeux noirs. Très brillants. Son ventre tressaillait légèrement. On peut voir beaucoup de choses en deux secondes. La mort, par exemple.

Gégé n'est même pas venu le lendemain pour l'examen d'algèbre.

Scène III

La ville étagée sur quinze collines

Pas de dieu, pas de lieu.

M. S.-A.

La Buick 57 tourne doucement au coin de la Firestone et descend la rue Pavée. Choupette allume la radio. Marie-Erna rit avec deux types qui passent dans une Subaru jaune.

— Tu sais qui c'était? demande Marie-Erna à Miki.

— J'ai pas regardé…

— Cubano. Il était avec le chanteur de Tabou.

— Pourquoi t'as rien dit? gueule Choupette.

— Hé, dit Marie-Erna, j'ai juste eu le temps de leur envoyer la main.

— T'es vraiment une salope, Marie-Erna, continue Choupette.

— Merde, Choupette, c'est pas moi… Si ce type voulait te parler, il se serait arrêté, lâche Marie-Erna.

— Qui? demande Marie-Flore, complètement en dehors du coup.

— Cubano, dit Miki.

— Encore lui, conclut Marie-Flore.

La vieille Buick 57 s'enfonce dans l'après-midi. Les couleurs, les gens, les maisons défilent. Un petit garçon à la peau luisante bombarde d'eau sa petite sœur qui s'enfuit à toutes jambes. Une femme engueule un homme en le tenant par le collet. Un taxi en plein milieu de la rue : panne d'essence. Le vent chaud du début d'après-midi. Des gouttes de sueur (de plus en plus grosses) perlent le long de l'échine de Pasqualine. La Buick s'arrête d'elle-même au coin de la station Shell. Papa verse un seau d'eau dans la gueule rouge de soif de la Buick et asperge longuement les roues. Miki court acheter des boissons gazeuses en face. N'en pouvant plus, Pasqualine descend de la Buick et s'appuie contre la portière. Marie-Flore file pour plonger sa tête dans une cuvette d'eau propre. Le pompiste fait un clin d'œil à Papa. Il fait trente-cinq degrés à l'ombre. On remonte en voiture. La Buick 57 bondit maintenant comme une jeune chèvre. Elle avait vraiment soif. Choupette termine sa boisson et lance la bouteille par la fenêtre.

– T'es folle ou quoi ! s'exclame Marie-Michèle, t'aurais pu blesser quelqu'un…

– Je m'en fous, aboie Choupette.

– *Gen yon bébé ke mwen renmen, lan Paramount tou le Samedi**, chantonne Marie-Erna.

Le tube de Tabou Combo.

– Toi, la ferme ! aboie de nouveau Choupette.

– *Mwen renmen l', mwen renmen l', mwen renmen l'***…, reprend tout le monde en chœur (sauf Choupette).

– Merde, dit Choupette.

La Buick tourne au coin de la *Nova Scotia Bank* pour éviter l'embouteillage monstre du bas de la ville et s'arrête

---

* Il y a une fille que j'aime chaque samedi au ciné *Paramount.*
** Je l'aime, je l'aime, je l'aime…

devant *Anson Music Center*. Les filles descendent promptement de la voiture, claquent la porte. Le corps maigre de Pasqualine ondule dans une robe verte à peine plus grande qu'un mouchoir. Juchée sur des échasses noires, Pasqualine traverse la chaussée brûlante. Marie-Flore se retourne un quart de tour en poussant la porte à tambour et fait un sale clin d'œil à Papa. Un immense *poster* représentant une énorme paire de fesses dévorant un énorme hamburger qui dégouline de ketchup au-dessus d'un aquarium de poissons rouges. Le tout dernier disque des Shupa Shupa joue à plein volume. L'aiguille glisse sur un grain de poussière. Une nana *cool* avec un super afro balance son cul dans un jean. L'air conditionné rafraîchit les corps en nage. L'atmosphère sombre et douce d'une pièce remplie d'eau. Pasqualine s'allume une cigarette, et relaxe s'il vous plaît, *baby*. Un type en t-shirt pop explose tout au fond de la salle sur un disque des Gypsies. Marie-Flore glisse dans son sac un peigne nacré. Deux filles entrent et sortent avec trois disques de Bossa Combo. Marie-Erna jette subtilement dans son sac un minuscule flacon de parfum. Choupette veut faire jouer le nouveau disque des Difficiles de Pétionville. Les filles crient de laisser aller Tabou et elles s'éparpillent quand Pasqualine sort un vieux disque de Gary French.

Silence. Papa, seul dans la Buick, monte toutes les vitres. Les taps-taps passent dans un bruit mou de fumier. Paysage enfumé, noyé sous une teinte métallique. Papa en sueur. Il commence à se sentir mal. Ses yeux se dilatent. Sa bouche est sèche. Un homme passe devant lui avec une dizaine de montres autour du bras. Il crie quelque chose à Papa en levant le poignet. Une femme traîne un petit garçon habillé d'un costume de marin. Plan gauche sur *Bazar La Poste* : un goulot de bouteille de cola, entre des lèvres lippues et des dents blanc ivoire, laisse couler un liquide rosâtre. Une petite fille plaque son visage contre la vitre chaude de la Buick.

Au ralenti : gorge rouge de poisson de grands fonds aspirant sa nourriture dans un énorme aquarium. Zoom sur main baladeuse se fermant sur une paire de boucles d'oreilles. Plan intérieur : Papa se noie dans sa sueur et les grains de poussière glissent mollement sur les vitres de la voiture en flonflons de soie liquide, en dégoulinades rougeâtres et en sarabande d'ectoplasmes déchirant la rétine de l'œil.

Les filles reviennent. La Buick démarre.

FEU ROUGE. Sur la longueur d'un bloc, entre les rues Pavée et des Césars, quatre rangées d'automobiles attendent au croisement, pare-chocs contre feux arrière. Les moteurs ronflent. Les tubes suintent. Buick et Chrysler américaines. Peugeot et Citroën françaises. Toyota et Datsun japonaises.

FEU VERT. Les moteurs s'affolent. Les leviers grincent en première vitesse. Les autos s'espacent entre les magasins, la foule et les couleurs vives des affiches.

Dans un moment, toutes ces bagnoles crevassées, repeintes, vont se diluer dans Port-au-Prince, la ville étagée sur ses quinze collines (Saint-Martin, Sans-Fil, Bel Air, Canapé-Vert, Bourdon, Fort National, Saint-Gérard, Turgeau, Pacot, Morne-à-Turf, Poste-Marchand, Nazon, Bois-Verna, Bolosse, Nelhio) avec ses taxis fourmis qui escaladent les rues monte-au-ciel.

La vieille Buick ralentit devant le Marché en fer, tourne au coin du vieux terrain d'aviation avant de filer droit vers Pétionville.

Journal de Marie-Michèle

2

J'ai rencontré Miki il y a deux ans à ce magasin de disques (*Anson Music Center*). Elle était avec des amies. D'autres amies que celles qu'elle a aujourd'hui. Sauf Choupette, je crois. Choupette, elle la connaît depuis très longtemps. Elles ont un rapport assez étrange, d'ailleurs. Choupette m'avait dit au début que Miki était sa cousine, que leurs mères étaient sœurs. C'est la première chose que j'ai remarquée dans le groupe : un intense besoin d'affection. Et c'est d'ailleurs la seule chose qui les soude vraiment les unes aux autres. Sinon, elles passent leur temps à fabuler. Cela m'a poussée à réviser tout de suite ma vision du mensonge. On aurait tendance à croire qu'un mensonge est un mensonge. Au fond, non. Ces filles mentent différemment de ma mère. Ce serait la honte pour elle si elle se faisait prendre en train de mentir. Elle ne ment presque jamais, mais tout son être est faux. C'est un mensonge ambulant. Je ne sais pas comment expliquer ça. Une amie l'appelle et lui demande ce qu'elle fait, elle répond qu'elle est en train de se maquiller. Moi (à huit ans), je suis dans son lit et je la regarde faire depuis un moment, je peux donc témoigner que tout ce qu'elle a dit à son amie est vrai, et pourtant il me reste l'étrange sensation qu'elle n'a fait que mentir. Sa voix, son ton, ses mimiques : tout était artificiel. Cela m'a pris des années d'observation pour toucher enfin du doigt le fond de l'affaire : c'est sur l'importance démesurée qu'elle accorde à ce qu'elle dit, à ce qu'elle pense, à ce qu'elle fait. Mais quand on la regarde superficiellement, elle ne semble jamais s'émouvoir de rien, considérant toujours tout sur le même plan. C'est là qu'elle ment, parce que, moi, je vois quel soin elle accorde à tout ce qui touche à sa personne. Les filles, elles, mentent aussi comme elles respirent. Le plus banal fait est déformé. Elles mentent sur tout et en tout temps. Sauf sur l'essentiel : leur rage de vivre. Tout ce qui sort de leur bouche est faux, mais leur chaleur – quatre cents degrés à l'ombre – est vraie. Elles sont là devant vous, incontournables. Alors que ma mère semble toujours ailleurs.

À part Miki, personne du groupe ne sait que je viens d'une riche famille de Pétionville, bien qu'il soit parfois difficile de cacher certains réflexes de classe, et que je puisse passer mes vacances n'importe où dans le monde. L'été dernier, je suis allée à Dakar, simplement pour voir une amie dont le père avait été durant quelques années l'ambassadeur du Sénégal à Port-au-Prince. Les N'Diaye habitaient à deux maisons de chez moi et je fréquentais beaucoup leur fille, Bintou. J'étais fascinée par ses traits si raffinés et ses manières si aristocratiques, alors qu'elle pouvait être, parfois, d'une telle vulgarité. Je la suivais partout. J'imitais ses goûts, sa façon de parler, de marcher, de boire – elle pouvait être soûle sans que personne s'en aperçoive –, de rire. Elle était parfois d'une cruauté insupportable. On est allées en Côte d'Ivoire ensemble et on a passé le mois d'août dans les suffocantes discothèques d'Abidjan. J'avais raconté aux filles, ici, que j'étais malade. Si elles cachent leur misère, moi, je cache ma richesse. En Haïti, ces deux univers ne sont pas censés se croiser. Miki, elle, est au centre. C'est ce que j'aime avec elle. Elle n'est ni avec l'un ni avec l'autre. Elle voit qui elle veut, elle va où elle veut et elle fait ce qu'elle veut. C'est un être vraiment libre. J'étais dans l'allée centrale du magasin de disques *Anson Music Center* quand j'ai remarqué juste devant moi, sous mes yeux, l'une des plus jolies nuques que j'ai vues de ma vie. Une nuque dit tout à propos de son propriétaire. Celle de Miki annonce une personnalité sensible, drôle, légère et très fine. Je me suis alors dit que je serais capable de suivre cette nuque partout où elle irait. À cet instant, Miki s'est retournée et m'a souri. Une intuitive. J'ai toujours été attirée par les gens capables de lire dans le cœur des autres. C'est une qualité que je n'ai pas, mais que j'envie certainement. Bintou l'avait. Miki aussi. Moi, je suis plutôt observatrice. Je regarde la personne qui m'intéresse et j'emmagasine toute information qui m'aidera à mieux la connaître. Cette traque peut durer des mois. À la fin, je peux savoir avec certitude à qui j'ai affaire. Miki, elle, le sait tout de suite. J'ai toujours été attirée par mon contraire. Brusquement, une nuée de filles rieuses sont venues arracher Miki et l'ont emmenée sous mes yeux. Je les voyais, par la vitre, monter dans une grosse Buick conduite par un homme gras avec des lunettes noires, visiblement un tonton macoute. C'est un univers qui m'a toujours fait rêver. Et je ne l'ai plus revue. Ce jour-là, je l'ai perdue de vue pour ne la retrouver que six mois plus tard.

J'étais allée voir un match de football au stade. Violette contre Racing. Je ne m'intéresse pas du tout au football, j'avais simplement accompagné une amie qui était complètement folle d'un joueur du Violette. Je m'ennuyais depuis un moment quand j'ai remarqué cette longue et gracieuse fille courant le long de la ligne de hors-jeu. Mon cœur, en reconnaissant Miki, s'est emballé comme un cheval sauvage. Je ne suis pas particulièrement attirée par les femmes. J'aime les observer, mais elles finissent toujours par me décevoir. Cela peut étonner, je trouve les hommes plus subtils, plus mystérieux aussi. Ma mère, par exemple, je sais que je prends toujours le même exemple, mais c'est le modèle que j'ai le plus longuement et minutieusement observé, ma mère se croit une nature complexe bien qu'elle soit d'une simplicité désarmante. Mes yeux ont l'habitude de fouiller jusqu'au fond de l'âme des gens, alors que mon cœur est complètement aveugle. Il n'arrive même pas à faire la distinction entre les genres. Il confond aisément le masculin avec le féminin. J'avais un chien et il a fallu qu'elle tombe enceinte pour que je découvre que c'était une chienne. Et comme je suis assez myope et que je déteste porter des verres, ce qui n'arrange pas mon cas, je ne reconnais jamais les gens à leur visage, mais uniquement à leur façon de bouger dans l'espace. Je privilégie la nature par rapport à la culture. Les questions de couleur, de race, de classe ne me disent rien, tandis qu'elles sont au centre de la vie de ces bourgeois qui habitent dans les montagnes environnant Pétionville. Ce qui me touche toujours, c'est un cœur qui bat, le cœur de la vie. Plus vite il bat, mieux je le sens. Miki a une folle allure, je peux dire. Elle ne marche pas, elle danse. J'ai tout de suite su que cette fois-ci je ne la laisserais pas partir. Naturellement, les autres étaient là. La même équipe que celle d'aujourd'hui, à part une fille que je n'ai plus jamais revue après. Il paraît qu'elle était trop jalouse. «Miki, m'a tout de suite dit Marie-Erna, déteste les gens jaloux.» Bon, je ne l'étais pas avant de rencontrer Miki. Moi aussi, je détestais les jaloux. C'était pour moi un sentiment ignoble. Comment peut-on vouloir quelqu'un uniquement pour soi? Au fond, ce n'est pas que je sois jalouse, c'est Miki qui attire trop les autres: hommes, femmes et bêtes. Les chats la suivent. Ce n'est pas un être humain, Miki, c'est un aimant sur jambes. Les hommes ne résistent pas, les femmes ne résistent pas. Les animaux non plus. Ce n'est pas ma faute alors. Dès qu'on entre dans la sphère de Miki, on ne pense plus qu'à une chose, semble-t-il, comment éloigner les autres d'elle.

Et on apprend tout de suite qu'il y a un nombre magique qui tourne autour de Miki. Toujours cinq filles. Dès qu'une fille se retire, n'arrivant plus à respirer tant le centre du Cercle est brûlant, une autre arrive instantanément. Et la nouvelle fait toujours peur aux anciennes. Et si Miki tombait sous le charme de la nouveauté? On se dit qu'il vaut mieux rester avec celles qu'on connaît déjà, celles qu'on peut encore contrôler. Dès qu'une nouvelle fille débarque, on se regroupe pour faire face à l'ennemie. Au fond, chacun reste dans le Cercle pour des raisons personnelles. Nous ne sommes que des astres morts tournant autour du soleil Miki.

SCÈNE IV

Le terrible soleil de trois heures de l'après-midi

Après-midi dénués à tire-d'aile.

M. S.-A.

Un type a arrêté Gégé près du stade pour savoir s'il venait au match de ce soir.

— Qui joue? demande brutalement Gégé.

— Bacardi contre Don Bosco, répond le type.

Gégé crache par terre. Le type veut lui vendre un billet.

— Je n'en voudrais même pas à moitié prix, dit Gégé.

— Des fois, il y a des surprises, Gégé, répond le type.

— Tu sais où mettre ton billet, jette Gégé calmement.

Le type s'en va chercher un autre pigeon. On continue notre route. Un autre arrive.

— J'ai de bons billets pour demain.

— Pourquoi j'achèterais aujourd'hui les billets pour le match de demain? dit Gégé.

— C'est Racing contre Aigle Noir.

— Super! je m'écrie.

Gégé me regarde d'une drôle de façon. Le type s'approche de Gégé et sort les billets.

— Tu perds ton temps, mon vieux, dit Gégé, je ne paie pas pour entrer au stade.

— Et lui ? réplique le type, me désignant du doigt.

— Lui, dit Gégé, il est avec moi, ET IL NE PAIE PAS LUI NON PLUS !

Gégé a hurlé les derniers mots.

— Pas de problème, a dit le type en s'en allant vers l'entrée du stade, là où se trouvent déjà un petit groupe de vendeurs de billets. Ils portent tous le même uniforme : tennis blancs, t-shirt et une casquette rouge ou blanche comme vissée à la tête. Je me demande pourquoi ces types sont toujours en train de dévorer une orange.

Gégé a craché de nouveau par terre quand le type est parti. Je n'ai jamais vu quelqu'un comme Gégé. Toujours en colère. Je n'aimerais pas être son ennemi. C'est déjà assez risqué d'être son ami.

La rue qui passe devant le stade est la pire rue à descendre quand il fait chaud. Le grand cimetière se trouve à gauche quand on va vers la mer. Il n'y a rien pour vous protéger du soleil. Le terrible soleil de trois heures de l'après-midi. On dirait qu'il est là pour l'éternité. Une femme est en train de laver son linge dans le ravin, près du cimetière, où coule un filet d'eau sale. Un peu plus haut, un homme baisse son pantalon (il a les fesses striées de cicatrices noires) tout en jetant de temps en temps un bref regard en arrière pour voir si personne n'arrive. Des excréments secs comme du bois mort. Ils n'ont plus aucune odeur puisqu'ils ont été lavés par la pluie et séchés par le soleil.

On descend jusqu'au *Cinéma Olympia*. C'est un western. Dans la salle d'entrée : une grande affiche d'un homme en chapeau, les jambes bien arquées, qui regarde droit devant lui. Ses doigts nerveux effleurent son revolver. Dans quelques secondes quelqu'un va recevoir une balle entre les deux yeux. Ici, au *Cinéma Olympia*, Gégé ne paie pas non plus. On passe à la barbe du vendeur de billets assis dans sa petite cage grillagée. La salle est dans l'obscurité totale. Je ne vois pas plus loin que mon nez.

— On va s'asseoir en avant, dit Gégé en me poussant dans le dos.

Gégé croit qu'en s'assoyant en avant il verra l'image avant tout le monde. Un homme était déjà là avant nous. Il a un tic nerveux. De temps en temps, je vois tout son corps trembler. Je le regarde de plus près. Il tient ses deux revolvers dans ses mains. Il essaie de dégainer avant John Wayne. C'est un marsouin (c'est comme ça que Gégé appelle les tontons macoutes). Je le connais. Il s'appelle Touche.

— On s'en va, Gégé, je dis.

— Qu'est-ce qu'il y a?

— J'aime pas ce film.

— Moi non plus, dit Gégé.

On sort tranquillement en bâillant et en nous étirant le corps comme si on était dans la salle depuis une éternité. Le type sort de sa cage et attrape Gégé par le bras gauche.

— Hé là, je ne vous ai pas vus entrer!

— Normal, dit Gégé.

— Comment ça? s'étonne le vendeur.

— Tu crois qu'on aurait payé pour voir ton film pourri!

Le type regarde Gégé droit dans les yeux. Gégé ne bronche pas. Le duel. Le type baisse les yeux le premier.

— Je ne veux plus vous voir dans le coin, jette le type avant de retourner à sa cage.

Gégé sort calmement du cinéma comme on vient juste de voir John Wayne le faire, sous le soleil de plomb de cette petite ville de la frontière mexicaine.

— On reviendra quand on en aura envie, dit Gégé.

— Oui, chaque fois qu'il y aura un bon film, j'ajoute.

— Bande de voyous, lance le type sans grande conviction.

— Espèce d'enculé, riposte Gégé.

Le type a, instantanément, changé de couleur.

– Pourquoi tu lui as dit ça?

– J'aime pas sa tête, me répond Gégé.

Le soleil n'avait pas bougé. J'aime voir le soleil quand je sors d'une salle de cinéma. On continue à marcher vers la mer, les jambes bien arquées comme des gars d'*OK Corral.* On ne s'arrête même pas pour pisser. Dieu seul sait combien j'ai envie de pisser, mais a-t-on jamais vu pisser John Wayne?

La sainte nuit pose
doucement ses fesses sur la ville

Sur un cheveu préfacé de mes doigts.

M. S.-A.

Le corps ficelé dur de Pasqualine debout sur la pointe des pieds coupant la lumière crue dans une métallique dureté. Le torse arqué fléchit à l'aine. La nette épure des cuisses graciles.

Marie-Erna feuillette des romans-photos sur le divan. Marie-Flore marche pieds nus sur le ciment frais.

La pièce est éclairée par la fenêtre. Le rayon de soleil (le rouge soleil couchant) divise la chambre en deux pénombres moites.

Miki brosse les cheveux soyeux de Pasqualine devant un grand miroir ovale. Choupette file chez le Chinois et revient avec des bouteilles de coke et du riz-poulet dans des assiettes en carton.

Miki caresse la nuque de Pasqualine et l'embrasse légèrement au cou. Elle lui frotte ensuite le dos avec de l'eau de Cologne. Vent de fraîcheur. Et lui masse le visage avec de la crème Nivea (contre le teint brouillé de peau à tendance sèche) et de l'émulsion à la malvidine.

Pasqualine trouve un vieux rasoir, s'assoit sur le tabouret et ramène doucement une jambe sur la coiffeuse. Elle courbe l'échine. Le rasoir remonte lentement vers l'entrecuisse. Pasqualine se rase complètement la jambe avant de la bassiner avec de l'alcool à soixante degrés.

Miki caresse la jambe de Pasqualine allongée sur le bois clair. Le tranchant du rasoir fait un curieux bruit.

Une fourmi marche tranquillement sur le miroir avant de s'arrêter au beau milieu. Elle a dû voir son double.

Les assiettes de carton un peu partout dans la chambre. L'odeur du poulet. Marie-Erna se lève pour aller ouvrir la fenêtre.

— Je déteste cette odeur. Je ne sais pas comment vous faites pour manger ce truc.

— C'est parce que t'as pas faim, répond Choupette.

— J'ai faim, mais ce n'est pas une raison pour manger n'importe quoi, dit Marie-Erna.

— Il n'y a rien de bon à manger par ici, lance Marie-Flore.

— Je mangerais bien un homme, lâche Choupette.

— Toi, tu ne penses qu'à ça, dit Marie-Erna.

— Tu n'es vraiment pas la bonne personne pour faire une telle remarque, riposte Choupette.

— Je n'ai jamais mangé dans ton plat, relance Marie-Erna.

— Je ne partage jamais mon os avec une autre chienne, conclut Choupette.

— Vous ne trouvez pas qu'il fait trop chaud pour vous disputer? remarque Marie-Michèle.

Pasqualine se tortille dans une *méringue* de sang (le dernier disque des Shupa Shupa). Marie-Michèle mitraille Pasqualine avec une vieille Nikon. Pasqualine continue à danser sans prêter attention au manège de Marie-Erna. Les flashes éclairent un corps luisant.

Papa regarde.

Marie-Flore somnole dans un fauteuil. Miki est allée se changer dans les toilettes. Elle avait sali son corsage avec la sauce brune du poulet.

Le dos noir d'une blatte comme un tesson de verre sombre. Ses fines antennes bougent sans arrêt. Le pied de Papa l'écrase et elle vomit une matière blanchâtre.

Le soleil s'est retiré complètement de la pièce. Des bruits sourds proviennent de la rue. Un vent léger chasse l'odeur sure du riz-poulet.

Choupette, étourdie, traverse la salle en s'essuyant la bouche avec un kleenex imbibé de coke et s'allume une cigarette qu'elle aspire lentement. La pièce en pleine obscurité (fenêtres fermées) tangue comme un bateau dans un rêve d'enfant. Le bout de sa cigarette grésille dans le noir.

— Passe-moi une cigarette, Choupette, demande Miki.

— J'étouffe ici, dit Pasqualine en sueur.

— Et moi, j'ai faim, ajoute Marie-Erna.

— On devrait sortir, propose Choupette.

— Merde, vous ne pouvez pas vous relaxer un moment! dit Marie-Michèle.

— J'ai rien à foutre ici, crie Pasqualine en s'essuyant la bouche avec une serviette de papier.

— OK, on sort, lâche finalement Marie-Michèle.

— Je n'ai plus envie de sortir, dit Pasqualine.

Marie-Michèle se tourne vivement vers elle.

— Faut savoir ce que tu veux, toi!

— Tu ne vois pas qu'elle plaisante, dit Miki en prenant Pasqualine par la taille.

— On sort, oui ou merde? crie Choupette. Je ne vais pas crever ici.

— T'énerve pas, dit Miki, on sort.

— Où va-t-on ? demande Marie-Flore.

— ON SORT ! répondent les filles en chœur.

La sainte nuit pose doucement ses fesses sur la ville. Un soleil drogué titube encore dans le golfe. La Buick remonte, ventre à terre, une petite colline ocre. Plein volume sur le tube de Tabou Combo (le groupe préféré de Marie-Erna). Papa fait mine de changer de station. Les filles se mettent à hurler. Le solo de guitare les prend au ventre. Marie-Erna se penche en avant, la tête appuyée contre le siège de Papa comme si elle venait de recevoir un violent coup de poing à l'estomac. Pantelante. Les yeux hagards. La musique la travaille au ventre. Un corps à corps sans pitié. La voix éraillée du chanteur la relève d'un uppercut. Corps en transe. Rythmes ibos. Erzulie Dahomey. Les loas de Guinée. Dans la Buick 57. Marie-Erna tombe, épuisée. Cou cassé. Écume au coin des lèvres. La Buick prend le tournant au coin de *Cabane Créole*. Les filles rient en s'aspergeant de parfum et de poudre. Papa se retourne et reçoit le poudrier dans les yeux. Les filles continuent de rire. La poudre aveugle Papa. La Buick file, libre, sans chauffeur ni destination. C'est vendredi soir, bébé.

SCÈNE VI

Gégé chéri, il est mignon,
ton petit ami

Mon pouls seul comme Ibn Lo Bagola.

M. S.-A.

Un type a appelé Gégé du fond d'un long corridor, presque en face du Portail Léogâne. Gégé m'a demandé de l'attendre et il est parti voir le type (ce monde est plein de types sans nom). C'est un grand maigre avec de larges yeux affamés. Légèrement cassé à la taille. Gégé et lui discutent avec animation. Une femme passe devant moi, me regarde de la tête aux pieds.

— Il y a quelque chose que je peux faire pour toi?

— Non merci, j'attends un ami.

— Oh, je vois, dit-elle d'un air entendu.

— Le voilà, dis-je.

Elle se lance au cou de Gégé.

— Gégé chéri, il est mignon, ton petit ami... Je peux te l'emprunter deux minutes?

— On n'a pas le temps, Sylvana.

— Juste deux minutes... Je ne te l'abîmerai pas.

— Pas ce soir.

— Alors va-t'en et ne remets plus les pieds au Portail Léogâne, sinon je te fais écraser les couilles, tu m'entends, Gégé... Tu te prends pour un homme alors que tu n'es rien... T'es même pas une mouche... Si je veux, je peux t'écraser comme ça... Je peux te faire bouffer tes petites couilles, Gégé...

On a filé en riant et Gégé m'a donné une bonne bourrade dans le dos.

— Elle vient du Cap.

— Ah oui...

Gégé me regarde comme s'il fallait comprendre autre chose.

— Tu sais ce que ça veut dire?

— Elle est née au Cap, je finis par répondre.

— Triple idiot... Les filles du Cap sont les meilleures baiseuses du monde...

— Du monde!

— Du monde... Elles font des pipes du tonnerre... Et Sylvana était la reine du Cap...

— Oh là là...

Un temps.

— Et cette histoire de te faire bouffer tes couilles?

Gégé se met à rire.

— T'inquiète pas, me dit Gégé, elle ne te les fera pas bouffer.

— Ah bon!...

Le rire continue.

— Elle te les bouffera elle-même, mon vieux.

On continue vers la pharmacie *Nelhio*.

— Cache-toi là, me dit tout à coup Gégé en me poussant derrière une colonne, près de la pharmacie.

Le gendarme s'approche de Gégé.

— Qu'est-ce que tu fais ici, Gégé? Je ne t'avais pas dit de ne plus remettre les pieds au Portail?

Gégé ne dit rien.

— La prochaine fois, je te boucle et je t'envoie à Centrale (la Centrale des arts et métiers qui s'occupe de la formation des jeunes délinquants ramassés dans la rue)…

— Je dois passer par là pour rentrer chez moi.

— Ne te moque pas de moi… Comment va Denise?

— Bien… Son genou lui fait mal…

— Attends-moi là…

Il entre dans la pharmacie et achète un médicament qu'il apporte à Gégé.

— C'est une pommade… Elle doit passer ça sur son genou le matin en se levant et le soir avant de dormir… Et maintenant, file…

Gégé me fait signe de venir.

— C'est mon oncle… Lui, il n'a jamais voulu aller à l'école. Ma mère m'a dit qu'il a quitté la maison à dix ans pour aller vivre au marché. Ses parents l'ont renié, sauf ma mère. Il la considère comme sa seule famille…

C'est la première fois que Gégé se livre autant. Il s'en rend déjà compte et se tait.

— Ta mère a des douleurs au genou…

— Je lui raconte toujours une histoire pour qu'il me laisse en paix, lance Gégé en jetant le sachet dans le caniveau.

— Il t'a dit de ne pas rester au Portail… Pourquoi ne voulais-tu pas qu'il me voie?

— Il t'aurait expédié tout de suite à Centrale, mon ami.

— Mais pourquoi?

— Il reçoit une prime chaque fois qu'il envoie quelqu'un là-bas. C'est comme ça qu'il gagne sa vie…

— Et s'il revient?

— Non, il est rentré chez lui. C'est un Témoin de Jéhovah maintenant… Il a eu sa vie, qu'il me laisse vivre la mienne.

À ce jeu, tous les coups sont permis

La tanagra danse.

M. S.-A.

Doc apporte les plats presque en courant. La salle du restaurant est pleine et il y a encore des gens qui s'amènent. Des musiciens du groupe Shupa Shupa sont assis près de la porte d'entrée. Ils viennent de jouer au *Rex-théâtre*. Les filles, suivies de Papa, font une entrée remarquée. Marie-Erna éteint tout de suite sa cigarette dans le verre du guitariste des Shupa Shupa.

— Petit con, dit Marie-Erna.

— J'avais la fièvre…, murmure le guitariste. Je ne pouvais même pas conduire.

— Trouve une autre excuse, petit con… Tu dois être fier d'avoir posé un lapin à quelqu'un comme moi…

— C'est vrai, j'avais la fièvre et…

— Tu n'es même pas assez bon pour me cirer les chaussures…

Les autres (musiciens et *fans*) font semblant de ne pas écouter la conversation.

— Demain, je ne blague pas, on pourra se voir au même endroit et à la même heure, si tu veux…

Marie-Erna éclate d'un joli petit rire artificiel.

— Je devais être folle ou soûle pour avoir accepté ce rendez-vous de toi, car tu n'es ni de mon rang, ni de mon genre, ni de ma classe sociale…

Le guitariste garde la tête baissée. Marie-Erna lui assène un coup de poing à la nuque avant de retourner vers le groupe.

— À demain alors, dit le guitariste d'une voix penaude.

— Les minables n'ont jamais de seconde chance, lance Marie-Erna par-dessus son épaule.

Le guitariste relève la tête et fait face à ses compagnons.

— Elle ne t'a pas raté, dit le chanteur avec un petit rire de gorge.

— Oh, dit le guitariste, je lui avais donné rendez-vous après la kermesse de samedi dernier… Comment pouvais-je savoir que Maryse allait être là !

— C'était difficile alors ? dit un jeune *fan* assis à la table.

— Entre Maryse et celle-là, je n'avais pas le choix, comme tu vois…

— Je te comprends…, murmure le jeune *fan* d'un air entendu. Tu n'avais pas vraiment le choix.

— Tu crois qu'elle viendra à ton rendez-vous de demain ? demande le chanteur avec le même rire de gorge.

— Bien sûr, dit le guitariste. Il faut connaître ces filles : si elle avait été vraiment fâchée, elle ne m'aurait pas jeté un seul regard.

— Bien vu, dit le chanteur, une fille ne quitte jamais un homme avant de se venger.

— C'est ça, confirme le guitariste, il faut toujours lui donner une bonne raison de te détester…

— Et tu vas aller à ce rendez-vous, toi ? demande le jeune *fan*.

— Oui, répond le guitariste, pour lui dire que je ne peux pas rester.

— Mais pourquoi? s'étonne le jeune *fan*.

— Parce que c'est exactement ça qu'elle a en tête de me faire. Tu comprends, faut que tu penses à ce qui se passe dans la tête de l'autre aussi.

— Et si elle ne vient pas? dit un autre musicien.

— Elle viendra, dit le chanteur d'un ton décidé.

— Peut-être qu'elle se cachera quelque part pour voir si tu vas arriver, laisse tomber le bassiste (un silencieux).

— Naturellement, lance le guitariste, dès qu'elle me verra, elle s'en ira… Moi, je serai là avant elle et dès qu'elle se découvrira, j'apparais, et crac, je lui dis que je ne peux pas rester.

— C'est compliqué tout ça, dit le jeune *fan*. Moi, si une charmante fille me donne un rendez-vous, c'est simple, j'y serai…

— Résultat…, dit le chanteur avec ce sempiternel petit rire de gorge, résultat: tu n'as pas de fille.

Rires.

— C'est un métier, mon ami, dit le guitariste en donnant une petite tape au jeune *fan*, ce n'est pas fait pour les amateurs… Les filles sont devenues de plus en plus exigeantes ces jours-ci.

— Je ne comprends toujours pas, dit le jeune *fan*. Comment pouvez-vous être si sûr qu'elle viendra?

— Elle viendra, dit le chanteur, c'est comme ça…

— Pourquoi? insiste le jeune *fan*.

— Elle viendra, conclut le guitariste, parce qu'elle a dit qu'elle ne viendra pas.

Le jeune *fan* hoche la tête doucement.

Journal de Marie-Michèle

3

Ma mère, au début, m'amenait partout avec elle. Je connaissais ses copines, ses conversations, son mode de vie en général, et ça m'emmerdait terriblement. Une grande majorité de ces femmes jouaient à l'adolescente pubère, alors qu'elles étaient mariées et avaient déjà trois ou quatre enfants. Rien n'est plus déprimant que de les voir en action. Elles ne circulent qu'en tenue de sport: la minijupe de tennis ou le pantalon moulé d'équitation. Le tennis et l'équitation sont les deux derniers sports qui soient encore hors de portée de la classe moyenne. D'abord, elles changent de voix et d'attitude dès qu'elles se trouvent en présence d'un homme envisageable. Elles miaulent comme des chattes en chaleur avant de se mettre à minauder. On a envie de vomir. Plus leur voix devient aiguë, plus celle de l'homme en question prend des tons de basse. À la fin, elles se mettent littéralement à japper comme de petites chiennes à la langue rose pendante. Et lui, à baver. Ce qui m'énerve, c'est que les deux parties savent bien que cela n'ira pas plus loin. Tout le monde flirte ainsi avec tout le monde, et c'est ce qu'on appelle un cocktail – il y en a un tous les vendredis au cercle Bellevue et les autres jours, à tour de rôle, dans une ambassade quelconque. Naturellement, elles s'arrangent pour prendre un amant dans un autre cercle. Je devrais plutôt dire dans un autre univers. Ce sont souvent des hommes de condition sociale si inférieure à la leur – un jardinier, le professeur de leur fils ou un jeune poète affamé – que les chances sont nulles que cela parvienne un jour à l'oreille de leurs maris. Qui va raconter, sans preuves irréfutables – on entend par là des photos véritablement compromettantes –, à un homme d'affaires influent que sa femme couche avec le jardinier, justement celui qui lui répond toujours la tête baissée? Le domestique parfait. Ou sa fille, avec ce jeune homme qui travaille chez lui et dont il n'a jamais su le nom, car le seul contact qu'il a avec lui, c'est quand il rentre vers trois heures du matin, le dimanche, et qu'il lui fait deux brefs et un long coups de klaxon pour qu'il vienne lui ouvrir la grande barrière – s'il veut entendre japper sa fille, il n'a qu'à arriver une heure plus tôt et à pied. Il arrive souvent que deux bonnes amies couchent avec le même homme sans le savoir. Les maris, en revanche, cachent à peine leurs fredaines. Ils vont jusqu'à faire des enfants avec ces femmes aux fesses rebondies des milieux populaires. Aucun danger que ces enfants se retrouvent un jour sur leur testament à cause de l'étanche barrière de classe sociale. Leurs épouses savent aussi qu'ils sautent constamment la barrière. Mais elles s'en foutent du moment que ça ne touche pas l'héritage de leurs enfants. C'est mieux ainsi parce que ce serait plus risqué avec une femme de leur milieu… D'abord le scandale, qui ne sera pas public, puis la haine plutôt tenace, car il n'y a de véritable haine qu'entre des gens de même classe. Ensuite, il faut reconnaître, d'une manière ou d'une autre, cet enfant qui exigera sûrement sa part un jour. Bon, pour celles qui couchent avec leurs subalternes, elles doivent se faire plus discrètes, c'est tout. Et s'arranger pour ne pas changer d'habitude trop vite. Sinon elles passent la majeure partie de leur temps, et ces femmes ont du temps à elles, à acheter des chemises de soie, des cravates griffées, des mouchoirs de poche, des parfums de prix pour de jeunes coqs des quartiers populaires qu'elles ont rencontrés grâce à une amie plus délurée. Elles deviennent un peu plus survoltées et se font brusquement rares dans les cocktails. Je sais tout cela pour les avoir observées attentivement depuis un bon moment. Au début, je prenais des notes sur leurs comportements, ce qui m'a permis de repérer assez rapidement chez les plus audacieuses les signes avant-coureurs d'une prochaine dérive sentimentale. Cela commence toujours par une sorte de frénésie incontrôlable. On renouvelle la garde-robe. On court les magasins pour acheter de nouveaux sous-vêtements. Les jupes raccourcissent, la fréquentation des salons de beauté devient intensive. À vrai dire, j'encourage de telles choses, mais c'est surtout l'hypocrisie de ces femmes du monde qui m'indispose. Car ce sont les mêmes qui, dès qu'elles parviennent à vous coincer dans un angle du salon, ne ratent jamais l'occasion de vous casser les oreilles de leurs conseils de quatre sous. Elles parlent plus souvent de morale que la religieuse qui nous enseigne le catéchisme. J'ai remarqué qu'avec la morale, c'est comme avec la culture : moins on en a, plus on l'étale… Sœur Thérèse fait ce qu'elle peut pour ne pas paraître ringarde. Il lui arrive d'aborder, crûment même, l'explosif sujet du sexe. Elle nous a déjà parlé de fellation, et cela sans rougir. C'est Bintou – elle est franchement drôle, cette fille, on ne sait jamais si elle est sérieuse ou si elle se moque de vous – qui lui a demandé si c'était aussi péché quand on le fait avec son mari. Sœur Thérèse lui a répondu du tac au tac – on dirait qu'elle avait attendu cette question toute sa vie – que rien de ce qu'on fait avec son mari ne peut être considéré comme un péché. « Et pourquoi, ma sœur ? » a insisté Bintou de sa voix la plus innocente – cette fille me manque vraiment. « Parce que Dieu n'entre pas dans les chambres à coucher des gens mariés. » Rires. Ce que j'aime avec sœur Thérèse, c'est qu'elle a un discret sens de l'humour.

Toujours ce léger sourire au coin des lèvres. Elle nous répète souvent, de cette petite voix aussi chantante qu'une cascade : « Je soupçonne que vous en savez peut-être plus que moi en la matière, mais je dois vous dire comment je vois les choses. » Quand je pense à ces amies de ma mère qui me crachent leurs bondieuseries à la figure tout en détournant leur regard quand leur mari me coince près du bar, je ne peux avoir que du respect pour sœur Thérèse. Je dois dire que ça fait un certain choc de voir que sa mère fait partie d'un tel cercle. Je préfère de loin le groupe de Miki. En fait, chacun son cercle. Quand on est né dans le Cercle doré, on ne peut pas en sortir. Parce qu'il y a la famille immédiate – les parents, les grands-parents, les frères et sœurs –, et puis il y a l'« autre famille », la caste. On est à peu près tous cousins, cousines, et nous vivons dans le même périmètre. On va à des fêtes où on ne rencontre que des cousins et des cousines. Je n'arrêtais pas de demander à ma mère pourquoi nous sommes tous cousins et cousines. Elle semblait évasive chaque fois. Quand j'ai vu que personne ne piperait mot là-dessus, je me suis mise à réfléchir toute seule, un soir, pour trouver enfin la réponse. C'est l'argent. L'argent, l'argent, l'argent. On se serre les coudes. On se marie avec ceux qui sont aussi riches que soi. On additionne les richesses. Et c'est ainsi qu'après deux siècles de fusion on a fini par devenir une seule et même famille. Je me doutais bien que ce n'était pas ici, à Pétionville, qu'on avait échafaudé ce système à la fois simple et répressif, basé sur trois choses fondamentales : la richesse familiale, l'exploitation du peuple et la corruption de la classe politique en fonction. J'ai fait de nombreuses recherches dans ce sens. Je sais que mes études en ont souffert, mais je n'acceptais pas de ne pas savoir pourquoi, dans ce pays, un petit groupe est si riche pendant que la très grande majorité crève de faim. Qu'est-ce qui légitime à ce point ces gens parfumés du fameux Cercle doré ? Et je peux vous jurer que je n'ai aucun désir de changer la société. Je m'imagine plutôt en train de faire des expériences de laboratoire. Je me sens comme une entomologiste étudiant les moindres mouvements d'insectes en société. J'ai vite découvert dans la petite bibliothèque de sœur Thérèse – elle ferme les yeux sur mes frasques – que cette façon d'organiser la société en deux groupes, une petite minorité riche et une grande majorité pauvre, nous venait essentiellement d'Europe. Ce n'est sûrement pas dans les magazines féminins que ma mère achète à la librairie *Auguste* que j'aurais trouvé de telles explications. C'est plutôt sœur Thérèse qui m'a été d'un grand secours dans ces recherches. J'ai eu, en outre, généralement le vendredi après-midi, de longues discussions avec sœur Thérèse sur la famille, la justice et la religion. La grande trilogie. Elle m'a dit, vers la fin, qu'il y avait au moins deux sortes d'intelligence : une intelligence généreuse et une intelligence inquiète, et que j'avais une intelligence inquiète, et qu'elle n'avait rencontré qu'un seul jeune esprit aussi aigu dans cette école, mais qu'au lieu de la réjouir, cela l'effrayait. Elle avait peur pour moi, car ce n'est pas bien de trop penser dans un tel milieu. Elle a néanmoins accepté que j'emporte à la maison certains livres de sa collection personnelle. J'ai étudié la Révolution française et ses composantes : l'aristocratie, la bourgeoisie, le peuple et la religion. J'ai plongé tout de suite dans un gros bouquin aux pages jaunies traitant de l'histoire des religions. D'autres livres ont suivi, qui m'ont permis de comprendre le rôle de l'argent dans les relations humaines. Ce que les hommes sont prêts à faire pour l'argent. Uniquement pour l'argent. Car nos familles restent soudées tant qu'on n'a pas encore abordé la question de l'héritage. La terre et l'argent. Aujourd'hui, personne, à part les pauvres paysans, ne s'intéresse à la terre. Il reste l'argent. Les empoignades au moment des partages. On est allés, l'année dernière, chez des cousins, des gens vraiment raffinés. Le père, un riche industriel du savon et de la pâte de tomates, venait de mourir. Oh! ce n'était pas beau à voir. Je connais aussi quelqu'un – un de nos proches cousins – qui est allé dénoncer son cousin à la police politique, le redoutable service secret, disant qu'il préparait un attentat contre Duvalier, simplement parce que l'autre avait reçu une meilleure part d'héritage que lui. Duvalier lui a donné la part du cousin, qu'il a pris soin de jeter à Fort Dimanche. Les gens étaient vraiment choqués cette fois-ci, mais trois mois plus tard, quand il a donné cette grande fête, ils se sont tous retrouvés à boire des martinis au bord de sa magnifique piscine. Pour une fois, ma mère n'était pas de la partie. Je l'avais rarement vue aussi indignée. Elle m'a expliqué, ce soir-là, que si les gens se sont précipités chez cet homme affreux, c'est parce que tous cachaient dans leur placard des histoires aussi horribles.

— C'est Duvalier, a-t-elle dit en secouant la tête, qui doit être content de nous voir barboter dans notre boue.

— Pourquoi serait-il content?

— Parce qu'il vient d'une classe sociale inférieure. Nous avons toujours fait croire à ces gens-là que nous leur étions supérieurs à tous les points de vue... C'est pourquoi, conclut-elle, il y aura toujours des dictateurs dans ce pays, car si des gens aussi privilégiés sont capables de telles bassesses pour de l'argent, alors un monstre comme Duvalier aura toujours l'impression qu'il n'a de compte à rendre à personne. Car, ma chérie, il ne faut pas te leurrer, Duvalier sait très bien que Gérald ne complotait aucunement contre lui. Gérald n'est pas intéressé à savoir qui est au pouvoir du moment qu'il peut faire de l'argent. C'est un homme très dur lui aussi, Gérald, je le sais, mais le faire jeter en prison comme ça, c'est scandaleux. Duvalier sait maintenant qui on est.

Pendant un moment, j'ai pensé que ma mère allait me parler, pour une fois, d'autre chose que d'elle-même, sa classe, sa caste, sa tribu, sa famille, son Cercle. Toute sa colère, c'était parce que notre merde avait débordé. On avait donné la possibilité à quelqu'un qui n'était pas du groupe, Duvalier, de regarder à l'intérieur de notre Cercle... N'y tenant plus, j'ai mis quelques affaires dans une petite valise et j'ai dit à ma mère que j'allais passer le week-end chez Stéphanie. C'est la fille de sa meilleure amie. La fille de sa meilleure amie est devenue ma meilleure amie. Steph est une écervelée qui pourrait me servir d'alibi de temps à autre si je pense changer d'univers. Je n'ai eu qu'une vraie conversation avec elle, il y a deux ou trois ans, et elle m'avait expliqué qu'on devait arriver vierge au mariage et ne prendre un amant qu'après que notre mari a ouvert le chemin. C'était sa morale. Elle n'y voyait là aucune hypocrisie. Tout ce qu'elle doit à son mari, c'est sa virginité. Après, elle agira comme elle veut. Pour elle, c'est une attitude féministe. Quand l'hypocrisie se mélange avec la bêtise, il n'y a plus rien à faire.

— Et si tu rencontres un de ces types irrésistibles mais inaptes au mariage?

— Je passe mon chemin.

— Tu n'as jamais envisagé, Steph, de te faire enculer? Comme ça, tu n'aurais pas besoin de le marier et tu serais toujours vierge pour ton futur mari.

Le premier cri était si aigu que mon oreille n'a pas su le capter. Le second, oui. Elle était déjà toute rouge.

— On dirait que tu n'as jamais entendu ce mot, Steph.

— Quel mot?

— Enculer.

Elle m'a plantée là et on ne s'est plus adressé la parole pendant six mois. On s'est revues, par hasard, à l'*Hippopotamus*, cette discothèque qui vient d'ouvrir et où tout le monde se retrouve dès le vendredi soir. Et on s'est expliquées.

Je lui ai dit que, elle et moi, on voyait les choses différemment, mais que cela ne nous empêchait pas d'être amies. Elle a tout de suite fait furieusement oui de la tête. Peut-être qu'elle avait eu le temps de repenser à la possibilité du cul en lieu et place du vagin. Je n'étais pas désintéressée non plus : je sentais bien que Steph pouvait être un formidable alibi. C'est un monde mécanique dont on saisit très bien les emboîtements. Si je dis à ma mère que je suis chez Steph, elle comprendra puisque c'est la fille de sa meilleure amie. Et elle ne mettra pas ma parole en doute parce que, au fond, elle n'est pas vraiment intéressée à savoir où je suis. Du moment que je ne quitte pas le Cercle. Si je dis à Steph que nous pouvons être amies même si nous avons des goûts différents, elle comprendra aussi parce qu'on peut facilement résumer cela en une jolie formule de salon, du genre «les contraires s'attirent». Dans une société aussi réglée, où le hasard et l'émotion ne sont plus possibles, les formules doivent être rassurantes. Alors que dans l'autre cercle, celui de Miki, où les liens de sang n'existent pas, rien n'est permanent. Tout bouge constamment. Cela me rappelle ce vers percutant du jeune poète Davertige : «Mes désirs en vitesse et en passion». Ici, chaque fille passe son temps à exposer, à la plus vive lumière, la vie intime de l'autre. Là-haut, chez moi, tout est toujours secret, sombre et lourd.

L'interview de *Rolling Stone*

L'effet, le reflet.

M. S.-A.

Un journaliste américain prend des notes à la table des musiciens. Il fait un reportage pour le compte du magazine *Rolling Stone* sur la nouvelle génération d'artistes haïtiens. À sa droite, un photographe (trois caméras autour du cou) qui prépare pour le magazine *Vogue* un numéro complet sur Haïti (paysages, musique, danse, vaudou et beautés locales). Ils n'ont pas le même mandat. Le journaliste de *Rolling Stone* va au fond des choses. Le photographe reste à la surface. Il faudra lire les deux magazines pour avoir un portrait complet du pays.

– Sans parler politique, attaque le journaliste de *Rolling Stone*, je trouve quand même bizarre cette explosion de jeunes musiciens…

Les gars à la table se mettent à rire comme des filles chatouillées.

– Ben, dit le chanteur des Shupa Shupa, c'est pas notre faute si on n'avait pas commencé avant…

– C'est la même chose pour moi, lance en rigolant le guitariste, mon père prétendait que c'était pas un métier et tout ça parce que…

Le chanteur lui coupe la parole.

– Mon père, lui, affirmait que c'était le métier des ratés.

Les deux musiciens s'esclaffent en se donnant des tapes sur la cuisse. Le journaliste, perplexe, laisse passer un moment avant de recentrer la discussion.

– Je comprends, dit-il, et c'est pareil partout dans le monde… Je veux dire, sans parler politique, faites-vous un lien entre la situation économique actuelle du pays et cette incroyable explosion de talents, et cela dans tous les domaines culturels…

– Du point de vue économique, dit le chanteur en prenant un air sérieux, ce travail, je veux dire avec les gars des Shupa Shupa, je veux dire mon groupe, eh bien, ça me permet de me nourrir, d'acheter quelques trucs pour m'habiller et de donner un peu d'argent à ma mère…

– Moi, dit le guitariste, je viens juste d'acheter une petite voiture… C'est l'ancienne voiture de Dada Jakaman, le manager du groupe Les Shleu Shleu…

– Non, non, c'est parce qu'il a complètement perdu la tête pour une de mes cousines… Tu connais Gina?

– T'es un naïf et tu ne connais pas Dada, conclut le chanteur.

Le journaliste sent l'interview lui glisser entre les doigts. Le photographe du magazine *Vogue* regarde un peu partout. La salle est bondée. Il y a presque autant de gens debout à attendre une table que de personnes assises. Doc court à droite et à gauche. Tout le monde le réclame. C'est le seul restaurant ouvert jusqu'à cinq heures du matin.

– Pensez-vous, dit le journaliste en dessinant un poisson sur son calepin, que cette explosion de talents…

– Vous savez, dit le guitariste, le mot «explosion» est très dangereux en Haïti...

– Ce mot peut nous faire sauter, ajoute sans rire le chanteur.

– Il n'y a pas de danger pour vous, précise le guitariste, vous êtes un Américain, mais nous...

Le journaliste prend un air désolé.

– Excusez-moi, je ne voulais pas vous mettre dans une situation difficile... Pensez-vous que tous ces bouleversements dans le domaine culturel...

Le guitariste fait la tête de quelqu'un qui a mal aux dents.

– C'est le mot «bouleversements»... Lui non plus, il n'est pas très catholique...

Le journaliste sourit d'un air gêné.

– Le mot qui me vient à l'esprit, dit-il tout penaud, c'est le mot «révolution».

Rires spontanés. Le photographe ne suivait pas la conversation.

– Pensez-vous, finit par dire le journaliste, que tout ça est dû au fait que, d'une certaine manière, vous, les artistes haïtiens, refusez de voir la réalité en face...

– Excusez-moi, je vais aux toilettes, dit le guitariste.

– ... et vous utilisez l'art comme une sorte de consolation?

En quittant la table, le guitariste se penche à l'oreille du chanteur pour lui murmurer quelque chose.

– *Blanc sa-a fou nèt... Chèché oun moyen pou jeté-ou**.

Le journaliste attend la réponse qui ne vient pas.

– Qu'est-ce que vous en pensez? finit-il par demander.

– Moi, je ne fais pas de politique, dit le chanteur, je ne m'occupe que de musique.

---

* Ce Blanc est complètement fou... Trouve un moyen pour filer d'ici.

– Je comprends, dit le journaliste de *Rolling Stone* qui venait enfin de comprendre.

Un autre long moment de silence.

– Qui est cette fille? demande brusquement le photographe.

– Pasqualine, répond sur le même ton le chanteur.

– Elle a quelque chose…, dit le photographe en se levant.

– Je ne vous conseille pas de l'aborder maintenant, dit le chanteur.

– Pourquoi? s'étonne le photographe.

– On ne peut pas prévoir la réaction d'une fille quand elle est en groupe. Attendez qu'elle soit seule.

Le photographe était déjà devant Pasqualine.

Scène IX

Comment trouver une table *Chez Doc*

La jactance du bal.

M. S.-A.

— Tu connais *Vogue*? demande le photographe avec ce terrible accent new-yorkais.

— Non, répond Pasqualine en baissant les yeux comme une jeune vierge du cinéma italien.

— Comment! Tu ne connais pas *Vogue*! *Vogue*. Le magazine de mode *Vogue*.

— Puisque je te dis que non… (Le ton était déjà celui d'une chatte qui crache.) Pourquoi je devrais connaître *Vogue*?

— Tu es si belle.

Toutes les filles se mettent à rire, le buste jeté en avant tout en faisant trembler leur arrière-train. Mauvais signe.

— Je parle en professionnel. Je suis photographe pour *Vogue*. J'ai fait le tour du monde et j'ai remarqué que toutes les filles comme toi connaissent *Vogue*. C'est le plus grand magazine de mode.

— Et alors? dit calmement Pasqualine.

— Et alors? intervient Choupette, c'est simple. Il veut te sauter au nom de *Vogue*.

– C'est seulement ça, ajoute Marie-Erna d'une petite voix fluette.

Le photographe américain rougit jusqu'aux oreilles.

– Ce n'est pas ce que vous croyez…, commence-t-il à dire.

– Hé! l'interrompt Choupette, c'est comme ça que vous les avez, hein?

– Juste en disant *Vogue*, ajoute Marie-Flore.

– Et ça marche à tous les coups? lance Miki.

Choupette avance calmement vers le photographe et lui prend les couilles dans sa main droite.

– Est-ce que ça marchera aussi pour moi si je dis *Vogue*?

Le photographe s'essuie le front avec un petit mouchoir de papier qu'il a sorti de sa poche arrière gauche.

– Pourquoi ça ne marche pas quand c'est moi qui dis *Vogue*? se plaint Choupette avec une tristesse grossièrement feinte.

– Tu ne comprends pas, dit Marie-Erna en riant, c'est pourtant très simple… C'est lui (elle pointe le photographe du doigt) qui doit dire *Vogue* pour que ça marche.

– Hé, monsieur *Vogue*, ne partez pas, dit Miki en riant.

– Vous lui avez fait peur, laisse tomber Marie-Michèle. Il n'était pas méchant.

– Toi, il te les faut tous, lâche Choupette d'une voix métallique.

Marie-Michèle bondit sur Choupette. Miki l'arrête au passage.

– C'est pas à toi de me dire ça, Choupette… Laisse ça pour une autre, toi qui n'arrêtes pas de faire de l'œil à tout le monde.

– Oui, mais je ne joue pas à l'intellectuelle… Ce petit jeu ne marche pas avec moi… Tu fais la dégoûtée quand on essaie de s'amuser un peu, alors que t'es une vraie salope.

Visage étonné de Marie-Michèle. Le reste du groupe ne bouge pas.

— Qu'est-ce que j'ai dit? Qu'est-ce que j'ai fait? J'ai simplement dit qu'il était mignon et que vous l'avez fait partir, et alors, j'ai pas le droit de parler...

— Moi, j'ai faim, dit Marie-Erna.

Doc arrive en sueur.

— Qu'est-ce qu'il y a? Pourquoi vous ne vous assoyez pas?

— Il n'y a plus de place, dit Marie-Michèle.

Doc jette un regard panoramique sur la salle pleine à craquer.

— Le restaurant est vide, gémit-il.

— J'ai remarqué, fait Marie-Michèle en prenant son air le plus snob.

— Alors, qu'est-ce qu'il vous faut? demande anxieusement Doc qui continue à regarder de tous côtés pour voir si on n'a pas besoin de lui ailleurs.

— C'est devenu d'un commun ici, dit Marie-Erna.

— Ça fait une éternité qu'on attend une table, Doc, ajoute Miki.

— Si tu ne veux pas de nous, on peut aller ailleurs, réplique Choupette.

— Tout est fermé dans le coin à cette heure, répond calmement Doc.

— Ne nous lance pas de défi, Doc, dit Miki. Tu sais qu'on est capables d'aller ouvrir un restaurant juste en face et de s'y installer... Et on verra ce qui se passera... Tu sembles avoir la mémoire courte, Doc, tu oublies que c'est nous qui avons lancé ton restaurant, hein!

— Avant, dit Choupette, il n'y avait que les chauffeurs de tap-tap qui venaient dans ton boui-boui...

— Qu'est-ce que je peux faire? demande Doc nerveusement.

— Donne-nous cette table, laisse tomber Marie-Michèle.

Doc la regarde, ahuri.

— Mais... Vous ne voyez pas qu'elle est occupée!

— J'ai remarqué (l'expression favorite de Marie-Michèle)...

— Alors?

— Alors quoi? murmure Marie-Michèle.

— Vous prenez une autre table... Je vais m'en occuper.

— Non, tu veux nous mettre près de la cuisine. On n'a pas envie de sentir l'huile toute la nuit...

— Qu'est-ce que je peux faire? C'est un bon client et en plus il est accompagné de sa femme.

— Je peux lui demander la table, dit Marie-Michèle qui avait pris l'affaire en main de manière discrète mais ferme.

— Allez-y, moi je ne peux rien faire, lâche Doc.

Marie-Michèle marche en dansant vers la table. Ses longues jambes sont pour quelque chose dans son allure de gazelle. Elle se penche vers l'homme assis en face d'une femme bien maquillée avec plein de bijoux de prix un peu partout (bras, cou, oreilles). Marie-Michèle murmure quelque chose à l'oreille de l'homme tout en regardant la femme droit dans les yeux. Immédiatement, la femme flanque une cinglante gifle à l'homme et ils quittent le restaurant. Marie-Michèle revient, sans se presser, vers le groupe. Doc jette son chiffon par terre.

— Et ils sont partis sans payer! C'est vous qui allez régler la consommation.

Papa sort son portefeuille et ramène le sourire sur le visage de Doc.

— Qu'est-ce que tu lui as dit? demande avidement Choupette.

— Je lui ai demandé si c'est avec cette salope qu'il me trompe.

Journal de Marie-Michèle

4

Cela faisait un moment que cette fille, Karine, voulait me caser. Comme je refusais tous les futurs vendeurs de chaussures (ils vont tous hériter d'un magasin de chaussures près du port) qu'elle me présentait, elle a raconté à tout le monde que j'étais lesbienne. La semaine dernière, on s'est rencontrées au *Byblos*; la musique y est bonne, mais la bouffe, nulle. C'est toujours préférable à l'*Hippopotamus*. Elle m'a sauté au cou. Elle était heureuse de me montrer sa bague de fiançailles – ce ne sont pas les mariages ratés qui manquent, mais on en trouve toujours quelques-uns qui se dévouent. Avec un jeune homme, pas trop mal je dois dire. L'œil vif, le geste lent, sûrement pas bête. Alors, ma vieille, on se réserve les meilleurs morceaux? Le fils de l'ambassadeur du Brésil. C'est ce qu'on vient de me glisser à l'oreille. Il est arrivé à Port-au-Prince il y a à peine six mois et déjà il semble connaître toutes les bonnes adresses et les bons partis. Karine rayonnait. Le type semblait amoureux aussi, mais j'ai rapidement vu qu'il pouvait regarder ailleurs. Pendant que je parlais à une amie, j'ai surpris dans le miroir son regard intense et mauve. Cela n'a duré qu'une fraction de seconde, mais j'ai vu ce qu'il fallait voir. Dans les discothèques, ce n'est ni l'ouïe, ni l'odorat, ni même le goût, c'est la vue qui compte. La vue et le toucher. Alors, on regarde partout.

Ne rien rater. Savoir tout de suite qui est avec qui. On ne doit pas vous surprendre en train de regarder, c'est une faute de goût. Cela vous classe tout de suite dans la catégorie des esseulées, des affamées. Une pente difficile à remonter, je vous l'assure. Les regards ne doivent se croiser que dans les moments critiques. Quand on veut achever l'autre. Le coup de grâce. Sinon, on se sert des miroirs. Car celui qui regarde sans être vu aura toujours une longueur d'avance sur l'autre.

Je suis allée un moment aux toilettes, où j'ai rencontré une vieille copine, dont j'ai oublié le nom, qui m'a raconté son voyage en Afrique : les girafes, les éléphants, les tigres, les fleuves bourrés de crocodiles. Mais si elle avait su combien ses histoires m'ennuyaient… Elle me tenait en otage littéralement, bloquant la porte avec son pied. Voilà un mystère que je voudrais qu'on m'explique : pourquoi les gens ennuyeux, qui vous racontent une histoire barbante, continuent-ils malgré le fait que vous semblez sur le point de tomber en syncope ? Bon, ce n'est pas ce soir que ce mystère sera résolu. Cette fille semble si contente de parler. Elle est vraiment animée. Je ne l'écoute pas trop. Je regarde les muscles de son visage. Tout est de bonne qualité et ne lui sert qu'à parler. Dans cette discipline, c'est une athlète de niveau olympique. Une marathonienne avec ses quarante-deux kilomètres de mots qu'elle termine en sprintant. L'une des rares sprinteuses à faire le marathon. J'avais du boulot qui m'attendait sur la piste de danse. J'ai dû quand même me battre avec cette conne pour qu'elle déplace son pied qui bloque la porte. Si au moins elle s'était fait baiser par un tigre, non, elle me parlait de son projet de construire un hôpital pour les animaux là-bas. Je n'ai pas pu m'empêcher d'éclater de rire, et cela, semble-t-il l'a vexée. Tant mieux, tant mieux. D'ordinaire, je cache mieux mon jeu. Mais je n'arrive pas à m'intéresser à ces missionnaires à la gomme, qui ne se soucient même pas d'envoyer leurs domestiques voir un médecin quand ils sont malades, mais qui veulent sauver les animaux en Afrique. Pas les gens, les animaux. Pas ici, en Afrique.

Je suis arrivée au moment où nos tourtereaux s'apprêtaient à franchir la porte.

— Tu pars déjà, Karine? Qu'est-ce que cela va être quand vous serez mariés!

Le sourire lumineux de la blonde Karine. On se demande comment font ces gens pour rester aussi blonds après deux siècles dans un pays de Nègres? Cette idée de mariage lui plaît. Elle se voit déjà en train de descendre les marches de l'église Saint-Pierre dans une robe d'une blancheur aveuglante.

— Puis-je exercer mon droit de cuissage? je demande d'une voix douce contrastant avec mon sombre dessein — quand on tient un revolver dans la main, on n'a pas besoin d'élever la voix.

J'y suis allée un peu fort, là. Heureusement qu'elle ne connaissait pas ce droit du suzerain sur l'épouse de son vassal. Notre milieu vit complètement hors de la culture. Bien sûr, ils essaient de maquiller ça avec des conversations étourdissantes où tous les grands noms de l'art sont constamment évoqués, mais cela ne va pas plus loin. Mon père, malgré qu'il soit un alcoolique invétéré, est un homme d'une grande culture. C'est d'ailleurs cette culture qui l'a poussé à l'alcool.

— Tout homme vraiment cultivé dans un pareil pays, me lance-t-il un soir, dans un rare moment de lucidité, finit avec une mitraillette dans une main et le petit livre rouge de Mao dans l'autre.

Il m'observe un long moment, nonchalamment, en me jetant de temps à autre un lourd regard de grand saurien. Ne voyant aucune réaction sur mon visage, il continue, vaguement vexé:

– Il y a une autre possibilité, et c'est celle que j'ai choisie : l'homme cultivé de ce pays, s'il a une ombre de conscience sociale, finit souvent par un joli plongeon dans une bouteille de rhum.

Au moins, lui, il a fait un choix clair : le suicide par l'alcool. Les autres se laissent porter, tout heureux, par la vague.

Revenons au *Byblos*, à Karine et à son fiancé brésilien. Faut dire que ce n'est pas la première fois qu'elle nous fait le coup des fiançailles secrètes et du mariage imminent. C'est le truc qu'elle a trouvé pour montrer partout son nouveau butin de chasse. C'est elle, en réalité, qui fournit la bague. Si elle ne connaissait pas l'expression « droit de cuissage », elle sentait bien que tout cela était relié au sexe. Et puis, je commence déjà à avoir une enviable réputation dans le milieu, celle de la fille qui n'a pas froid aux yeux. Le Brésilien, lui, avait tout compris depuis longtemps, et cela même si son français semble approximatif. On parle toujours au moins deux langues en même temps. Il a cherché plutôt à décoder le langage du corps et m'a donc reçue cinq sur cinq. C'est lui qui avait ouvert la chasse. Le pauvre m'avait prise pour une proie. Quelle erreur grossière ! Je n'attends jamais qu'un homme qui m'intéresse – pour quelque raison que ce soit – parte à ma chasse. Et j'aime par-dessus tout ce regard surpris qu'il me jette en découvrant que c'était lui la proie. Sa première réflexion, c'est toujours : « Tiens, tiens, le jeu devient intéressant. » Pour comprendre tout de suite après que la partie était déjà terminée, car j'avais en main toutes les cartes. Ce soir, tout s'est fait avec beaucoup de rires et de clins d'œil complices. Comme il fallait tenir compte de Karine aussi, je lui ai placé un bon coussin par terre avant qu'elle ne tombe, de sorte qu'elle n'a pas trop senti le choc. J'ai poussé finalement le Brésilien devant moi, vers la piste de danse. Karine, elle, est restée sur place. Sonnée comme un boxeur qui ne s'attendait pas à un tel coup en bas de la ceinture – ce n'est pas du jeu, ça! La bouche ouverte sans qu'aucun son ne sorte. Je ne me suis pas retournée, mais j'ai senti son regard sur ma nuque. Elle était sûrement en train de faire un rapide bilan. Elles font toujours des comptes. Une nature comptable. Mais non, ma vieille, il n'y a pas que l'arrogance dans la vie, il y a aussi le style. Première leçon. Le Brésilien et moi, on a dansé deux ou trois trucs pour se mettre dans l'ambiance. Mais je l'ai tout de suite arrêté quand il a commencé à sortir le grand jeu de reins de la bossa-nova, ces gens-là sont toujours en train de donner un cours de danse. Je l'ai bien calmé et on a commencé à s'embrasser sur la piste. Je voyais la pauvre Karine, près de la porte, se demandant ce qu'il fallait faire en un pareil cas. Quelques initiées s'approchant déjà d'elle pour la consoler, après s'être bien repues de la scène. Et Karine évoquant cette idée désespérée de venir le chercher sur la piste. Les autres tentant de la calmer tout en riant sous cape. Je voyais tout cela par les miroirs qui sont partout au *Byblos*. Je connais ce petit sadique – toujours sur la pointe des pieds, les deux mains sur les hanches et la voix de castrat – qui a décoré le *Byblos*. On dansait serrés l'un contre l'autre. Le Brésilien avait fini par comprendre qu'on pouvait faire autre chose que danser sur une piste de danse. Ce n'est pas qu'il soit con, mais ces gens pensent que Dieu les a créés pour jouer au football et faire danser la planète. Il y a des peuples à qui les clichés qu'ils suscitent finissent par tomber sur les nerfs, mais les Brésiliens, eux, vous les rappellent plutôt. Hé, Marie-Michèle, arrête de penser, ce n'est pas le moment. Je dois avoir une pièce brisée dans la tête pour penser comme ça, vingt-quatre heures sur vingt-quatre. Occupons-nous de ce qui se passe maintenant. Où est Karine? Pour le Brésilien, je le sais: il est en train de me mettre sa langue jusqu'au fond de la gorge. Il se prépare pour les Olympiques en travaillant sérieusement le lancer de la langue. Je viens d'apercevoir Karine, qui était allée se mettre dans un angle d'où elle pouvait m'observer sans que je la voie. Jamais vu une telle envie de meurtre dans les yeux de quelqu'un. En attendant l'explosion finale, savourons le moment. Je commence à en avoir assez du Brésilien, et elle semble avoir eu sa leçon. Étirée la plaisanterie plus longtemps serait de bien mauvais goût. Je lui ai donc ramené son type. Lui, il marchait en crabe devant moi de peur qu'on ne découvre qu'il était encore bandé comme un cerf. Karine, furieuse. Moi, faisant semblant de n'avoir rien compris. Tout s'est passé dans la plus parfaite correction. En toute civilité. C'est ainsi que se font les choses dans ce milieu. J'ai encore embrassé Karine, et elle en a profité pour m'inviter à une petite sauterie que donne sa cousine Régine demain soir, à La Boule. Seigneur! elle a dû prendre goût, d'une certaine manière, à notre petit spectacle. Les jeux du désir sont toujours troubles. Elle est peut-être maso. Faudrait que j'aille faire un tour chez le divin marquis. Mon père n'a jamais joué au jeu stupide de cacher dans un tiroir prétendument secret ses livres du marquis de Sade. Il y en avait toujours un qui traînait sur son bureau. Et la fois qu'il m'a surprise, couchée sur le divan, avec *La philosophie dans le boudoir* dans les mains, il n'a pas paru plus étonné que de raison. J'avais quinze ans, il est vrai. Et comme m'a dit mon père, dans certains pays, j'aurais déjà eu une famille à charge. Je ne pense pas que j'irai m'emmerder à La Boule.

J'ai pleuré en voyant *Le rebelle* avec Amalia Mendoza

Au halo de mon lamento.

M. S.-A.

La dernière séance du *Cinéma Olympia* vient de finir. Les gens sortent de la salle en pleurant. Une immense affiche sur le trottoir même : *Le rebelle* avec Amalia Mendoza. On aime tous quand le beau gitan dit : « Celui qui dansera avec Soledad mourra. » J'ai vu ce film avec ma mère et tante Renée. Elles ont pleuré. Moi aussi. Comme je suis le seul garçon de la maison, chaque fois qu'une de mes tantes veut aller au cinéma, elle doit m'emmener avec elle. J'ai donc vu *Le rebelle* au moins quatre fois. La dernière fois, je n'ai pas pleuré. Mais je ne dirai jamais à Gégé que j'ai déjà pleuré.

— Je ne comprends pas les gens qui pleurent en regardant un film, dit Gégé tout en crachant par terre.

— Peut-être que ce sont des personnes très sensibles, que je risque.

Gégé me jette un bref mais perçant coup d'œil.

— Bon Dieu ! crie Gégé, ces gens doivent savoir que c'est du cinéma… Ils ont quand même acheté leur billet.

— Des fois, ça arrive qu'on oublie tout ça, si on est très pris par le sujet du film.

— Moi, dit Gégé en riant (un rire sec), ils ne peuvent pas m'avoir… Je ne pleure jamais.

Un moment de silence. On entend, au loin, la voix de Sylvana, la fille du Cap, celle qui bouffe les couilles des hommes. Brusquement, Gégé se tourne vers moi.

— Et toi?

— Moi quoi?

— Tu pleures ou pas?

Une guitare joue la chanson de Soledad au fond d'un long corridor sombre.

— Tu pleures ou pas, merde?

— Je ne pleure jamais, Gégé.

— C'est ce que je pensais, dit-il gravement.

Des femmes sortent de partout, habillées comme des princesses de contes de fées. Les hommes sont généralement en blanc (avec chapeau).

— Ils vont à une fête? je demande à Gégé.

— C'est toujours comme ça, ici.

— Même le lundi?

— Tous les jours.

Le Portail change brusquement de visage. Le monde de la nuit envahit les trottoirs. Frôlements. Odeurs lourdes d'ilang-ilang.

La nuit est jeune.

Un marsouin au *Macaya Bar*

Et aussi toutes les bêtes gorgées de sang.

M. S.-A.

Il commence à se faire vraiment tard. Gégé attend que je lui demande de rentrer. C'est sa façon de m'humilier. Ma mère doit déjà s'inquiéter. Je ne suis pas sûr de pouvoir tenir longtemps à ce petit jeu. Je vais attendre encore un peu. On verra. Nous traversons la grand-rue en nous faufilant entre les taps-taps, les sirènes des ambulances (toujours pareil le vendredi soir), les klaxons hystériques des taxis et la foule compacte qui occupe le trottoir. On dirait une émeute. Gégé, très loin en avant. Déjà près du *Macaya Bar*. Les filles, assises sur le perron. Des Dominicaines surtout et trois ou quatre Haïtiennes, maquillées, prêtes à affronter la nuit. La fièvre. La *méringue*. Le désir fou des hommes en chapeau. Gégé connaît un serveur au *Macaya Bar*. Johnny a quitté l'école, il y a deux ans, pour ce travail. C'est normal, il était plus souvent ici qu'en classe. Il donne quelquefois des tuyaux à Gégé sur les putes. Qui va avec qui. Faut faire gaffe! Du moment qu'une pute trouve son bien avec un marsouin, faut se tirer vite fait. Gégé n'a pas peur des marsouins. C'est la seule personne de ma connaissance qui n'a pas peur des marsouins. Tout le monde a peur des marsouins. Les petits marsouins ont peur des gros. Et les gros des plus gros. Les marsouins se mangent entre eux, mais d'abord ils mangent ceux qui ne sont pas des marsouins. C'est comme ça avec les marsouins. Mais Gégé n'a pas peur des marsouins. Gégé va voir Johnny à l'arrière, dans la petite pièce à côté des toilettes. Je reste sur le trottoir, sous le grand flamboyant, pas trop loin des putes. Ni trop près ni trop loin. Je tremble de désir. Je regarde les prostituées du coin de l'œil. Ah les seins! Juste les toucher légèrement avec ma paume, les prendre ensuite dans ma bouche. Pourquoi ne suis-je pas ce gros porc qui enlace ce feu jaune? Une minuscule robe de soie jaune. La *méringue* endiablée. Tout ce rouge. La bouche, les joues, les ongles. Rouge. Rouge, Rouge. Une pute se lève pour aller chercher (je crois) une boisson fraîche. Elle me tourne le dos, me jette un regard par-dessus son épaule et commence à faire danser ses fesses. Je me demande des fois si Dieu existe vraiment. Si oui, pourquoi a-t-il donné tant de pouvoirs à une simple paire de fesses?

— Hé, toi, petit, viens ici, me dit le gros marsouin (pas trop loin de moi) que je n'avais pas remarqué, trop occupé à dévorer les putes des yeux.

Je vais vers lui.

— Tu veux un verre? me demande-t-il.

La fille assise à côté de lui (un corps maigre dans une robe étroite, comme les gros porcs les aiment) s'interpose.

— Va-t'en, tu n'as rien à faire ici.

— Comment ça! s'exclame le marsouin, tu repousses mon invité?

Je commence vaguement à comprendre la situation. La pute se lève brusquement.

— Va-t'en, je te dis.

Un moment d'hésitation. Mes membres sont un peu lourds.

— Cours, petit, cours, me dit la fille maigre en robe rouge, d'une voix hystérique.

Je me mets à courir. Mes jambes sont hésitantes au début. Mauvais démarrage. Je ne sais pas encore trop bien pourquoi je dois courir. Qu'est-ce qui se passe véritablement ? Où est le danger ? Je sens que c'est grave. Quelle direction faut-il prendre ? Je cours vers la foule. Personne ne fait attention à moi. C'est la routine dans ce coin. Je me retourne deux secondes pour voir la gueule du 38 dans mon dos. Je me jette dans un petit ravin tout près du poste de police du Portail Léogâne. Un gendarme sort sur le perron et fait un salut amical au marsouin qui tient toujours son 38 dans mon dos.

— Ne t'inquiète pas, me dit le gendarme, il est soûl comme une bourrique, il ne pourra jamais t'atteindre.

Je continue à courir.

— Il ne pourrait même pas toucher un éléphant dans un couloir ! me crie le gendarme en riant de sa propre blague.

J'ai l'impression de ne pas avancer d'un pas. J'entends le rire du gendarme. Je me fraie un chemin à travers la foule, me retournant de temps en temps pour voir, au loin, la gueule du 38. Finalement, je l'ai semé et je suis allé attendre Gégé près du stade.

Le match vient tout juste de se terminer. Don Bosco a écrasé Bacardi par cinq à zéro.

Scène XII

C'est fou, moi, je le trouve chou

Hors des dieux las de la sarabande.

M. S.-A.

— Apportez encore du poulet, Doc... Qu'est-ce que vous attendez! crie Choupette.

— Du moment que vous me payez, lance Doc de la cuisine.

— En nature? demande Marie-Erna.

— Moi, il me faut du bon argent, dit Doc en s'amenant avec les plats.

— T'es impuissant ou quoi! dit Choupette tout en essayant de prendre Doc par les couilles.

— Je ne sais pas ce que vous trouvez au poulet, dit Marie-Erna en minaudant un peu.

— La même chose que tu trouves au sexe, lui répond sèchement Choupette.

— Qu'est-ce que vous avez toutes les deux à vous chamailler comme ça?...

— Elles partagent peut-être le même homme, lance Marie-Michèle en regardant le plafond.

— Moi!... dit Marie-Erna en faisant la dégoûtée.

— Tu veux rire…, ajoute Choupette. Je déteste la promiscuité. Je ne partage rien avec personne…

Marie-Erna va répondre quand Pasqualine commence à s'étirer. Un léger duvet sous les aisselles.

— Je ne veux pas moisir ici… Je vais à la mer très tôt demain, dit la langoureuse Pasqualine.

— Tôt, ça veut dire vers midi, rigole Marie-Flore.

— Je dors chez toi, Miki, dit Pasqualine. Je n'aurai pas le temps de monter à Canapé-Vert.

— Qu'est-ce qui te prend, Pasqualine, dit Choupette, tout le monde va à la mer, demain.

— Peut-être, mais je ne vais pas avec vous, murmure Pasqualine.

— Nous, on va avec Papa, lance joyeusement Marie-Flore.

Papa sourit tristement.

— Je ne peux pas… Je dois emmener ma femme et mes gosses à la Plaine, dit-il en gémissant.

— Oh non, Papa, tu es déjà sorti avec eux il y a trois semaines, gronde Choupette. Qu'est-ce qui te prend ?

— Tu vieillis, Papa, jette Marie-Flore.

— Il n'y a plus de mine dans son crayon, ricane Choupette.

— Tu exagères, Choupette, dit tout bas Marie-Michèle.

— Merde, dit Choupette sur le même ton, j'essaie de vous trouver un truc pour demain et toi, tu dis que j'exagère… J'aimerais savoir en quoi j'exagère…

— C'est normal, Choupette, qu'il sorte un peu sa famille… Tu ne penses pas ?

Choupette regarde Marie-Michèle avec de grands yeux, puis sourit comme si elle venait de comprendre un message secret.

— C'est vrai, Papa, tu devrais passer un peu plus de temps avec ta famille.

Marie-Michèle renchérit :

— Demande à Doc d'envelopper un plat que tu apporteras à ta femme.

— Oui, Papa, dit Choupette toute pleine de douceur, ça fait toujours plaisir… Ne t'occupe pas de nous, on pourra toujours se débrouiller pour aller à la mer, demain.

— Si vous croyez que c'est possible…, marmonne Papa.

Choupette lui caresse doucement la joue.

— Ben oui… On demandera à l'ami de Pasqualine de nous emmener… N'est-ce pas que tu vas à la mer avec ton ami, Pasqua ?

— Je viens de le dire, Choupette… Frank doit passer me prendre chez Miki, vers midi.

— Alors, on ira avec toi, si Frank est d'accord, dit Choupette.

— C'est pas à Frank à décider ça, lance Pasqualine avec un petit air de défi. J'avais d'autres plans…

— Oh, si tu ne peux pas, Pasqualine, dit Marie-Erna, je pourrai toujours demander à Peddy.

— Peddy, le chanteur des Shleu Shleu ? Pas lui, parce que si Peddy vient, on aura tout le groupe des Shleu Shleu sur le dos, et ces types n'arrêtent pas de vous prendre les seins, et moi, ça me fait chier.

— Hé, Marie-Flore, dit Marie-Erna avec un demi-sourire, t'avais pas l'air de trop détester ça, la dernière fois…

— C'est pas parce que j'ai aimé un truc que j'ai envie de recommencer.

Brusquement, Papa semble se réveiller.

— Bon, dit-il, je crois que je vous emmènerai à la plage demain.

— Et ta famille ? demandent en chœur les filles.

— Samedi prochain, dit Papa d'un ton décidé.

— En tout cas, ce ne sera pas notre faute si ta femme ne va pas à la Plaine demain.

— Arrête, Choupette, chuchote Marie-Michèle, tu en fais toujours trop.

— Je veux qu'il le demande à genoux.

— Tu as gagné, Choupette, il a dit qu'il n'amène plus sa femme là-bas…

— Non, murmure Choupette, je veux qu'il sache que c'est la dernière fois qu'il parle de sa femme ici.

— Merde, Choupette, laisse-le en paix, dit Marie-Michèle.

— D'accord, mais c'est la dernière fois…

Papa finit son poulet. Marie-Flore arrange ses seins qui débordaient de son soutien-gorge.

— Seigneur, dit Marie-Michèle en jetant un bref regard à Papa, qu'est-ce qu'il t'a fait?

— Je déteste les hommes qui n'ont rien dans le ventre, dit Choupette.

— C'est fou, moi, je le trouve chou, dit tout bas Marie-Michèle.

Journal de Marie-Michèle

5

Je ne sais pas ce qui lui a pris, à Steph. Elle a raconté à ma mère que je n'étais pas avec elle hier soir. C'est vrai que je ne prends même plus la peine de l'avertir quand je passe la soirée avec Miki. Ah, je vois ce que c'est : elle soupçonne que je vois quelqu'un et elle en est jalouse. C'est un peu de ma faute. J'aurais dû la ménager un peu plus. J'ai remarqué que, quand tu négliges une fille, elle finit, fatalement, par tomber amoureuse de toi. Ou par croire qu'elle est amoureuse de toi. Steph, la pauvre, elle ne sait plus où elle en est. Est-elle amoureuse de moi ou vit-elle simplement une dépendance affective ? Je devrais me lancer dans la psychologie, car j'ai un certain talent pour deviner les gens, mais les problèmes des autres ont le don de m'endormir. En cela, je ressemble un peu à ma mère. Je ne peux pas croire que je viens d'écrire que je ressemble un peu à ma mère. C'est la première fois que je note un lien quelconque entre elle et moi. Ça ne m'est jamais venu à l'esprit d'essayer de découvrir quel genre de jeune femme était ma mère. Tous les enfants, un jour ou l'autre, veulent savoir dans quelles circonstances leurs parents se sont rencontrés. Pas moi, cela ne m'a jamais intéressée. Chacun sa vie, quoi ! Voilà encore une de ses expressions favorites. C'est quoi, cette fixation sur ma mère ? Je l'imagine bien partager la morale sexuelle de Steph, laquelle morale pourrait se résumer ainsi : on s'arrange par tous les moyens pour arriver vierge au mariage, et après c'est quartier libre. Je les vois bien ensemble, Steph et ma mère, ce qui est assez normal puisque Steph est la copie conforme de sa mère, qui est la meilleure amie de la mienne. Et elles seraient assez naïves pour croire qu'elles ont inventé un pareil système. Je suis sûre que les petites princesses de l'époque pharaonique connaissaient déjà la recette pour arriver vierges au mariage sans pour autant avoir vécu comme des nonnes. C'est le problème quand on vit dans une île, on a l'impression d'avoir tout découvert : l'électricité, la dictature, la télé couleur et même la fellation. Mentalité d'insulaire. Quel monde fermé! Mais d'autres fois, je circule dans Port-au-Prince avec une magique impression de liberté. Un morceau de terre entouré d'eau salée. Magnifique! Les gens qui sont sur le continent ne pourront jamais sentir cette fraîcheur, cette beauté qui vous enivre, ce bonheur d'être simplement là sur cette terre, autrefois arrosée du sang de nos ancêtres – je peux dire du mal de mon pays comme je veux, mais si quelqu'un d'autre s'avise de le faire, je lui arrache instantanément les yeux. Cette terre qui a vu arriver d'Afrique mon premier aïeul, celui qui est né là-bas, en Guinée. Ma mère est trop maniérée pour venir d'une terre aussi brute, aussi primitive, aussi vraie que l'Afrique. C'est clair que les rapports avec ma mère ont toujours été ambigus. Seigneur, ne me dites surtout pas que ma mère aurait pu vivre des aventures aussi risquées que les miennes avant de devenir ce pilier des cocktails d'ambassade et une des plus importantes matrones du cercle Bellevue. Mon père, osons le dire, est tout simplement, d'après un collègue compétent en la matière, le plus solide buveur de rhum de sa génération. Mais qui étaient-ils avant? Avaient-ils une vie avant ma naissance? Un idéal? Une vision du monde? Ou ont-ils toujours été ce qu'ils sont aujourd'hui? Ai-je le droit de leur faire la leçon quand je ne cherche même pas à changer le monde, je tente seulement de changer de monde? Et je ne sais pas grand-chose de mon avenir. J'ignore tout autant mon passé. L'arbre généalogique que j'ai toujours vu au salon ne montre que des généraux, des médecins, des hommes d'affaires, des femmes du monde, mais jamais un pauvre hère sans richesse ni grade. Comment pourrais-je m'identifier à cette galerie d'hommes ballons et de femmes hautaines? Je ne me reconnais surtout pas dans ces gens. Pire, je crois que ce sont les bourreaux de mon peuple. Je vis donc chez l'ennemi. J'aimerais savoir la raison de ma présence dans cette maison de riches. Est-ce que je fais partie du groupe? Ah oui, que deviendrai-je plus tard? Pour le savoir, je n'ai qu'à me pencher un peu sur la vie de ma mère. Et si elle avait deviné au tout début, comme moi, que la fellation était le nœud du problème? En fait, c'est plutôt le mot de passe. Pour faire partie du groupe, il faut répondre sans hypocrisie à l'angoissante question sur la fellation. Quel est le meilleur moment pour en jouir: avant, pendant ou après le mariage? Le sphinx arrête le passant. Avant qu'elle ne ruine encore plus de mariages, pourquoi ne pas l'étudier à l'école, cette question. C'est aussi une bonne question pour les hommes politiques: quelle est votre position par rapport à la fellation? Ne pensez-vous pas qu'elle pourrait un jour remplacer avantageusement la cocaïne? Si j'ai l'air de délirer ce soir, c'est parce que j'ai passé une journée terriblement dingue avec les filles. Choupette, quand elle veut, peut être quelqu'un de vraiment formidable. Pour comprendre ma mère, je dois remonter à sa mère à elle. Je sais très peu de chose de ma grand-mère, à part que le poète Léon Laleau l'a chantée dans un mince recueil, *Le rayon des jupes*, que j'ai déniché dans l'armoire, entre les draps blancs aujourd'hui maculés de grandes taches jaunes, et qui a sans doute appartenu à Lala (c'est ainsi que tout le monde appelait ma grand-mère Léilah).

Léilah, portez-vous encor ce tour de cou
Dont vous mordiez parfois, en souriant, les mailles,
Tandis que vos grands yeux rêvaient, lointains et doux,
Et que mon cœur tremblait au bruit de vos médailles?

Bien des printemps depuis ont passé sur ce temps
Que le Bonheur inscrit à ses Profits et Pertes.
Je lisais Paul de Kock. Vous aviez dix-sept ans,
Et l'amour confondait nos lèvres inexpertes.

J'ai le même âge aujourd'hui que Lala quand elle em-
brassait le poète Léon Laleau. Mais les temps ont changé. Les
jeux aussi. Et cela me rappelle que ma mère était furieuse ce
matin, à cause de cette salope de Steph qui m'a vendue. Ma
mère m'a fait subir un interrogatoire en règle. Au début,
j'étais un peu paniquée, jusqu'à ce que je remarque qu'elle
s'en voulait surtout à elle-même de m'avoir laissée toutes ces
années sans surveillance. Là, elle entendait passer au crible
les cinq dernières années de ma vie (au-delà, on tombe dans
l'enfance). L'impression que ma mère était en train de mettre à jour mon dossier. J'ai utilisé mon arme favorite: le
silence. Aucune parade possible à ça. Ma mère déteste le silence. «Hé quoi, dit-elle, je parle à un mur?» Rien. Aucun
écho. Finalement déstabilisée, elle m'a demandé directement
ce que j'avais à dire pour ma défense. J'attendais ce moment.
Je lui ai alors fait comprendre que Steph se plaint qu'elle ne
la remarque jamais, qu'elle ne se souvienne même pas de son
nom; c'est, d'après moi, pour cette raison qu'elle lui a con-
cocté ce petit mensonge. Pendant que je parlais, ma mère
cherchait furieusement à se rappeler (je le voyais dans ses
yeux) la dernière fois qu'elle avait dit trois phrases à Steph.
Ne trouvant rien, elle s'est murée, elle aussi, dans le silence.
Mère et fille silencieuses. Juste au moment de la quitter, elle
m'a demandé si je n'avais pas besoin d'argent. Non, maman.
Je ne peux quand même pas accepter qu'elle m'achète avec

quelques sous. C'est la responsabilité de mon père, ça. Il est si heureux que je lui fasse les poches. Mais ma mère me lance un sourire triste, comme pour me dire qu'elle est désolée et qu'elle regrette cette sortie, mais que, en tant que mère, c'est son devoir de s'intéresser à ma vie. C'est ce dont j'ai toujours rêvé et que je n'ai pas eu. La voiture s'arrête encore une fois devant Sainte-Rose-de-Lima. On s'embrasse comme des cobras aveuglés par le soleil. Après son *mea-culpa*, elle semblait comme rassurée pour les douze prochaines années. Chaque fois qu'elle s'excuse ainsi, elle s'arrange pour nous le faire payer très cher. Je regarde la grosse cylindrée noire tourner au coin de la rue Pavée. Je ne peux pas croire que cette femme soit ma mère. J'ai sûrement été adoptée. Ma véritable mère doit être une jeune paysanne forte et vigoureuse qui m'a confiée à cette bourgeoise maigrichonne en espérant pour moi une vie meilleure. Sinon, je ne pourrai pas comprendre cette attirance profonde que j'ai pour les gens du peuple. Cela n'a rien à voir avoir la charité chrétienne, cette pommade infecte que les riches utilisent pour panser les plaies des pauvres. Cela remonte à si longtemps que ma mère m'a raconté en riant (moi, je n'ai pas ri) que j'avais suivi, un matin, une marchande de légumes. J'avais six ans, et cette dame, comme chaque samedi matin, est passée proposer ses légumes à ma mère. Mon père ne pouvant manger que des légumes – une ordonnance médicale –, ma mère en achetait en grande quantité. Cette paysanne, semble-t-il, vendait les légumes les plus magnifiques de Kenscoff. Un matin, je suis allée, au moment de son départ, mettre ma main dans sa main. Elle a fait semblant de partir. On n'avait jamais vu auparavant un tel sourire sur mon visage. Quand elle est revenue me rendre, après avoir fait avec moi une centaine de mètres, je n'ai pas voulu lâcher sa main. Il a fallu l'aide de deux servantes pour m'arracher à elle. Après son départ, j'ai tant pleuré que ma mère lui a demandé de ne plus revenir. Ma mère m'a raconté cette histoire en riant. Une vraie mère n'aurait jamais ri. Bon, maintenant, il faut que je règle ça avec Steph. Je l'ai négligée, mais ce n'est pas une raison pour me balancer. J'ai soufflé sur le feu, je devais m'attendre à ce que les flammes montent. Elle m'a envoyé beaucoup de signaux, mais que puis-je si je ne ressens rien pour elle. Ses états d'âme ne m'intéressent pas. Se sent-elle délaissée? Est-elle jalouse de ma vie? Ou simplement amoureuse de moi? Je ne sais pas. Je suis trop occupée moi-même. Toute mon énergie est concentrée sur Miki.

Scène XIII

Le tigre rôde dans la nuit tropicale

> Cendre de peau aveugle en éternité.
>
> M. S.-A.

Un type dans un costume blanc trop serré, coiffé d'un panama, m'aborde.

— As-tu vu le Tigre?

— Non.

Je ne connais pas le Tigre, mais Gégé m'a conseillé de ne jamais avouer son ignorance, surtout dans la zone rouge.

— Merde, ce crétin n'est jamais là quand on a besoin de lui!

L'homme regarde furieusement autour de lui. Je remarque que le costume est sale.

— Qu'est-ce que tu fais, toi?

— Rien, dis-je.

— Rien?

— J'attends quelqu'un.

— Ah bon… Je vois, dit-il.

Un temps.

— C'est pour un travail?

— Non, je réponds, j'attends un ami.

— Tu ne travailles pas ce soir ?

— Non.

— Tu pourrais me dépanner ? J'ai trois touristes sur les bras. Ils sont déjà soûls… Tu leur feras une pipe ou deux…

— Pas ce soir, je fais.

Il me regarde d'un air furieux.

— Tu m'as dit que tu ne travailles pas ce soir… Ce n'est qu'une pipe, Bon Dieu de merde… Si je perds ces clients, tout le bateau va le savoir et mon week-end est à l'eau… Je te paierai bien.

— Non.

Il est près d'exploser.

— Fais-moi un prix, merde… Allez, saigne-moi… Vous êtes tous comme ça… Je te donne trois fois le prix régulier…

— Non, je dis pour voir jusqu'où il peut aller.

— Qu'est-ce que tu veux alors ?

— Rien.

— Rien ?

— Oui, rien.

Il me fixe un moment de ses petits yeux chassieux.

— Qu'est-ce que tu veux dire par « rien » ?

— Je ne veux rien, fais-je, imperturbable.

— Dis un chiffre, merde.

— Non.

— Non quoi ?… explose-t-il enfin. Tu travailles pour la police ?… Eh bien, moi aussi…

— Voilà mon ami, dis-je sans me démonter.

— Qu'est-ce qui se passe ? demande Gégé.

— Ce type veut que je rencontre trois marins…

— Tu ne peux pas les sucer toi-même ? dit Gégé.

On laisse le type qui n'arrête pas de regarder partout avec l'espoir de voir surgir le Tigre dans la nuit tropicale.

Un bon marsouin est un marsouin sans couilles

Veuf et d'un vain souci.

M. S.-A.

Gégé est furieux contre le marsouin. Je veux rentrer. Il a quelque chose en tête. Il veut qu'on retourne au *Macaya Bar*. J'essaie de lui faire comprendre que le marsouin était soûl et qu'il n'avait aucune chance de m'atteindre. Gégé n'en démord pas. Il lui faut régler son compte au marsouin. Nous sommes retournés près du bordel en suivant un groupe de *fans* du Don Bosco qui voulaient fêter dans un petit bar à côté du poste de police.

Gégé m'a demandé de l'attendre dehors et de me mettre à courir vers le Bicentenaire (la rue qui longe la mer) dès que j'entendrai un cri. Il est entré dans le bordel. Je le vois en train de discuter avec Johnny. Johnny, semble-t-il, n'est pas d'accord. Il fait de grands gestes pour dire non. Gégé réplique. De quoi parlent-ils? Qu'est-ce qui se trame? Finalement, Johnny a l'air d'accepter. Il remet à Gégé quelque chose qu'il a enveloppé dans un mouchoir. Gégé s'en va. Johnny essaie de le retenir. Ils se parlent un long moment encore. Brusquement, Gégé se dirige vers l'escalier en bois et je le perds de vue. Je n'ai pas attendu longtemps. Un cri terrible secoue le *Macaya*. Toutes les lumières des chambres à l'étage s'allument d'un coup. Gégé sort en courant du *Macaya* et me rejoint.

— Vite! On passe par le rail.

Je cours. Gégé court. Une jeep nous suit. On passe derrière l'usine électrique. Gégé me dit de faire attention aux câbles qui traînent par terre. La jeep ne peut plus nous suivre. Je ne lâche pas Gégé. Je ne connais pas bien cette zone. De temps en temps, on entend la sirène de la Hasco (la compagnie de canne à sucre). Un lourd train passe avec son chargement de cannes. Gégé se faufile entre deux wagons. Je fais de même. On se dirige vers le *King Salomon Star* (le plus grand hôtel de passe de Port-au-Prince) où Gégé connaît un marsouin puissant. Le barman nous dit qu'il sera là plus tard. On n'a pas le temps. Une prostituée en robe de mariée essaie de retenir Gégé.

— C'est notre nuit de noces, dit-elle à Gégé.

— Une autre fois, Philomène.

On traverse la grande salle en courant. Je demande à Gégé qui est cette femme.

— Elle est folle, me dit Gégé.

Il paraît que son fiancé ne s'était pas présenté à son mariage. Depuis, elle épouse un homme différent chaque nuit. On continue notre folle course jusqu'à la place Sainte-Anne. Je commence à reconnaître les lieux. Autrefois, je venais me battre ici avec des élèves du lycée Toussaint. La place est mal éclairée. Tant mieux. On s'assoit sur un banc pour reprendre notre souffle, dans l'odeur étouffante du jasmin.

— Qu'est-ce que t'as fait au marsouin, Gégé?

— Je lui ai coupé les couilles.

— Quoi?

— J'ai coupé les couilles à ce salaud pendant qu'il cuvait son rhum.

– T'es fou! C'est pas possible! C'est pas vrai! T'as pas fait ça! T'as complètement perdu la tête! T'es devenu dingue!

– C'est comme je te dis…

– Je ne te crois pas, je parviens à dire, tout en sachant que Gégé est tout à fait capable de cela.

Gégé ouvre ses mains pleines de sang et le morceau de chair tombe lentement par terre. Je reste hébété. Gégé ramasse le morceau de chair sanguinolent.

– Je garde ça, dit-il.

SCÈNE XV

Femmes au bord de la crise de nerfs[*]

Contre les flancs de ta sombre douleur, Methsabé.

M. S.-A.

Je ne suis pas rentré chez moi, hier soir. J'avais trop peur. Les marsouins doivent connaître mon adresse. Ils vont venir me chercher (dans leur DKW) d'un moment à l'autre. Gégé, lui, est chanceux. Personne ne connaît sa maison. Pas même moi. Peut-être qu'il n'en a même pas. C'est l'idéal quand on n'a pas d'adresse. On peut faire tous les coups. Et disparaître dans la nuit. Ni vu ni connu. Là, maintenant, je donnerais cher pour me trouver à la place de Gégé. Il a fait le coup, mais je suis sûr que c'est moi que les marsouins recherchent. C'est de moi qu'ils se souviennent. Ils croient que j'ai essayé de me venger. Ils commenceront par me couper les couilles. Peut-être que je vais être obligé de les manger aussi. Gégé se cachera un mois ou deux et après il reviendra sous les applaudissements de la foule. Moi, je serai mort depuis longtemps.

---

[*] Titre d'un film de Pedro Almodóvar que j'ai beaucoup aimé. J'espère, Pedro, que tu feras une pareille pub pour moi, un jour.

Et dire que j'ai tout fait pour empêcher Gégé de retourner au *Macaya Bar* zigouiller le marsouin. Le marsouin était peut-être soûl quand il a sorti son 38 pour me viser, mais la fille maigre aux cheveux noirs pourra facilement m'identifier. C'est une fille bien. Elle m'a sauvé la vie. Mais si jamais on lui demande de choisir entre sa vie et la mienne, je sais quel sera son choix.

Ma mère doit être folle d'inquiétude à l'heure qu'il est. Je l'imagine tournant en rond dans la pièce. Je vois toute la scène. Tante Renée se tordant les mains tout en laissant échapper de profonds soupirs.

— Arrête, Renée, tu m'étourdis, s'exclame tante Raymonde qui vient, comme toujours dans les grands moments, de prendre les choses en main.

Tante Renée arrête pour un instant de respirer, mais se tord les mains plus violemment.

— C'est la première fois qu'il fait ça, dit ma mère.

— Et alors, dit tante Raymonde, il faut bien une première fois.

— Mais, Raymonde, réplique ma mère en sanglotant, ce n'est qu'un enfant.

— C'est un homme, Marie, il peut être père à présent… Quand est-ce que vous allez vous ouvrir les yeux dans cette maison ?

— Ce n'est pas un homme…, dit tante Renée avec la dernière énergie possible. IL N'Y A PAS D'HOMME DANS CETTE MAISON.

Tante Ninine apparaît à la porte.

— Qu'est-ce qu'il y a ? demande tante Ninine.

— Il n'est pas rentré, gémit tante Renée. Peut-être que ce garçon ne rentrera plus jamais.

Tante Renée recommence à marcher, à soupirer de plus belle et à se tordre les mains encore plus violemment.

— Vas-tu arrêter, pour l'amour de Dieu, Renée, dit tante Raymonde.

— Qu'est-ce qu'on va faire? dit tante Gilberte, qui aime l'action.

— On ne va rien faire, répond tout de suite tante Raymonde, qui veut faire peur à ma mère.

— Comment! s'écrie ma mère.

— On va attendre bien calmement qu'il revienne du bordel, ajoute tante Raymonde.

— LE BORDEL! s'exclament en chœur (sur deux tons différents) tante Gilberte et ma mère.

— C'est quoi, le bordel? demande tante Renée. Personne ne me dit rien dans cette maison.

— Si c'est la première fois, lance tante Ninine, il ne rentrera pas avant midi.

— Pourquoi pas avant midi? demande tante Renée. Qu'est-ce qu'il fait là-bas qui doit lui prendre tout ce temps?

— Ce qu'il fait là-bas ne nous regarde pas, dit tante Raymonde avec un air pincé.

— C'est la seule chose qu'il ne peut pas faire ici, Renée, dit tante Ninine en riant sous cape.

Ma mère lui jette un lourd regard de reproche.

— Pourquoi tout ce mystère? Mais pourquoi personne ne veut me dire c'est quoi cette histoire de bordel? hurle tante Renée.

— Parce qu'il faut mourir pour aller au ciel, chantonne tante Ninine.

Le sang se retire brusquement du visage de tante Renée.

— Vous me cachez quelque chose, dit tante Renée, subitement inquiète.

— Ne sois pas inquiète, Renée, on ne meurt pas de ça, dit tante Ninine avec un léger sourire avisé.

— De quoi parlez-vous? demande tante Renée, encore plus alarmée. Qui est mort?

— Arrête, Renée, dit tante Raymonde, ne viens pas mettre ton grain de sel là-dedans.

— C'est la première fois qu'il fait ça, gémit ma mère d'une voix presque fêlée.

— Qu'est-ce qu'on fait? demande tante Gilberte.

— Je vous le dis, on ne peut rien faire avant midi, dit tante Ninine.

— Pour l'amour de Dieu, Ninine, qu'est-ce qui peut bien se passer dans cette ville pour qu'on ne puisse rien faire avant midi?

— Parce que, dit tante Ninine en articulant lentement, les prostituées ne se lèvent pas avant midi, Renée.

Tante Renée porte la main à sa bouche avant de s'enfuir dans sa chambre.

Scène XVI

Des feux follets

Vers l'araignée fêlée.

M. S.-A.

Je suis chez Miki. C'est le seul endroit où je me sens en sécurité. Miki connaît tous les marsouins. Personne ne songerait à venir me chercher ici. Miki dormait profondément quand j'ai frappé à sa porte.

— C'est qui? demande Miki d'une voix endormie.

— C'est moi.

Elle ouvre immédiatement. On voit qu'elle a l'habitude d'ouvrir sa porte aux gens.

— Qu'est-ce que tu fais là?

— Je peux entrer?

Elle me laisse passer.

— Tu ne sais pas quelle heure il est? me dit-elle avec un léger sourire.

— Faut que je me cache.

— Qu'est-ce qu'il y a?

Cette fois, la voix est un peu inquiète. Pas trop.

— Les marsouins.

— Alors?

Miki est (avec Gégé) une des rares personnes dans cette ville que le mot marsouin ne fait pas paniquer.

— Ils me cherchent, dis-je.

Elle hésite une seconde.

— OK, dit-elle. Tu m'expliqueras ça demain.

Je l'ai suivie jusqu'à sa chambre. Elle m'a donné un drap et un oreiller. Je suis allé me coucher sur le divan du salon.

Le sommeil est venu très vite. J'ai rêvé que je tombais dans un trou sans fond.

*

— Oh, tu m'as fait peur, dit une voix féminine.

C'est Pasqualine. Je ne l'avais jamais vue de si près. Elle est encore plus sulfureuse que depuis la fenêtre de ma chambre. S'approcher d'elle, c'est comme vouloir éteindre le feu avec de la gazoline. Pasqualine doit avoir seulement un an ou deux de plus que moi. Assez grande, cheveux noirs, très noirs, bouche rouge, teint clair. Juste une serviette autour des hanches. Jolis petits seins. Je la regarde du coin de l'œil gauche. J'ai déjà le sexe en arc de cercle. Cette douleur au creux des reins. La pisse du matin ajoutée à la présence de cette fille. Trop près de moi. J'ai la pointe des seins qui me fait mal. Si elle ne s'en va pas tout de suite, je vais avoir une éjaculation dans douze secondes.

— Excuse-moi, je parviens à murmurer, Miki ne t'a rien dit?

— Qu'est-ce qu'elle devrait me dire? s'étonne Pasqualine tout en souriant légèrement.

Elle n'a pas du tout l'air embarrassée par sa presque nudité. Miki la rejoint et l'embrasse sur l'épaule.

— Ne t'inquiète pas, Pasqua, c'est mon petit voisin. Il va rester ici un moment.

– Je ne m'inquiète pas…, dit Pasqualine avec un air vague. Pourquoi devrais-je m'inquiéter ?

– Je te dis ça comme ça, lâche Miki tout en cherchant un disque dans le grand coffre en bois d'acajou.

J'essaie de m'habiller sous les draps. Le soleil est déjà là, derrière les persiennes. Il doit être onze heures. Miki a mis le disque de Tabou.

– T'aimes ça ? me demande-t-elle brusquement.

– Beaucoup, dis-je. C'est mon groupe préféré.

– Eh bien, dit Miki, moi, j'aime pas… Je ne vois pas ce qu'on leur trouve.

– Alors pourquoi tu le mets ?

– Pasqualine aime ça.

Miki a vingt ans ou presque. Cette maison n'est pas vraiment à elle. Elle appartient à un homme d'affaires qui passe de temps en temps, disons une fois par deux mois. Quand il est là, Miki devient sérieuse, ne fait jouer que *Les quatre saisons* de Vivaldi, ne voit plus ses amies. L'homme d'affaires l'emmène dîner dans de grands restaurants (au *Rond-Point* ou à l'*Hippopotamus*) ou quelquefois à une réception au Palais national. Miki porte alors une robe du soir et je ne la reconnais plus. Faut dire qu'elle est aussi belle en robe qu'en jean. Sitôt l'homme d'affaires parti, c'est la fête de nouveau. Les filles rappliquent dare-dare. Les voitures n'arrêtent plus de klaxonner devant sa porte, la nuit comme le jour.

– Qu'est-ce qui s'est passé hier soir ? me demande Miki tout en continuant à ranger ses disques.

– Tu veux vraiment que je te raconte ce qui s'est passé ?

– Non, j'ai pas le temps. Je vais à la mer tout à l'heure et j'ai plein de commissions à faire…

– Eh bien, je vais résumer ça : hier soir, on était au *Macaya Bar* et Gégé a coupé les couilles à un marsouin.

Miki reste figée un moment.

– Redis-moi ça…

– Je dis que Gégé a coupé les couilles à un marsouin hier soir…

– C'est qui Gégé?

– Un ami.

– C'est pas toi alors?… Pourquoi tu dois te cacher?

– C'est moi que le marsouin menaçait avec son revolver…

– Ah… je vois… Bon, quand tu dis qu'il lui a coupé les couilles, qu'est-ce que tu veux dire par là?

– Je veux dire, Miki, qu'il lui a coupé les couilles.

– Pourquoi il a fait ça?

– Gégé est un impulsif.

– Tu sais que ça fait très mal…, dit Miki en riant.

Elle allait ajouter quelque chose quand Pasqualine l'a appelée de la salle de bains.

– Veux-tu venir me savonner le dos, Miki?

– Bien sûr, ma chérie.

Miki est partie en riant. J'ai éjaculé puissamment sous les draps.

Touche pas à mes seins, Frank !

Angélique et dents glacées de Milady.

M. S.-A.

Elles (Pasqualine et Miki) sont encore dans la salle de bains. J'ai une oreille sensible. J'entends couler l'eau et quelquefois de petits cris aigus. Je suis couché sur le dos. Un type entre dans la pièce en coup de vent.

Il me regarde d'un air soupçonneux. Je l'ai déjà vu.

– Où est Pasqualine ?

– Dans la salle de bains, je dis.

Il doit avoir près de cinquante ans. Un homme encore musclé, crâne rasé, avec des yeux perçants et des mains d'étrangleur.

– Voulez-vous que j'aille lui dire que vous l'attendez ?

Il me jette un regard terrible.

– Qui es-tu ?

Presque sans hésiter, je réponds :

– Le petit frère de Miki.

– Je ne t'ai jamais vu, dit-il presque avec colère.

– J'étais pas là. Je suis arrivé hier soir.

Il n'a plus dit un mot. Le visage renfrogné. Les poings serrés. Un seul coup de poing et je tombe mort.

— Je vais les avertir, dis-je.

Je suis parti vers la salle de bains. J'ai frappé à la porte. Miki a ouvert.

— Il y a un homme qui attend Pasqualine au salon... Venez vite avant qu'il m'étrangle.

— Quel genre? demande Pasqualine en fronçant les sourcils.

— Il a l'air d'un tueur, je réponds.

Miki éclate de rire.

— C'est Frank, dit Miki.

— Il ne ferait pas de mal à une mouche si je ne le lui demande pas, lâche Pasqualine.

— Mais c'est un monstre à l'état pur, ajoute Miki, qui pourrait étrangler la moitié de la ville pour Pasqualine...

— C'est ce que je pensais, dis-je.

Elles continuent à rire (surtout Pasqualine) de ce petit rire de gorge plein d'étranges promesses.

— Ne t'inquiète pas, me dit Miki, quand Pasqualine est dans les parages, il est doux comme un agneau.

— Je ne m'inquiète pas... Qu'est-ce que je dis au tueur?

— Dis-lui d'attendre, fait Miki.

— Ne lui dis rien, jette Pasqualine. Il n'a qu'à attendre, c'est tout.

J'ai choisi de lui dire d'attendre un peu, et cela très gentiment. Je me demande comment une fille si jeune arrive à maîtriser un tel monstre. Ah! les seins. La petite moue méprisante de la bouche. La langue rose qui sort de la bouche comme un esturgeon hors de l'eau. La longue courbe du dos. Les ongles rouges. Voilà des armes autrement plus terribles que les biceps, les muscles et la mâchoire carrée des durs. Le moindre mouvement d'une paupière de Pasqualine et l'homme (l'homme en général, sans distinction de race, de classe ou de religion) tombe mort à ses pieds. L'autre paupière sert à le ressusciter.

– Hé, Miki, dis-je après avoir frappé de nouveau à la porte, je lui ai dit que je suis ton petit frère. N'oublie pas ça… Ce type pourrait me broyer les os avec une seule main…

– On t'a dit de ne pas t'inquiéter ici…

Frank marche sans arrêt dans la pièce. J'essaie de me faire le plus petit possible. Je ne voudrais pas être dans une chambre de torture avec un pareil type. Oh là là! Ça doit faire mal. Fais-moi mal, Frankie, Frankie, fais-moi mal. Je prends un livre qui traîne par terre. Des poèmes de Magloire Saint-Aude. Miki connaît Saint-Aude. J'ignorais ça. J'adore Saint-Aude, même si je ne comprends pas tout. La poésie n'est pas faite pour être comprise, mais pour être sentie. Je suis prêt à aimer quiconque aime Saint-Aude. J'ai toujours caché le fait que j'aime la poésie. Gégé déteste la poésie. Il dit que c'est un truc pour les filles. C'est drôle: les filles que je connais préfèrent la chanson à la poésie. Non, non, ce n'est pas la même chose. Il y a toujours une petite chanson dans tout bon poème, mais on ne peut pas dire qu'il y a toujours de la poésie dans une chanson. La poésie exige plus de liberté que la chanson.

Je ne savais pas que Miki connaissait Saint-Aude. Le seul poète digne de ce nom dans ce pays où tout le monde se croit poète. J'ouvre le livre de Saint-Aude et je le referme immédiatement. Frank, au milieu de la pièce, me regarde. Je lis du mépris dans ses yeux. Brusquement, la peur m'envahit. J'ai l'impression qu'il sait tout, oui tout ce qui s'est passé hier soir. Le marsouin à qui Gégé a coupé les couilles doit être un de ses amis. Il va m'amener à Fort Dimanche, cette prison effroyable du bord de mer. On n'a même pas besoin de torturer les gens, là-bas. On les laisse pourrir. Les cellules sont en dessous du niveau de la mer, et chaque fois que la marée monte, les prisonniers reçoivent toute la boue de la baie en pleine gueule. C'est là aussi que les gros camions gris de la décharge publique vont jeter les immondices de la ville. Mais ils ont peut-être d'autres plans pour moi. Me cuire à petit feu. M'obliger à bouffer mes excréments. Ou bien me faire enculer par une centaine de prisonniers affamés de chair fraîche. Le plus dur, c'est de savoir que la réalité est encore plus abominable que tout ce que mon esprit peut concevoir. Frank me regarde avec intensité, comme s'il cherchait à se rappeler quelque chose. Il passe sa main sur son front et part vers le couloir qui mène à la salle de bains. J'entends au même moment un cri de Pasqualine. La jeune dompteuse face à un tigre quelquefois incontrôlable.

– Touche pas à mes seins, Frank!

On entend un raffut de tous les diables. Après, plus rien. Un silence plus vivant que la mort. Je reprends mon livre. Le soleil continue lentement sa progression sur le plancher. Il atteindra le divan vers midi, dans moins d'une demi-heure. Soudain le cri aigu de Pasqualine (comme si on l'égorgeait), suivi d'un râle sourd, profond, venant, je crois (sinon de qui d'autre), de Frank.

J'entends la voix de Miki:

– Ça suffit… Il faut partir maintenant sinon il n'y aura plus rien à manger là-bas.

Dix minutes plus tard, Pasqualine passe devant moi, fraîche comme une églantine sous la pluie, suivie de Frank aux jambes légèrement flageolantes.

Miki s'arrête à la porte:

– Garde bien la maison, frérot, me lance-t-elle avec un sourire complice.

Un sourire à peine visible à l'œil nu.

Journal de Marie-Michèle

6

Je me sens vraiment hypocrite. Pire que ma mère. On est passées hier chez Marie-Erna. Elle habite au pied de la montagne, derrière le grand réservoir d'eau de la ville. La Buick nous a laissées tout en bas. Pas de route carrossable. Papa s'est tout de suite endormi, un journal sur le visage pour se protéger du soleil. Le temps pour tout le monde de descendre de la voiture, il était déjà en train de ronfler. Sa vie semble d'une simplicité effrayante : il conduit, dort et mange sans jamais cesser de surveiller Choupette du coin de l'œil. De temps en temps, il rencontre ses amis tontons macoutes. Il doit sûrement donner quelques preuves qu'il fait encore partie du groupe. Bon, on laisse Papa cuire dans sa chaudière. Je me retourne pour lui jeter un dernier regard : un hippopotame coincé dans une mare trop petite. Sur tout le chemin, Pasqualine n'arrête pas de se plaindre. Et Miki de s'occuper d'elle. S'il fait chaud, on a tous chaud alors. Pasqualine donne l'impression d'être la seule personne à avoir chaud, et Miki oublie qu'elle-même est en train de suer à grosses gouttes pour ne s'occuper que de Pasqualine. Comment appelle-t-on une telle abnégation ? Pasqualine est si féminine, si longiligne, si raffinée que n'importe quelle femme se change en homme en sa présence. Pas moi. Elle m'obsède aussi, mais pour une autre raison. Je suis sûre que si elle n'existait pas, c'est de moi que Miki s'occuperait à l'heure qu'il est. Je n'ose pas dire que j'ai chaud, ce mot appartient à Pasqualine. Les autres penseraient que je suis en train de me plaindre. Quand elle fait remarquer de cette voix langoureuse et douce qu'elle a chaud (on est sous les tropiques, chérie!), Miki découvre brusquement qu'il fait chaud. Bon, s'il fait chaud, on a envie d'une boisson bien froide (un cola glacé). Je lance alors à haute voix qu'on pourrait s'arrêter à ce petit bar (une oasis en plein désert) pour se désaltérer un peu. Tout cela semble logique, mais personne ne paraît avoir entendu mon appel. On passe devant le petit bar sans même y jeter un œil. Le propriétaire regarde, étonné, ce groupe de jeunes filles en sueur qui ne s'arrête pas chez lui. Du jamais vu. Un moment plus tard, Pasqualine découvre subitement qu'elle a soif et demande où se trouve ce minuscule petit bar où nous nous sommes arrêtées la dernière fois. On vient de le passer, ma belle. On retourne sur notre chemin. Je ne dis rien. Quand je dis quelque chose, on ne m'écoute pas. Mais quand je ne dis rien, on m'entend encore moins. C'est que je ne suis pas habituée à ce genre de traitement. D'ordinaire, on cherche mon avis. Je dois quand même reconnaître qu'il me manque la grâce de Pasqualine. Je me demande d'où lui vient une élégance si naturelle. Il y a trois sortes de grâce dans ce pays. D'abord, celle des paysannes qui portent, depuis l'enfance, des paniers de légumes sur leur tête. (Résultat: elles ont le dos interminable, légèrement arqué, le cou allongé et la tête droite comme une princesse béninoise. Le corps mince, le port altier. Je n'ai pas vu ailleurs, même en Europe, un maintien aussi naturellement aristocratique. Il n'y a que mon amie Bintou pour rivaliser avec ces paysannes.) Ensuite, on trouve la grâce de ma cousine Régine qui suit des cours de danse chez Lavinia Williams depuis l'âge de trois ans. Elle a quelque chose d'aérien, c'est sûr, mais on sent derrière tout cela un travail constant et pénible. Des répétitions chaque après-midi après les classes et la journée complète du samedi à faire des pointes. Tout cela aura de terribles répercussions sur son corps plus tard. Une vieillesse douloureuse l'attend. Un corps qu'elle aura formé pour le ballet, mais malheureusement pas pour la vie. Enfin, il y a la grâce naturelle, comme chez Pasqualine. Elle n'est même pas au courant de l'effet qu'elle peut avoir sur les autres. Nous, nos jambes nous aident à nous déplacer ; elle, chaque mouvement de son corps change l'atmosphère du lieu. La regarder simplement marcher est un spectacle en soi. Et naturellement tout ce qu'elle porte lui va à merveille. Je ne suis pas trop affreuse non plus (dans certains milieux on me dit jolie), mais je dois faire quand même attention à ne pas me placer juste à côté de Pasqualine. Elle attire tous les regards sur elle. Sans aucun effort. Et cela qu'elle soit de bonne ou de mauvaise humeur. C'est comme la mer, sa beauté ne change pas malgré son humeur. Mais son humeur agit sur celle du groupe. Est-ce sa faute si sa peau attrape, sur un assez large périmètre, toute la lumière ? En fait, la lumière lui vient de l'intérieur. C'est elle la source lumineuse. Si elle s'éteint, c'est sûr qu'on se retrouvera dans l'obscurité. Je me demande à quoi pensent ces gens qui n'ont pas besoin de penser pour exister ? Bon, nous voilà enfin arrivées. Ce n'était pas si loin, mais la pente est assez raide. J'ai l'impression d'avoir marché pendant des heures. Je n'utilise mes jambes que sur de courtes distances : de la maison à la voiture, dans la cour d'école, pour aller chez Bintou ou chez Steph. Dans certains quartiers, les gens n'utilisent que leurs jambes pour circuler. Les voyous ne connaissent que la voiture de police, et les honnêtes gens, l'ambulance et le corbillard.

Une vieille dame radieuse nous reçoit. C'est la grand-mère de Marie-Erna. On est restées sur la galerie en avant. Une toute petite maison entourée de bougainvilliers. Une telle fraîcheur. L'air si pur. Une petite fille vient nous servir le café. Je me sens en vacances. La vieille dame s'étonne que nous ne soyons pas en classe en ce moment. Marie-Erna lui raconte une histoire. Elle sourit. Elle semble tout comprendre. Elle résout tous les problèmes par un sourire. Un sourire si vrai, si naturel, si apaisant. Surtout pas le genre de sourires qu'on croise dans les cocktails de ma mère. Et ce n'est sûrement pas en menant une pareille vie que ma mère aura un tel sourire vers la fin. Quand le masque tombera, c'est un visage crispé qu'on verra. Cette femme a vécu toute sa vie sans masque. Visage nu. Rides heureuses. Bien qu'elle ait écopé de sa part de malheurs durant sa longue vie. Tout cela ne m'explique pas cette colère qui habite en permanence Marie-Erna. Est-ce un héritage de sa mère? Visiblement, Marie-Erna semble adorer sa grand-mère. Elle se conduit comme une sage petite fille en sa présence. Même Choupette se met au diapason. Cela fait longtemps que je ne me suis pas sentie aussi détendue. J'aurais envie de me confier à cette femme, de tout lui dire, et je suis sûre qu'elle saurait extirper de mon sang tout ce poison qui m'empêche de respirer la nuit.

Scène XVIII

Sans foi ni loi

> Voici l'offrande des colliers, morne fandango.
>
> M. S.-A.

Le soleil est déjà sur le divan. Je reprends le recueil de poèmes de Saint-Aude. Je lis :

> Dans la tente de l'aède
> dort l'or de ma lampe

Je ferme doucement le livre. Je reste un long moment sans bouger. Tous mes sens sont aux aguets. J'essaie de capter dans l'air les multiples sens du vers. Un bon vers vit à la température de la pièce. On se laisse d'abord imprégner par son odeur. L'odeur du poète au moment où il l'écrivait. Dans ce cas-ci : ce vers sent la pisse de chat, le limon et les sels humains. Son goût : une saveur d'hostie (du pain sans levain). Un bon vers vous brûle les doigts. Sa vitesse moyenne est de trois cent soixante kilomètres à l'heure. Il ne faut pas plus d'un bon vers par jour. Je me lève pour aller chercher un sandwich dans la cuisine. Miki m'a préparé un bol de chocolat. Les filles ont laissé leurs sous-vêtements un peu partout dans la maison.

Je suis allé me laver le visage dans le lavabo. Une odeur de parfum, de sueur et de foutre mêlés a failli me jeter par terre. Je reste quand même un bon moment à respirer tout, bien fortement.

La voiture a klaxonné une douzaine de fois. J'ai envie de sortir pour leur dire qu'il n'y a plus personne ici, que tout le monde est déjà parti à la plage. Des fois, j'oublie que je suis recherché. Je me demande où se trouve Gégé en ce moment. Sûrement en train de monter un coup. Comme je le connais, et je le connais bien, Gégé est déjà sur une autre piste. Pour éviter qu'on ne puisse l'identifier, il a certainement changé de chemise, mais c'est tout. Toujours en mouvement, Gégé. C'est difficile d'atteindre une cible mouvante. Moi, je reste là, fixe. J'attends comme un imbécile qu'on vienne me cueillir. Je suis comme la vache qui va se cacher à l'abattoir. C'est peut-être le bon endroit pour se cacher. Personne ne songera à venir chercher une vache dans un abattoir. Les marsouins entrent et sortent chez Miki. Ils ne font pas attention à moi.

— Où est Miki? me demande brusquement Choupette.

Je les connais toutes. Elles ne savent pas qui je suis, mais moi, je les ai déjà vues dans toutes les poses. De la fenêtre de ma petite chambre, je vois tout ce qui se passe chez Miki.

— Elle est déjà partie.

Les autres filles entrent derrière Choupette. Papa reste dans la voiture.

J'insiste:

— Miki est allée à la mer avec Pasqualine.

Marie-Erna fait un geste de la main pour dire qu'elle sait cela et qu'elle n'en a rien à foutre. Déjà, les filles se sont éparpillées dans la maison. Elles prennent tout: vêtements, nourriture, parfum, disques, un flacon de *Chanel n° 5* et des tubes de maquillage Cover Girl. Une véritable razzia. Je ne peux pas intervenir. Je ne connais pas le code. Miki m'avait bien demandé de garder la maison. Dans quel sens? Contre le feu? L'eau? Pensait-elle aussi à cette horde de pillardes? Est-ce normal dans ce monde de voler son amie? Est-ce un groupe d'amies ou une meute? Je ne sais pas trop ce qui se passe. Ces filles peuvent dévorer n'importe qui. Et les voilà en train de s'entre-dévorer.

Une dispute à propos d'un foulard.

— Touche pas à ça, dit Choupette.

— Et pourquoi? demande Marie-Erna.

— Merde, c'est à moi… Je l'avais prêté à Miki, la semaine dernière.

— Je ne te crois pas, lance Marie-Erna tout en glissant le foulard dans son sac de cuir noir.

— Donne-moi ça! dit Choupette avec rage.

— Du calme, les filles, dit Papa qui vient d'entrer dans la pièce.

— Ta gueule, toi! réplique Choupette en se tournant vivement vers lui.

Papa regarde instantanément dans ma direction. Je ne baisse pas les yeux. Ce n'est quand même pas Frank.

— T'es vraiment une salope, lance Marie-Erna à Choupette.

Je regarde ce match de ping-pong. Les balles sifflent de part et d'autre du filet. Avec une telle furie. Des pros. Papa s'est assis près de la fenêtre; on ne le reprendra plus à jouer à l'arbitre. Je trouve Marie-Erna plus sexy, d'une certaine manière, que Choupette. Ce n'est sûrement pas l'avis de tout le monde. Choupette est tellement physique, tellement là. Sa seule présence vous force à rendre les armes. On ne peut pas penser à autre chose en la voyant. Sa bouche est faite pour ça. Ses lèvres, ses dents (très blanches), ses poignets, ses chevilles, tout est fait chez elle pour pousser l'homme (la femme comprise) au désespoir, à la folie et au meurtre. Marie-Erna semble beaucoup plus subtile. Au premier regard, elle paraît presque banale, mais vous êtes déjà fait puisqu'un seul coup d'œil suffit à vous accrocher à elle. Ce groupe de filles (Pasqualine étant la princesse) constitue le gratin des tueuses de cette ville.

— OK, je te le laisse, dit Marie-Erna, cette fois à propos d'un corsage.

— Tu peux le garder, laisse tomber Choupette, je n'en veux plus.

— Je n'en veux pas non plus, dit Marie-Erna. Je n'aime pas vraiment les trucs de Miki.

Choupette prend le corsage des mains de Marie-Erna et le jette sur la chaîne stéréo.

— Allez, on s'en va, dit-elle.

— Si tu n'en as pas vraiment besoin, je le prends, dit Marie-Erna en fourrant le corsage dans son sac.

— T'es une vraie poubelle, dit Choupette avec un léger mépris.

Papa se lève. Connaît-il le code secret des filles? Je parie que non. Il suit le courant tout simplement. Peut-être que j'ai parlé trop vite. On ne sait jamais.

— On s'en va, Marie-Michèle, crie Choupette.

Marie-Michèle était restée à la fenêtre durant toute la scène. Elle n'a pas bougé de là, donnant le dos à tout le monde. Visiblement, elle n'était pas d'accord avec ce qui se passait.

— Allez sans moi, dit-elle, les lèvres pincées.

— Viens, dit Marie-Erna, on va s'amuser là-bas.

— Non, ça ne me dit plus, jette Marie-Michèle sans se retourner.

— Laisse-la, lance Choupette, on va ailleurs.

— OK, dit Marie-Michèle, amusez-vous bien.

— Tu viens, supplie Marie-Erna, debout près de la porte.

— Vous en faites pas pour moi…, laisse tomber Marie-Michèle. J'ai simplement mes règles.

– Et alors? demande Marie-Erna.

– Je viens de les avoir et je déteste l'odeur du sang sur moi.

– *Bye* alors, dit Choupette sèchement.

Les deux filles sortent, entraînant un maximum d'air avec elles. Papa suit.

– Elle est sûrement sur un coup, dit Choupette.

– Oh, la salope, dit Marie-Erna.

La Buick démarre dans un nuage de poussière. La plage est à moins d'une heure d'ici.

Journal de Marie-Michèle

7

On descendait l'autre matin en ville, ma mère et moi, dans la Mercedes de mon père. C'est une voiture d'une quinzaine d'années, mais en parfait état. Mon père emploie un garçon uniquement pour s'occuper de son écurie de voitures. Des fois, ma mère l'envoie faire des courses, et ça met mon père en rogne. « Il est ici pour s'occuper des voitures, et non de tes affaires », lance alors mon père, qui se fâche pourtant rarement. Pour lui, l'entretien d'une voiture est une chose sacrée (les femmes se servent des voitures, les hommes s'en occupent). Et une voiture bien entretenue va durer longtemps. Ce n'est pas une question d'argent. Seuls les nouveaux riches s'achètent des voitures chaque année. Pour mon père, un homme doit être jugé à la façon dont il se conduit avec sa voiture. Ma mère est assez désinvolte avec les voitures (il n'y a que les chevaux qui l'intéressent). Si la voiture tombe en panne, elle appelle une amie qui vient la chercher, car elle n'ose pas appeler le chauffeur qui se trouve uniquement à la disposition de mon père. Et il lui arrive souvent d'oublier où elle a garé la voiture. Je préfère faire le trajet avec mon père, mais depuis que ma mère prend des leçons d'allemand – comme toutes les oisives de Pétionville, elle adore les langues qu'elle pratique dans les cocktails d'ambassade –, on descend au centre-ville ensemble. On ne voit vraiment pas les choses de la même façon. Avec mon père, c'est plus simple, on ne se parle pas. Chacun à ses affaires. Lui cuvant son alcool de la veille. Moi totalement absorbée par le spectacle de la rue. Je remplis des pages de mon journal dans ma tête. Je rêve d'être avalée un jour par cette foule. Disparue sans laisser de traces. Pourquoi suis-je dans cette grosse voiture étincelante avec cet ivrogne qui porte son désespoir en bandoulière, comme s'il était le seul à avoir des états d'âme dans cette ville, quand il y a cette foule si vibrante dehors? C'est cela mon drame: je suis née du mauvais côté de la ville et de la vie. Le côté que tout le monde croit être le bon côté. Quel malentendu! Je me demande si la vie vaudrait la peine sans la constante ébullition de cette vraie foule en sueur, si différente de la foule parfumée des cocktails de ma mère. Elle est toujours active, la foule des quartiers populaires, chacun vaquant à ses occupations. Ce type qui passe, sur le trottoir d'en face, avec un revolver dans chaque main, comme cette femme, les bras en croix, qui adresse une prière à la Vierge. C'est une foule qui ne se plaint jamais. Pas une foule oisive, comme celle des cinq à sept de Pétionville. J'ai vu des foules à Paris, à New York, comme à Berlin: des gens qui montent vers le nord sur un trottoir, croisant du regard ceux qui descendent vers le sud sur le trottoir d'en face. Quelle discipline! Un ordre pour tout. L'horloge suisse règle le monde occidental. Cela m'a donné froid au dos. Je suis rentrée tout de suite en Haïti. Je préfère de loin le désordre de ce pays. La foule de Port-au-Prince ne suit aucune règle. Les gens vont n'importe comment dans toutes les directions. On voit passer plusieurs fois la même personne devant soi. Vous voyez venir un homme, au loin, et brusquement il disparaît sous vos yeux. Où est-il passé? Vous ne le saurez jamais. Les gens changent constamment de direction et reviennent souvent sur leurs pas. On semble tourner en rond, mais en réalité, c'est une façon d'avancer tout en surveillant ses arrières. Rien n'est totalement acquis. Toujours revenir en arrière pour consolider ses conquêtes. Ce qui paraît absurde et désordonné obéit à de secrètes lois. Quand je dors chez Miki, j'adore me lever à l'aube. Je me poste alors à la fenêtre pour observer les mouvements de la foule. Cette foule semble tout étonnée, chaque matin, d'être encore en vie. Beaucoup de gens, pour diverses raisons, ne verront pas la journée du lendemain. La rue, toujours imprévisible. Les gens placent toute leur confiance dans le soleil capable de leur insuffler l'énergie qui leur permettra de traverser la longue journée. La lumière du jour. L'espoir absolu. On se terre la nuit. La nuit n'apporte rien de bon. Seuls les chiens maigres et les oiseaux de malheur traînent dans les rues. Ou quelqu'un qui cherche une pharmacie. Le rendez-vous avec la mort se prend à l'aube. C'est une heure qui vous pousse à baisser votre garde. Et, plus vive que l'éclair, la mort fait mouche. Les femmes qui reviennent de la messe de quatre heures du matin se dépêchent de rentrer pour faire du café. Elles chuchotent en croisant les jeunes boulangers. Les voitures passent en se frôlant. Il n'y a que les marchands de loterie qui crient à tue-tête et aussi les écoliers qui repassent leurs leçons sous les lampadaires jaunes. Dès le lever du jour, on se bouscule pour envahir les rues. C'est un sauve-qui-peut qui va durer ainsi jusqu'au crépuscule. La loterie de la vie où l'on gagne ou perd chaque jour. On joue des montants dérisoires, mais chaque blessure peut être mortelle. Ce qui guette cette foule, c'est la faim, la maladie ou une balle perdue. La faim d'abord. Si, par chance, on rencontre un ami d'enfance qui revient de New York, et qu'il se souvient de vous, et qu'il consent à vous donner un peu d'argent, alors on a gagné à la loterie du jour. Mais le plus souvent, on perd. On ne sait pas d'où tombera cette manne. Sûrement pas du ciel. Ça peut être aussi un petit boulot de jardinier chez une dame de Pétionville. Il faut bouger. On n'a rien si on reste à la maison. Qui dort crève au lit. On appelle ça « chercher la vie ». Quelle juste expression ! Une des amies de ma mère, la directrice de l'institut Lope de Vega où ma mère a suivi des cours d'espagnol pendant trois ans, a frappé un « pauvre diable » – une de ses expressions favorites – dans la rue, comme ça, en descendant au centre-ville. C'est ma mère qui me raconte l'histoire. Notre dialogue est si révélateur que je l'ai noté *in extenso* dès que ma mère m'a déposée devant l'école. Sœur Agnès, croyant que j'avais oublié de faire mon devoir à la maison, m'a donné, en passant, une légère tape derrière la tête.

Ma mère me parle sur ce ton précipité qu'elle prend chaque fois qu'elle croit tenir une juteuse histoire.

— Fabiola l'a fait monter dans sa voiture, l'a amené voir son médecin personnel, et l'homme était tout content parce qu'on lui a fait une radio, on lui a prescrit des médicaments que mon amie est allée chercher immédiatement à la pharmacie *Séjourné*. Je crois qu'elle a dépensé au moins une centaine de dollars ce jour-là. Elle a voulu, bien sûr, le déposer chez lui après, mais il lui a demandé de le laisser sur un coin de rue. Paraît qu'ils se sont baladés ainsi toute la journée. C'était une vraie bonne affaire pour ce pauvre diable, et Fabiola était toute contente d'avoir pu l'aider ainsi…

— Comment ça !… je fais. Elle l'a frappé de plein fouet avec sa grosse cylindrée, et c'est lui qui a fait une bonne affaire ? Si ça s'était passé à Pétionville, elle aurait eu à payer des dommages et intérêts longs comme ça…

— Tu comprends, ma chérie, ces gens ne vont chez le médecin qu'à l'article de la mort.

— Comme ça, maman, tu crois vraiment que c'est d'un accident qu'il rêvait en se levant le matin…

— Je ne sais pas… Je rapporte ce que Fabiola m'a dit, et selon elle, il semblait ravi de la manière dont les choses se sont déroulées… Avec un tonton macoute, cela se serait passé autrement. Il l'aurait sûrement laissé sur la chaussée…

— On se compare aux tontons macoutes, maintenant… Elle est tombée cette fois sur un homme trop poli, mais ce ne sera pas toujours ainsi, maman.

— Qu'est-ce que tu veux dire par là?

— Rien.

— Je ne t'empêche pas de parler, Marie-Michèle…

— Ton amie t'a raconté que cet homme n'était jamais allé chez un médecin?

— C'est ce qu'elle m'a dit.

— Et ça ne t'a pas étonnée… Tu sais qu'ils sont des millions dans son cas?

— Où veux-tu en venir, Marie-Michèle?

Elle a pris cet air pincé et cette voix aiguë de la femme du docteur Léger de Pétionville, vous savez, l'éminent neurologue et ancien président du cercle Bellevue. Elle ne me le fera pas, car je peux être aussi la fille chérie du docteur Léger.

— Et chaque matin, toi et tes amies vous traversez cette foule sans penser à une épidémie.

— J'en suis consciente, ma chérie, l'autre jour, je disais même à Henriette…

— Je ne parle pas de ces gens qui sont déjà en train de crever, maman, je parle de nous. On respire le même air qu'eux. S'il y a une épidémie, on ne sera pas à l'abri.

— Ce que tu dis est très juste, chérie, mais…

— Mais tu te crois protégée parce que tes portières sont bien fermées. Papa est médecin, ou était médecin, je ne sais plus…

— Pas d'impertinence, Marie-Michèle!

— Mais, maman, cela fait des années que papa a ausculté quelqu'un, il se contente de faire des ordonnances bidon à ses amis… Bon, je veux dire qu'on a quand même toutes ces

144

connaissances scientifiques. Nos voisins ont tous vécu à l'étranger, dans des villes comme New York, Paris, Madrid ou Berlin... Le meilleur ami de papa est épidémiologiste... Et malgré ça, on donne l'impression de ne pas savoir ce qui nous attend, maman.

— De quoi parles-tu ? Je ne te suis plus du tout.

— C'est que je ne comprends pas comment nous faisons pour nous croire à l'abri d'une épidémie... Nous côtoyons quotidiennement des gens qui vivent dans la boue, des gens faméliques, des gens qui boivent une eau qui abrite tous les microbes du monde, des gens qui vivent comme des animaux...

— Que veux-tu qu'on fasse, mademoiselle Guevara ?

Elle m'appelle toujours ainsi quand la discussion prend cette direction.

— Et la seule précaution que je te vois prendre, maman, c'est de monter les vitres. Avec les vitres montées, on est à l'abri des mendiants et des microbes... Franchement, celui qui a inventé les vitres est plus fort que Pasteur ! Comme on a déjà les vitres teintées qui nous permettent de voir sans qu'on nous voie, la prochaine étape, ce sera les vitres blindées ?

— Mais, ma chérie, ce n'est pas à nous à nous occuper d'eux, c'est le rôle de l'État.

— Maman, je te parle de notre vie... Nous sommes en danger et tu me parles de l'État !

— Tu sais ce qui arrive quand on essaie de faire quelque chose dans ce pays.

— Alors, on attend l'épidémie ?

— De quoi tu te mêles ? Tu n'as pas de leçon à repasser ?

Une mère normale aurait pensé à protéger sa fille dans un tel cas, la mienne ne pense qu'à argumenter.

— Moi, j'essaie de savoir ce qui se passe dans ce pays. Je regarde autour de moi. J'essaie de savoir comment les gens vivent.

— Et tu t'y prends comment, si je peux le savoir, me jette ma mère sur un ton franchement ironique cette fois, puisque tu es soit à la maison, soit à l'école, ou chez ton amie Stéphanie?

Elle se tourne vers moi tout en fumant, dans cette pose de star hollywoodienne.

— Il ne faut pas croire tout ce que tu lis, ma chérie.

J'ai compris alors que toute conversation était impossible avec elle et je me suis donc tue durant le reste du trajet. Le radieux sourire d'une mère qui vient de faire taire sa propre fille. Le mien est intérieur.

Scène XIX

La règle du jeu

> Mes yeux en carton pourri.
>
> M. S.-A.

Marie-Michèle n'a pas bougé de la fenêtre depuis le départ de ses amies. Elle a l'air perdue. Je la regarde dans cette robe bleue. Visiblement, elle a plus de classe que les autres (sauf Miki). Son visage est quand même un peu dur. Une pâle cicatrice sur la joue gauche. Elle se tourne vivement vers moi.

— Je les déteste, des fois.

— Qui? je demande, tout en sachant la réponse.

Elle a un geste vers la porte.

— Ce sont tes amies, dis-je.

— Oui..., murmure-t-elle. Et puis non... Ce ne sont pas vraiment des amies.

— Ah bon...

Elle retourne à la fenêtre, encore en colère. Je vois ses chevilles fines.

— Je suis ici à cause de Miki...

— Miki est extraordinaire.

Elle sourit.

— Elle est bien… Les autres sont des sangsues… De vraies petites garces… Je ne sais pas vraiment ce que Miki leur trouve, conclut-elle.

J'ai l'impression que chacune des filles pourrait dire la même chose des autres. Marie-Michèle vient de se casser un ongle. Elle fait une grimace en arrachant l'ongle d'un coup sec.

Au mur, juste derrière la tête de Marie-Michèle, il y a un *poster* de Gauguin. Un tableau très coloré, datant de l'époque tahitienne. Deux jeunes filles dont l'une a le torse nu. Celle-ci tient dans ses mains comme une petite barque de fruits. Les seins sont fermes. Le visage d'une beauté naturelle. Sans fausse pudeur. Le plaisir d'être vivant. On a toujours confondu Haïti avec Tahiti.

— Qui es-tu, toi? me demande Marie-Michèle.

— J'habite en face. C'est ma chambre que tu vois de la fenêtre.

Elle jette un rapide coup d'œil par la fenêtre avant de se tourner vers moi avec un sourire narquois.

— Comme ça, tu peux facilement voir tout ce qui se passe ici.

— Possible, dis-je.

— Et je suis sûre que tu en profites.

— Pas tellement.

Elle me regarde en secouant doucement la tête. Son visage très raffiné passe sans transition de la tristesse à la joie. Elle a l'air de quelqu'un qui cache un secret. C'est si bien caché qu'elle-même l'oublie parfois. Brusquement, elle me quitte pour s'enfuir presque dans le couloir. La seconde d'après, je l'entends composer un numéro de téléphone.

Marie-Michèle parle tout bas au téléphone. D'une voix rapide, un peu anxieuse. Je ne l'écoute pas vraiment. Je l'attends plutôt pour continuer la conversation. L'ennui me tombe d'un coup dessus. Comme une guillotine. Un ennui mortel. Je ne peux pas rester sans rien faire. Faut que je bouge. Je ne peux pas sortir d'ici non plus. Je regarde dans le vide. Je ne pense à rien. J'ouvre le livre de Magloire Saint-Aude. Comme ça. Une page au hasard. Je lis :

Poème du prisonnier
Au glas des soleils remémorés

C'est fou ! J'arrive ici et je tombe sur un vers qui exprime exactement mon état d'âme. Ce que je ressens dans l'instant. Un poème est bon quand il parle uniquement de nous au moment où nous le lisons. La lumière du soleil ne pourra jamais remplacer le vrai soleil. Le soleil, c'est simple, est dehors, et je suis à l'intérieur. Je me sens protégé ici. Je suis en danger là-bas. Rien ne changera cette situation. Et cela peut être le contraire aussi. Je suis en danger ici. Je suis protégé dehors. La vache n'a pas toujours raison d'aller se cacher à l'abattoir.

Marie-Michèle revient avec un sourire radieux.

— J'ai bien fait d'appeler, dit-elle d'une voix excitée.

— Ah bon…

— Oui, parce qu'il allait partir à un mauvais endroit… Maintenant, il va venir me chercher ici.

Je n'ose pas demander à Marie-Michèle de qui elle parle. Il faut toujours faire semblant de tout savoir. De connaître les secrets de tout le monde. C'est une des règles du jeu.

— C'est gentil de sa part de venir te chercher, dis-je après un moment.

— Les filles l'ont fait fuir, hier soir, dit Marie-Michèle d'une voix pleine de mépris.

Un temps.

— C'est un photographe important, ajoute-t-elle. Tu sais, il travaille pour le magazine *Vogue*…

D'un vif coup d'œil, elle a compris que *Vogue* ne me disait rien.

— *Vogue*, c'est simplement le plus prestigieux magazine de mode au monde. Moi, *Vogue*, je ne rate jamais ça… Je crois (un léger sourire) que Pasqualine a manqué quelque chose… Ce que je n'aime pas avec ces filles, c'est qu'elles ne respectent rien ni personne… Il n'y a que Miki qui ait quelque chose dans la tête… Miki a du style, mais le reste, c'est bien stupide, crois-moi…

Un temps.

— Bon, concède-t-elle, Pasqualine est jolie, mais elle n'a rien dans le crâne. Elle est vraiment bête d'avoir laissé passer cette chance. C'est elle qu'il voulait avant. Tu vois, elle est un peu leur genre…

— À qui?

— Aux gens de *Vogue*… Elle est grande, mince, pas de seins, mais ça ne suffit pas pour réussir dans ce métier, il faut aussi savoir sauter sur la bonne occasion… Tu te rends compte : un photographe de *Vogue*! Faut être vraiment bête pour agir avec lui comme elles l'ont fait… Moi, j'ai laissé faire, je les regardais, j'avais bien vu qu'elles se gouraient… Faut avoir du flair… Bien sûr, Miki était restée en dehors de ça. Miki peut avoir ce type quand elle veut, ça, je le sais… Les autres sont vraiment trop nulles… Faut dire que Miki est déjà prise, heureusement, elle a déjà un homme et je suis sûre que Miki tient à lui, elle ferait bien d'ailleurs, car un type pareil, toutes les filles ne pensent qu'à lui sauter dessus, moi la première… Tu t'imagines, cet homme est beau, jeune, riche, influent, et il fout la paix à Miki, les trois quarts du temps il est absent, c'est pain béni et Miki sait cela, c'est pour cette raison qu'elle n'a fait aucun signe au type de *Vogue*, hier soir, heureusement d'ailleurs, je le répète, parce que dans ce cas je n'aurais aucune chance.

Un bruit de voiture. Marie-Michèle tend l'oreille. Son corps vibre. Une joie profonde l'habite. C'est son jour. C'est bizarre, je n'arrive pas à croire un mot de tout ce qu'elle dit. Je l'observe depuis un moment et je vois son intérêt pour Miki et sa jalousie envers Pasqualine. Tout son baratin à propos de l'homme de Miki qui aurait pu l'intéresser, c'est complètement faux. Elle fait semblant d'être dans le groupe, mais je sens que ce n'est pas naturel. Ses mouvements ne sont pas authentiques. Je ne sais pas ce qu'elle veut.

– Je crois qu'il arrive. Je ferais mieux de sortir. On va prendre un verre à l'hôtel *Olofson* et ensuite, on ira manger quelque part… Je tiens à payer ma part, tu sais. Je pourrais même lui offrir son repas et tout… Je ne dois pas sortir trop vite. C'est un homme après tout… Tu t'imagines, *Vogue*… Ce que je déteste avec elles, surtout Choupette, c'est qu'elles croient que tout le monde est comme Papa ou Frank. Moi, je les trouve très démodées avec leurs petits vieux… J'ai seulement dix-sept ans et je ne tiens pas à passer toute ma vie ici, ça, tu peux en être sûr… Maintenant, c'est le moment de partir, mais le photographe de *Vogue* ne doit pas savoir ce que j'ai dans la tête… Tout ce que nous avons dit restera dans cette pièce, d'accord?… Je me demande pourquoi je te parle comme ça. D'ordinaire, je suis quelqu'un de très secret… Maintenant, il faut que j'y aille…

Au moment de franchir la porte, elle se retourne et me fait un vrai sourire. La seconde d'après, elle devient cette tigresse assoiffée de sang. La jungle urbaine. Guerre sans merci. Pas de quartier. Et tout se joue dans les premières secondes.

Journal de Marie-Michèle

8

Je ne sais pas ce que j'aime le plus, écrire ou penser. Je ne pense vraiment bien que lorsque j'écris. J'aime analyser les comportements des gens pour savoir ce qui les pousse à agir de telle manière. Ma mère est mon premier cobaye. J'ai l'impression que j'analysais déjà ma mère quand j'étais dans son ventre. Je prétends être la personne qui la connaît le mieux. En fait, je la connais bien peu, et c'est ce qui me la rend si intéressante. Des fois, elle fait exactement le contraire de ce que je pensais qu'elle ferait. La fois que j'ai été à l'hôpital, elle n'a pas bougé de ma chambre durant une semaine. Et à mon réveil, je voyais toujours son visage près du mien. Elle n'avait pas mis son parfum capiteux qui me donne la nausée, ce parfum qu'elle met toujours pour aller à son club. À cause des possibilités d'allergie, on interdit les parfums trop puissants à l'hôpital. À la fin de la semaine, elle avait retrouvé sa vieille odeur de maman, cette odeur qui me ramène à tout coup à mon enfance. Cela faisait un temps que je n'avais pas respiré le parfum «maman». Comme je déteste son odeur mondaine! On va croire que je ne suis qu'une pauvre petite fille délaissée qui aurait adoré garder sa mère à la maison. Je dis cela, mais moi, si j'étais mère, aucun enfant ne pourrait me retenir à la maison. Voilà une chose à laquelle je n'ai jamais pensé: avoir un enfant. Si c'est pour qu'il me fasse subir ce que je fais vivre à ma mère, je n'en veux pas. Voilà, je passe mes journées à analyser ma mère, Steph, Miki et Pasqualine… Tout le reste me semble assez nébuleux. À part ce fameux quatuor qui danse constamment dans ma tête, les autres ne m'intéressent pas. Mon problème, c'est que je garde tout à l'intérieur de moi. Je n'ai pas de confident. Sauf ce journal. J'ai commencé ce journal parce que je n'avais personne à qui parler, mais avec le temps j'ai pris goût à l'écriture. Je cherche, aujourd'hui, beaucoup plus à bien dire qu'à dire la vérité. La vérité, c'est ce que je vis, mais l'écriture, c'est ce que j'aimerais vivre. J'attrape les émotions au lasso de mes phrases. Qu'est-ce qui est plus important, la vérité ou l'émotion? La vérité ne gagne pas toujours sur l'émotion. Par exemple : je sais très bien qu'il ne se passe rien entre ces deux personnes, mais je ne peux m'empêcher d'être jalouse. Et cette jalousie m'empêche de vivre. Une constante migraine. Ma migraine bien réelle vient d'une histoire que j'ai inventée de toutes pièces. J'ai beau me dire qu'il n'y a rien entre Miki et Pasqualine, mais je n'arrive pas à faire entendre raison à mon cœur. Mon cerveau est froid et mon cœur, chaud. Deux températures en constante opposition. J'écris froidement sur des situations explosives. J'écris, j'écris, mais personne ne sait que j'écris. J'aimerais rencontrer une seule personne : Nadine Magloire. Elle écrit vraiment ce qu'elle ressent. Elle met son cœur à nu partout, même dans une simple critique de film. Il m'arrive de tomber sur ses articles dans *Le Nouvelliste*. Toujours percutants. C'est bizarre, je n'aimerais pas écrire comme ça, c'est trop à chaud, mais j'aime l'idée que quelqu'un le fasse. L'autre jour, je l'ai vue à la librairie *Auguste*. Son visage blafard, ses grands yeux noirs (peut-être qu'ils ne sont pas si grands, mais de loin c'est l'impression qu'on a), ses joues un peu rondes, ses lèvres légèrement pulpeuses. Elle semble plutôt froide. Je suis sûre que c'est quelqu'un de très passionné. Elle vient de publier un mince récit que je relis souvent. Le titre dit bien ma situation ces jours-ci : *Le mal de vivre*. Je suis certaine que ce n'est pas la première fois qu'un livre porte un pareil titre. Je ne sais plus si j'aime le titre depuis que j'ai vu la grand-mère de Marie-Erna. Elle, c'est le bonheur de vivre, alors que sa vie n'a sûrement pas été facile. Pourquoi elle sourit et Nadine Magloire, pas ? Voilà un des vrais mystères de la vie. Seul le couteau sait ce qui se passe au cœur de l'igname. Le personnage du livre de Nadine Magloire vient d'un milieu bourgeois, du même milieu que moi. Cela voudrait-il dire que les riches aussi peuvent souffrir ? D'ailleurs, les pauvres ne souffrent pas, ils ont surtout des besoins. Ils ont faim, ils ont soif, ils sont malades et ils meurent. Il n'y a que les gens fortunés qui ont mal à l'âme. En même temps, je suis peut-être en train de dire des conneries en ce moment. Depuis que j'ai croisé le sourire de la grand-mère de Marie-Erna dans sa maisonnette au pied de la montagne, je ne sais plus quoi penser à propos des pauvres. Il faut que j'arrête de comparer les choses. Les choses ou les gens. Nadine Magloire a écrit un livre, prenons-le pour ce qu'il est. Jugeons le livre à partir de ce qu'il raconte. Je m'identifie à son univers parce que j'aime sa manière d'être, sa vision du monde et son style. Surtout ce style simple, clair, si différent de la manière pompeuse des écrivains d'ici. C'est simple, je n'arrive pas à les lire. D'ailleurs, ils finissent généralement dans un cabinet ministériel ou comme attachés culturels en Europe. Bien entendu, ils aimeraient tous que ce soit Paris. Je me demande toujours pourquoi les livres des écrivains d'ici ne parlent jamais de notre vie, je veux dire de la vie d'une jeune fille de vingt ans comme moi (en fait, j'ai dix-sept ans, mais les femmes ne vous prennent au sérieux que si vous avez au moins vingt ans ; pour les hommes, c'est différent, ils vous préfèrent entre seize et dix-huit ans). Bingo ! J'ai le bon âge. L'âge où votre mère ne veut plus sortir avec vous : les hommes s'intéressent à vous plutôt qu'à elle.

Il y a chez Nadine Magloire une colère en laquelle je me reconnais, c'est sûr. Et une liberté aussi. Sauf qu'elle n'est pas allée assez loin d'après moi. D'une certaine manière, elle n'a pas quitté le Cercle doré. Je ne vois pas à quoi pourrait servir un livre qui ne dit que la moitié de la vérité. Pour moi, écrire, c'est dévoiler les choses complètement. Il faudrait que je montre aussi mon vrai visage. Appliquer la médecine sur moi d'abord. Qu'est-ce que je suis honnêtement? Une petite-bourgeoise de Pétionville à la recherche de sensations fortes, ou autre chose que je n'arrive pas encore à définir? Je n'arrête pas de juger ma mère, mais je vis toujours sous son toit. Je ne peux rien faire dans une maison où il y a plus de domestiques que d'habitants. Je travaille moyennement à l'école (sauf en littérature et en philosophie où je suis toujours première). Je passe mon temps à essayer de séduire les gens pour les empêcher de lire clairement en moi. J'ai toujours peur qu'on me découvre sous mon vrai jour. Je suis celle qu'il faut chercher au milieu de la foule. Chaque année, ma mère doit se servir d'une loupe pour me trouver dans les photos de classe. Alors qu'elle est elle-même si extravertie. Quand ma mère entre dans une pièce, tout le monde doit le savoir. J'ai toujours eu l'impression qu'on l'attendait partout pour commencer la fête. Elle a cette façon d'occuper tout l'espace sans cesse de s'excuser de prendre trop de place qui m'impressionne et m'horripile à la fois. Elle arrive quelque part en faisant assez de bruit pour qu'on la remarque, avant de filer se terrer dans un trou, et il faut la supplier pour qu'elle en sorte. Ce sont les sœurs du collège Sainte-Rose-de-Lima qui lui ont appris ces petits trucs de la vie en société. Elle sait comment faire une confidence sans intérêt à quelqu'un en espérant que celui-ci lui confie le secret de sa vie. Il faudrait filmer ce moment-là : son visage si attentif, ses yeux remplis de compassion. Elle aurait été une grande comédienne si elle avait eu le courage d'affronter les gens.

Elle a trop peur du jugement des autres. La seule affaire que j'ai apprise dans la vie, c'est que si je ne fais pas quelque chose, n'importe quoi, pour me sortir de mon cocon, je vais finir comme ma mère. Je ne veux pas jouer ma vie, je veux la risquer et avoir, au moins, la possibilité de la perdre. Des fois, je me demande comment elle le prendrait si ce journal était publié un jour. Faudrait que j'attende sa mort. Pourtant je trouve que les gens qui font ça sont aussi lâches que ceux qui écrivent des lettres anonymes. Si tu ne peux pas signer une lettre, c'est qu'elle n'est pas digne d'être écrite. Il faudrait qu'elle puisse lire un jour ce que je pense d'elle. Je lui dois bien cela. Elle m'a donné la vie. Je remarque que, dans les quartiers pauvres, le rapport se fait plutôt avec la grand-mère, et c'est un rapport toujours empreint de douceur. Chez les riches, c'est immanquablement l'affrontement mère-fille. À cause des produits de beauté, des exercices physiques quotidiens, d'une saine alimentation, et surtout du fait qu'elles ne font aucun travail exigeant un effort physique, les mères des beaux quartiers sont encore assez jeunes au moment où leurs filles commencent à aller au bal. Alors c'est la guerre !

Scène xx

C'est la pluie!

De mes cils de limon.

M. S.-A.

L'après-midi glisse doucement sur l'asphalte encore brûlant. Les gens passent sous ma fenêtre sans se douter de rien. Bien occupés à leurs affaires. Visages soucieux ou indifférents. Brusques éclats de rire. Un homme en chapeau – peut-être un marsouin, quoique les marsouins préfèrent les lunettes noires – se dirige vers le côté ensoleillé de la rue pour aller serrer la main à quelqu'un. Je n'entends pas les bruits de la rue. Aucun son. Scène muette.

D'ici, je vois facilement ma maison. Juste en face. On ne peut pas la manquer. La porte s'ouvre brusquement. Tante Raymonde sort, suivie de ma mère. Elles sont déjà sur le trottoir. Ma mère a l'air très inquiète. Tante Raymonde est en colère. Tante Ninine reste sur le pas de la porte. Ma mère ne cesse de regarder à droite et à gauche comme si elle attendait quelqu'un. Tante Raymonde piaffe sur place. Le temps va plus vite quand les gens veulent l'arrêter. Ma mère retourne dans la maison et en ressort tout de suite avec un sachet de papier brun. Tante Raymonde lui dit quelque chose (l'air vraiment contrarié) et elle retourne de nouveau dans la maison. Un homme en chapeau (est-ce un marsouin?) s'arrête pour parler à tante Raymonde qui l'ignore ostensiblement. Ma mère sort enfin et éclate en sanglots tout en continuant à discuter avec tante Raymonde. L'homme s'approche maintenant de ma mère et de tante Raymonde, qui le repousse avec force. Il chancelle, perd l'équilibre, titube dans la rue, une voiture l'évite de justesse. Ma mère pousse un cri terrible (je vois sa bouche ouverte et les grands yeux, mais je n'entends aucun son) et tante Raymonde se cache le visage dans ses mains. L'homme ramasse son chapeau et s'en va en marmonnant. Ma mère reste encore figée à sa place. Tante Raymonde marche énergiquement sur le trottoir. Une petite fille passe en courant et fait un signe à ma mère, qui relève la tête. Tante Raymonde regarde aussi vers le ciel. Un homme traverse la rue en courant. C'est la pluie! Mouvement de panique. La rue change de visage. Un cycliste passe dans mon champ de vision à folle allure. Il espère arriver chez lui avant que la pluie ne le rattrape. Déjà, quelques gouttes sur la vitre de la fenêtre. Puis aussitôt, des hallebardes. Plus personne dans la rue. Tante Raymonde a l'air désorientée. Ma mère éclate de nouveau en sanglots. Tante Raymonde essaie de l'entraîner vers la maison. Une pluie forte. J'ai de la difficulté à voir ce qui se passe de l'autre côté de la rue. Les images deviennent floues. Comme dans les tableaux de Beauvoir, le peintre de Carrefour. La pluie augmente en intensité. Je ne vois plus rien. Je la regarde simplement tomber. Les égouts débordent déjà. La rue est pire qu'un fleuve. Je vois passer un lit avec un homme qui est couché dessus. Les bagnoles flottent littéralement. Un chauffeur de taxi se débat à l'intérieur de sa voiture pour la maintenir au milieu de la chaussée. Brusquement, la pluie cesse, aussi brutalement qu'elle avait commencé. Le ciel redevient bleu. Pas un nuage. Et ma mère est encore là, près du mur. Le bas de sa robe plein de boue. Tante Raymonde sort de la maison au moment où une Chevrolet s'arrête aux pieds de ma mère. Tante Raymonde monte à côté du chauffeur (un homme avec des lunettes noires). Ma mère s'assoit à l'arrière.

Du côté ensoleillé de la rue

> Sans dieu livide fragile cœur.
>
> M. S.-A.

J'ai l'impression d'être déjà mort. Dans un cercueil vitré. Je vois tout. Je comprends tout. Je ne peux pas parler. Je peux faire bouger mes lèvres, mais on ne m'entendra pas. Je suis de l'autre côté des choses. Du côté de l'ombre. La lumière est juste en face. Cette impression s'accentue quand je regarde ma chambre (de l'autre côté). Je me vois en train de marcher dans cette étroite pièce. Je fais mes devoirs. J'étudie mes leçons. Je suis un gentil garçon. C'est ce que croient ma mère et mes tantes. Alors que je suis tout plein de rage. Je suis toujours en colère. Contre tout. Je déteste cette maison. Je déteste la rue. Je déteste cette ville. Je veux le ciel tout à moi. Personne (tante Raymonde n'est pas dupe, mais elle ferme les yeux) ne soupçonne ce qui se passe en moi. Je continue d'obéir à tout le monde. J'obéis à ma mère. J'obéis à mes tantes. J'obéis à mes professeurs. Alors que je les déteste tous. Je ne me sens vivant que lorsque je pense aux filles. Heureusement qu'elles sont toujours là. Juste en face. Chez Miki. Il n'y a que ça de bon dans la vie, les filles. Surtout quand on a, comme moi, le temps de penser à elles. Et c'est pas le temps qui me manque. Je le répète. Je finis toujours très tôt mes devoirs et mes leçons. Je range mes cahiers et mes livres sur mon petit bureau et je vais me coucher. Je suis sur le dos et je regarde le plafond jusqu'à ce qu'il devienne comme un ciel. Je me lève et me mets à la fenêtre. Je regarde de l'autre côté, chez Miki. Elles sont là, Dieu merci. Elles sont toujours là. Elles seront là jusqu'à la fin des temps. C'est la promesse divine. D'où sortent toutes ces filles? Il y en a partout. Dans la rue, à l'école, au marché, devant le cinéma *Paramount* surtout, sur la place Saint-Alexandre, au Champ de Mars, près du Portail Léogâne, au stade (surtout quand c'est Violette qui joue). Je vois des centaines de filles, mais je ne rêve qu'à Pasqualine. Je la regarde longuement (de la fenêtre de ma chambre) jusqu'à m'en soûler. Je dévore son long corps mince. Encore et encore. J'imprime son image dans ma tête, dans mes bras, dans mon ventre, dans mes jambes, dans mes mains, dans ma bouche. Et je retourne au lit. Je me couche tout près d'elle. Quand l'image devient floue dans ma tête, je retourne à la fenêtre. Et je la regarde de nouveau. Aujourd'hui, je suis ici, dans la pièce où elle passe son temps à danser. Mais pour mieux sentir sa présence, je suis obligé d'imaginer que je suis encore en face et que je la regarde de la fenêtre de ma chambre. Pourrai-je, un jour, toucher son corps? Son vrai corps. Et non l'image que j'ai dans la tête. J'ai mal à mes os. Comme si on avait passé la nuit à me battre. Je viens de trouver. Reprenons le tout. J'ai peut-être été tué, hier soir, dans la cour du *Macaya Bar*. Je me souviens bien quand le marsouin m'a appelé. Je suis allé vers lui innocemment. J'ai vu cette femme à côté de lui, en train de me faire des signes. Tout ça me paraît très clair. J'ai pris un certain temps à décoder les gestes de la prostituée. À partir de là, je ne peux pas dire avec exactitude ce qui s'est passé. La question est importante pourtant. Dans mon cas surtout.

Il s'agit de ma vie ou de ma mort. Combien de temps faut-il à un marsouin soûl pour viser un homme à deux mètres de lui ? Quant à moi : combien de temps ai-je pris pour capter le message que tentait de m'envoyer la femme assise à côté du gros marsouin ? Tout est là.

Scène XXII

La petite mort

> Au galop de l'Antinéa.
>
> M. S.-A.

Un taxi entre dans la cour. Une fille très jeune descend. Elle le contourne et va vers la fenêtre du chauffeur. Au lieu de payer, elle lui caresse la joue. L'homme rit et le taxi fait marche arrière pour sortir de l'entrée. C'est le principe de l'argent qui est remis en question.

Elle frappe à la porte. J'ouvre. J'entrouvre plutôt.

– Pas de chance, je dis, elles sont déjà parties pour la mer.

Elle me regarde tranquillement avant de franchir la porte.

– Qui t'a dit que je voulais aller à la plage ?

– C'est parce que tout le monde…

Elle jette son sac par terre dans un geste désinvolte sans prêter attention à ma tentative d'explication.

– Je viens de foutre le camp de chez moi.

Je ne dis rien. J'ai toujours rêvé de faire, un jour, une pareille déclaration.

– Pourquoi ? je murmure, après une bonne minute de silence.

Elle me lance un regard méprisant. Ce n'était pas la bonne question à poser. Dans ces cas-là, il faudrait carrément parler de la pluie et du beau temps.

— Tu connais Miki ?

— Je suis son voisin. J'habite en face.

C'est pas le genre de fille à qui on raconte des salades.

— Je suis sa cousine. Marie-Flore.

J'ai l'habitude de la voir de ma chambre. Elle doit avoir quinze ans. Pas plus. De loin, elle paraît plus âgée. De ma fenêtre, je lui aurais donné dix-sept ans.

— Ma mère est une salope.

Rude conversation.

— Oui… Pourquoi ? je demande, bêtement une fois de plus.

— Elle baise avec ce salaud.

— Qui ?

Elle prend un temps (très bref) avant de répondre.

— Mon père.

— Ah bon…

— Le salaud, il a tout fait pour me sauter.

Un temps plus long, cette fois.

— Depuis que j'ai huit ans, tous les hommes veulent me sauter. C'est bête, hein ?

Je ne sais que répondre. Je la regarde, simplement.

— Toi aussi, t'es comme les autres… Ils ne pensent qu'à ça. Je me demande bien pourquoi…

Elle me regarde droit dans les yeux. Presque avec rage. Rage et courage.

— Tu le sais, toi ?

— Non, je ne sais pas.

— Tu ne le sais pas ?

Elle entre dans une folle colère.

— De quoi parles-tu ? je parviens à balbutier.

– Tu ne sais pas pourquoi les hommes veulent tous me sauter?

Brusquement, elle se déshabille. Elle arrache les boutons de son corsage. Ses seins surgissent à l'air libre comme des noyés qui remontent à la surface. Elle s'approche de moi. Je recule instinctivement vers le divan. Elle me met ses seins sous les yeux, à portée de ma bouche. Cette fois-ci, j'ai l'impression d'avoir deux 38 pointés sur moi. Elle n'a qu'à appuyer sur la gâchette.

– Vas-tu me le dire? me demande-t-elle avec une noire colère dans la voix.

J'essaie de me dérober en regardant ailleurs.

– Comment trouves-tu mes seins?

Je ne dis rien.

– Dis-le que t'as envie de les sucer.

– …

– Tu ne penses qu'à ça, hein!

– Laisse-moi tranquille.

J'arrive, finalement, à risquer (le mot est juste) un œil. C'est pire que tout ce que je pensais. Des seins de vierge.

– Je veux savoir ce qui vous rend tous fous ainsi.

Je n'ai pas de réponse à cette douloureuse question. Je bande comme un âne. Elle me prend la main, soulève sa jupe et me la met entre ses jambes.

– C'est quoi?

– Ton vagin.

– Non, dit-elle, c'est ta mère.

Ciel! Elle sait déjà cela à quinze ans. Elle refuse de me lâcher.

– Qu'est-ce qu'elle dit, ta mère?

– Je ne sais pas.

Décidément, je ne sais rien aujourd'hui.

– Mon vagin dit POURRITURE.

– Quoi?

– POURRITURE. POURRITURE. POURRITURE ET POURRI-
TURE.

Brusquement, elle me repousse. Je tombe sur le dos. Je
suis en enfer. C'est l'ange de la mort. Je perds connaissance.
Cette chambre est un énorme utérus vivant. Je suis aspiré
par la grande matrice. La méduse. La mer. La mère. Les mu-
queuses. Les sécrétions. Les grandes vulves. Le fond de l'eau.
Nager à contre-courant pour sortir de là. Tout me retient
dans le ventre. L'eau. Je vois la faible lueur au fond du tunnel de chair. Des sécrétions. J'entends la grande chute d'eau.
Je sors par un brusque mouvement des épaules. La tête la
première. J'entends l'eau. J'ouvre les yeux. Une chaussure
verte au milieu de la pièce. Personne ne saura toute la puis-
sance qu'il y a dans une chaussure verte, seule, au milieu de
la chambre.

Scène XXIII

Salut, poète!

La peine le poème hormis les causes.

M. S.-A.

Marie-Flore ramasse furieusement sa chaussure.

— Tu ne pouvais pas me le dire? Ça fait dix minutes que je cherche cette chaussure.

— Je ne savais pas.

— Qu'est-ce que tu fais là?

— Je lis.

Un léger étonnement.

— Qu'est-ce que tu lis?

— Des poèmes.

— Pourquoi?

— Pour rien.

— C'est toi qui les as écrits?

— Non.

— Tu es un poète, toi aussi?

— Non.

— Tu lis seulement?

— Oui.

Elle me parle tout en ramassant plein de trucs qu'elle met au fur et à mesure dans son sac. La plupart de ces choses appartiennent à Miki.

— Tu diras à Miki que… Non, ne lui dis rien…

— OK.

Elle se retourne et me fait le premier sourire de la soirée. Faut être affamé pour appeler ça un sourire.

— Salut, poète !

C'est peut-être une insulte.

Journal de Marie-Michèle

9

Je ne dois pas oublier que je suis ici, au fond, pour régler mon problème avec ma mère. J'ai intégré le cercle de Miki pour fuir ma mère, et je la vois partout. Je n'ai pas envie de passer la moitié de ma vie à faire semblant d'écouter pour la première fois une histoire que j'ai entendue plus de cent fois déjà. C'est ce qui se passe dans les cocktails de ma mère. Je veux pouvoir, une fois, me rencontrer, me voir, me toucher. Si je suis fausse, que cela explose au grand jour. Mais c'est un dur apprentissage. Dans ce nouveau groupe, celui de Miki, on ment autant que dans celui de ma mère. Ces filles mentent pour survivre, pour pouvoir bouffer et se vêtir. Chez ma mère, c'est plutôt par pur jeu de salon. On peut risquer gros malgré tout, parce qu'il y a deux ans, quand on a découvert que cette femme n'était pas celle qu'elle prétendait être, eh bien, elle est rentrée chez elle et a avalé une bouteille entière de phénobarbital. Ça a été un scandale épouvantable qui a failli faire exploser le Cercle. Cette femme revenait d'Europe et racontait qu'elle s'était mariée très jeune avec le fils d'une des plus puissantes familles de Zurich. Des banquiers, naturellement. Elle a pendant des mois raconté des histoires épouvantables à propos des principales familles royales d'Europe – selon elle, les Grimaldi ne sont pas du tout les pires –, puisque la famille de son mari était leur banquier depuis plus de trois cents ans. C'était la folie pendant un moment. Ma mère et ses amies ne juraient que par Zaza – son nom est Élisabeth. Il n'y en avait que pour elle. Zaza a dit que le bleu fait plus stylé que le noir : on ne voyait plus que du bleu dans les soirées. Zaza a dit que la reine de Hollande fume partout où elle va. Et tout le monde s'est mis à fumer. Elle était vraiment la nouvelle coqueluche du Cercle. Je l'ai percée à jour dès notre première rencontre. Je ne comprenais pas que ces femmes, qui ont quand même fait d'excellentes études, qui ont passé leur vie à voyager partout en Europe, puissent tomber dans un tel panneau. Elles jacassent, mais elles ne pensent pas. Je n'avais rien contre les fabulations de Zaza, je n'aimais simplement pas sa façon de se servir de son pouvoir. Elle ajoutait l'arrogance à la sottise. Je n'ai rien contre le mensonge, je déteste la fausseté. On passe son enfance à se faire bercer avec des contes de fées qui sont d'ahurissants mensonges. Et après, on nous empêche de mentir. Quand ma mère m'a dit que Zaza s'était tuée parce qu'on a découvert que tout ce qu'elle racontait au Cercle était faux, j'avais envie de lui demander si quelqu'un avait déjà dit une seule chose de vrai, de sincère, dans ces cocktails. Bien sûr, il y a des faits vrais, des anecdotes vraies, mais si le cœur n'y est pas, alors tout cela est faux. Elles ont une définition du mensonge à laquelle je n'adhère absolument pas. Elles savent comment mentir en racontant une histoire vraie. Un petit rire de gorge, une intonation particulière, un geste de la main pour banaliser tel aspect de l'histoire. Elles sont passées maîtresses à ce jeu. Un jeu d'équilibre. Zaza n'avait pas bien compris que cela prenait des nerfs de joueur de poker et une mémoire d'éléphant pour construire sa vie sur une montagne de mensonges et de demi-vérités. Un verre de champagne de trop, et elle a craqué. Le vertige. On tombe toujours de haut. Elle a payé plus qu'elle ne devait. Elle aurait été reçue à bras ouverts chez les nouveaux riches. Fallait simplement changer de salon. J'aime Sagan, et j'ai reçu un choc en découvrant Nadine Magloire, mais mon livre de chevet c'est *Les liaisons dangereuses* de Choderlos de Laclos. Ce type m'a ouvert les yeux. Après l'avoir lu, je n'étais plus innocente. Ma mère ne comprenait pas pourquoi je devenais, subitement, si enthousiaste à l'idée de l'accompagner à ses cocktails. Elle en était heureuse. Ses copines n'arrivaient pas à un tel résultat avec leurs filles. Même Steph refusait, à l'époque, d'accompagner sa mère. Moi, je passais mon temps à étudier cette faune. Je circulais dans les salles, glissant discrètement d'un groupe à un autre. J'enregistrais tout. Et le soir, j'analysais froidement ma soirée. Et quand j'ai estimé que j'en savais assez, j'ai arrêté d'y aller du jour au lendemain, au grand désespoir de ma mère. Choderlos de Laclos, en décrivant l'aristocratie de son époque, a du même coup décrit la bourgeoisie haïtienne de la mienne. En fait, les privilégiés de toutes les époques et de toutes les races se conduisent toujours de la même manière. Ils passent leur temps à discuter sérieusement de futilités sans prêter aucune attention aux gens qui crèvent autour d'eux. Merci, monsieur Choderlos. Quel nom tout de même! Et puis quelle leçon de style! Un bouquin fait avec des lettres qui volent d'une main à une autre, toutes confidentielles. Et chaque lettre est écrite selon la personnalité de son auteur, ce qui semble normal, mais pas facile à faire pour autant. J'ai essayé, j'ai honte de le dire, d'en faire une version tropicale. C'était désastreux. Mais cet exercice m'a permis de comprendre encore mieux les réseaux, les relations, les liens, les croisements et les codes de ce Cercle qui m'a volé ma mère. J'ai essayé, mais je n'arrive pas à écrire comme les jeunes de mon âge, ou même comme Sagan ou Camus. Des phrases courtes. Cela vient de mon éducation bourgeoise. Du calme, du calme, les filles, dit toujours la sœur qui nous enseigne le maintien. On ne doit jamais suer, on ne doit jamais donner l'impression qu'on est pressé. Toujours d'humeur égale. Pas de colère. Ne jamais perdre ses moyens en public. À la maison, c'est pareil. Normal : ma mère a été à la même école que moi, et c'est la même religieuse qui lui a enseigné comment se comporter dans la vie. Il y a même des règles pour la chambre à coucher : comment faire l'amour avec son mari sans qu'il pense que vous êtes une pute – c'est pour cela que la première pute venue leur pique leur mari avec un simple clignement d'œil. Bien sûr qu'elles agissent différemment avec leurs amants – elles en ont plus d'un. Le mari n'agit pas autrement avec toutes les petites servantes du quartier. Ensemble, mari et femme font selon le livre de maintien, avant de courir s'éclater ailleurs. Toute cette éducation finit par influencer mon écriture. Mais ne vous inquiétez pas, je suis beaucoup moins coincée que mon journal. Moi, je pense qu'il faut interroger ses origines plutôt que les renier. Quand je vois Choupette, je suis parfois contente de mon dressage de classe. C'est vrai qu'on (la famille, les sœurs de Sainte-Rose-de-Lima, le Cercle) nous a dressés. Surtout les filles. C'est pourquoi le prochain Che sortira de nos rangs. Comme Che lui-même venait de la bourgeoisie. Un milieu où l'on éduque les gens avant de les enfermer dans une prison sociale. Nous sommes riches, bien éduqués, alors si on ne peut pas faire sauter nos propres barrières, ce sera la preuve irréfutable que les humains ont l'esprit subalterne. Alors que Choupette n'obéit qu'à ses instincts les plus primaires. Des fois, je ne vois pas trop la différence entre elle et un animal. Cette fille se comporte comme une vraie bête sauvage. Honnêtement, elle me fait peur tout en me fascinant. Je crois que c'est un peu réciproque, je la surprends parfois en train de m'épier. Je suis sûre que, quand elle est seule, elle doit essayer de m'imiter. L'autre jour, on était chez *Maxim*, un restaurant sur la route de l'aéroport. Je mangeais tranquillement. On causait. Il y avait deux ou trois hommes d'affaires suisses à la table voisine, qui prenaient un verre avant de monter dans l'avion. À un moment donné, j'ai senti que Choupette calquait chacun de mes gestes. Elle s'était mise à mon rythme. Choupette peut avaler une montagne de riz en trois secondes, et là ça faisait une demi-heure qu'on était à table et elle n'avait pas encore terminé son plat. J'ai fait semblant de n'avoir rien remarqué, sinon, plus tard, elle aurait cherché un prétexte quelconque pour me sauter à la gorge. Je ne sais même pas où se sont cachés mes instincts. En ai-je seulement? Je ne crois pas. Cela fait deux siècles que dans mon camp (le Cercle doré), on nous apprend à dompter nos instincts. À les refouler. Je dois avoir, aujourd'hui, des instincts d'animal domestique. Ceux de Choupette sont à vif. À fleur de peau. Elle me fascine, Choupette. Marie-Erna a une certaine sensibilité, ce qui est différent. Elle, c'est plutôt ses nerfs qui sont détraqués. Ce qui me désole, c'est que Choupette a plus de chances de devenir comme moi — son furieux désir de m'imiter... — que moi de me changer en elle. On peut monter plus facilement que descendre. Les sœurs de Sainte-Rose-de-Lima ont fait du beau travail. S'il y a une chose que ces religieuses m'ont apprise, c'est l'art d'observer. L'observation qui est le contraire de l'instinct. On observe pour pouvoir s'adapter. Je peux m'adapter dans n'importe quelle situation. Cela fait quelques mois que je fréquente le cercle de Miki. Choupette n'aurait pas tenu une heure dans celui de ma mère. On aurait tout de suite vu qu'elle n'avait pas subi, depuis au moins huit générations, le fameux dressage des sœurs de Sainte-Rose-de-Lima. On se serait moqué d'elle tout en lui donnant l'impression qu'elle est le centre du Cercle (l'élégance chrétienne). Je parie qu'elle aurait eu plus de succès dans le fumoir des hommes. C'est ce sens de l'observation qui m'aide aujourd'hui à ne pas répéter les faux pas. Surtout à prendre constamment du recul par rapport à ce que je vis. Et en définitive à tenir ce journal. Il y en a qui font des exercices pour garder la forme physique, le journal m'aide à garder la forme mentale.

SCÈNE XXIV

Les dames du soir

Au dormeur de face sans visage.

M. S.-A.

Les phares de la voiture éclairent la chambre où je suis. La lumière crue. Le taxi continue et s'arrête quelques mètres plus loin. Je retombe dans l'obscurité. Je préfère rester dans le noir, par mesure de précaution. Ma mère et tante Raymonde descendent du taxi. Deux ombres fatiguées. Ma mère, silencieuse comme toujours, suivie de tante Raymonde qui n'arrête pas de remuer l'air. Elles reviennent, sûrement, de voir quelqu'un qui pourrait leur dire dans quelle cave humide je croupis à l'heure qu'il est. À voir leur mine, on devine le résultat de cette démarche. Elles doivent être mortes d'angoisse. J'aimerais tant leur crier que je suis ici, tout près, juste en face. Miki m'a dit de n'en rien faire. Si je parle à ma mère, la première chose qu'elle fera, ce sera d'aller se mettre à genoux aux pieds d'un marsouin qui l'écoutera gentiment, tout en lui promettant tout ce qu'elle voudra, avant de venir me cueillir comme une fleur. Ma mère n'a aucune idée de ce qui se passe dans cette ville. Elle pense qu'on a affaire à des êtres humains. Alors que cette ville est devenue une vraie jungle. Même tante Raymonde qui donne l'air d'être au fait des choses n'en sait pas plus. Je devine la tristesse de ma mère. Je serre les dents pour ne pas l'appeler. Elles franchissent la barrière. La belle robe blanche à col noir de ma mère. Tante Raymonde s'arrête brusquement pour lui montrer quelque chose. La lumière de la galerie s'allume. Tante Gilberte, de l'intérieur, les a vues venir. Au moment d'entrer dans la maison, ma mère se retourne et nos yeux se croisent. Moi, dans le noir. Elle, dans la lumière.

Comme une pluie de sauterelles

Mon vitrail disloqué.

M. S.-A.

Les deux voitures arrivent presque en même temps. Je viens à peine de reprendre le livre de Saint-Aude. Les vers de Saint-Aude me pénètrent dans le corps. Je vois les filles descendre promptement des voitures. Choupette et Marie-Erna sont encore en bikini. Pasqualine a passé une jupe verte par-dessus son maillot de bain. Miki lance ses chaussures sur la galerie encore mouillée. Papa dit quelque chose à Frank, qui éclate de rire. Marie-Erna revient sur la galerie faire une petite danse obscène. Des passants s'arrêtent pour regarder le spectacle. Miki fait mine de danser avec Pasqualine (joue contre joue). Un homme (à peu près soixante-quinze ans) passe sur le trottoir d'en face, traverse calmement la rue (une dizaine de coups de klaxon) pour venir apprécier de près les coups de reins de Marie-Erna. Applaudissements de la petite foule. Les filles entrent joyeusement dans la maison. Le spectacle est terminé pour ceux qui sont dehors. Pour moi, la fête ne fait que commencer. Je suis l'unique spectateur de cette opérette. Frank a laissé sa voiture en marche. Il ne compte pas rester longtemps. Je ne connais pas les projets de Papa pour le moment.

C'est la bousculade vers la salle de bains.

— Depuis quand te laves-tu, Marie-Erna? dit Choupette agressivement.

Faut dire que Choupette ne parle jamais d'une autre manière.

— J'ai commencé à me laver, riposte Marie-Erna, bien avant que tu ne viennes à Port-au-Prince.

— Qu'est-ce que tu veux dire? demande Choupette en faisant semblant de ne pas comprendre l'allusion qu'elle est une fille de province.

— Arrête-moi cette connerie, Marie-Erna, dit Miki précipitamment afin d'éviter une nouvelle dispute.

— Ne te mêle pas de ça, Miki, dit Choupette, je veux qu'elle m'explique ce qu'elle veut dire par là... Parce que, moi, ma mère n'a jamais été obligée de faire la pute au *King Salomon Star*.

Marie-Erna s'élance vers Choupette pour la prendre par les cheveux. Miki s'interpose.

— Vous êtes folles ou quoi?

— Je ne veux pas qu'elle cite le nom de ma mère. Cette salope n'arrive pas à la cheville de ma mère... Si au moins t'avais une mère, toi...

Papa se cure les ongles. Frank nettoie son arme. Tout va bien. La dispute est maintenant à la frontière du couloir et du salon. Une zone franche. Je commence à connaître certaines répliques.

— Qu'est-ce que vous avez à vous engueuler comme ça? dit Marie-Michèle. On dirait que vous partagez le même homme... (Celle-là, je ne sais combien de fois je l'ai entendue.)

— Qu'est-ce que je ferais d'un pareil débris? lance Marie-Erna en regardant en direction de Papa.

Frank continue à nettoyer l'arme pointée vers mon estomac. Papa sourit tristement. Ce n'est pas normal, ce type doit mijoter quelque chose dans sa tête. Choupette paraît un peu décontenancée par la flèche de Marie-Erna.

— Tout le monde sait que t'as une odeur, lance Choupette rapidement.

On entend le rugissement de Marie-Erna, suivi du cri de terreur de Choupette. Elle l'a prise par les cheveux. Marie-Erna, elle, a les cheveux coupés ras.

Papa et Frank n'ont pas bronché. Papa garde immuablement ce pâle sourire sur ses lèvres. Pasqualine vient se brosser les cheveux au salon (de longs cheveux noirs). Frank se lève. Choupette pousse un long hurlement :

— Je mangerais bien un homme, ce soir.

Pasqualine sourit.

— Qu'est-ce que tu fais de Papa ? demande Miki.

— J'ai envie de chair fraîche…

Choupette me regarde brusquement comme si elle venait de découvrir ma présence à l'instant. Je regarde ailleurs.

— Et celui-là ? Qu'est-ce qu'il a à nous espionner ainsi ?

— Il n'espionne pas, dit Miki.

— Il est gentil, ajoute Pasqualine.

— Qu'est-ce que ça peut bien me foutre qu'il soit gentil ! dit Choupette en sautant à pieds joints sur le divan où je suis couché.

Marie-Erna éclate de rire.

— Je vais te manger tout cru, toi.

Marie-Erna se tient le ventre. Son visage est crispé. Pasqualine met une chanson de Tabou : *Sou kad*. Choupette commence à me déboutonner la chemise. Papa sort un mouchoir de sa poche arrière gauche et s'essuie le front.

— T'as pas encore de poils sur la poitrine… Ciel, ça fait longtemps que je n'ai pas eu un aussi jeune…

Je recule jusqu'au mur. Choupette s'avance vers moi en se tortillant.

— T'as peur? me souffle-t-elle.

Je ramasse mes jambes contre ma poitrine. Dos au mur.

— Comme il est mignon, dit Marie-Erna.

— Ne le regarde pas, il est à moi, dit Choupette.

Choupette tire mes pieds vers elle. Je la repousse d'un coup sec, avec mon talon gauche. Elle me regarde, interdite, avant de se ruer sur moi, exactement comme une tigresse. Pasqualine applaudit.

— Foutez le camp tout le monde, dit Choupette presque en colère.

Je me débats pour sortir des griffes de Choupette. Elle me tient fermement sous elle. Je la frappe à l'estomac. Elle me relâche deux secondes. J'en profite pour essayer de filer. Elle me rattrape avec sa cuisse droite et me flanque une violente gifle.

— Choupette, ça suffit maintenant, dit Miki sèchement.

Elle se tourne vers Miki. L'œil dur.

— Ah! on ne peut plus s'amuser…

Elle me reprend et monte brutalement sur moi.

— Arrête ça, Choupette.

Elle me regarde avec des yeux très doux avant de me lâcher les poignets. Elle se relève tranquillement (filmé au ralenti) et, juste avant de quitter le divan, m'effleure la joue de la pointe de ses doigts.

Durant toute la scène, Papa n'a pas bougé d'un cil.

Journal de Marie-Michèle

10

La nature humaine sait s'adapter... Tiens, on dirait le début d'une de ces dissertations que détestait tant sœur Agnès. Je sais, je sais, sœur Agnès m'aurait écrit, en plein milieu de la page, d'un crayon rouge rageur : « Sois moins prévisible », mais c'est un constat que j'ai déjà fait l'autre jour au cercle Bellevue. Quand l'homme est fort, la femme se tait en sa présence, ou elle devient subitement trop raffinée, n'utilisant pour s'exprimer que des métaphores fleuries. Et elle exige, d'une certaine façon, qu'on ne lui parle qu'avec des fleurs. Ce soir, je sens sœur Agnès derrière ma nuque, qui continue à me harponner : « Phrases lourdes et prétentieuses, qu'est-ce qui t'arrive, Marie-Michèle ? » Au fond, je ne veux parler que du poème de Léon Laleau à Lala. Je suis sûre que ma grand-mère Lala, même à dix-sept ans, avait une plus grande expertise du cœur humain que ce poète de salon que le critique Jean Dominique évoque en ces termes : « M'a-t-il confié des souvenirs de lectures sur Proust ? Je ne saurais l'affirmer. J'imagine cependant Léon Laleau du côté de Guermantes entouré de ces jeunes filles qu'il faisait danser dans les cercles mondains à notre belle époque. » La jeune Lala s'est simplement « adaptée » à l'image que le poète avait d'elle. Une vierge adolescente. Ses fantasmes devaient être bien plus complexes que ne pouvait l'imaginer l'auteur de «Léilah». Lala n'était sûrement pas différente de ces filles endiablées, telles Choupette et Marie-Erna; elle n'avait simplement pas la possibilité de hurler, comme le fait Choupette aujourd'hui, ce qu'elle ressentait. Alors, elle a joué avec ses yeux – «tandis que vos grands yeux rêvaient lointains et doux…» –, ses cheveux, sa bouche – «nos lèvres inexpertes» – pour créer cette jeune fille de rêve qui a fasciné le poète. C'est donc l'obscurité, le secret, le mystère qui stimule celui-ci. La poésie trouve alors sa force dans la répression, la censure, la dictature, l'esclavage. Il lui faut des chaînes. Si c'est ça la poésie, alors je déteste. Choupette ne trouvera pas de chantre, parce qu'elle vit sa vie comme elle l'entend. Le poète aime avoir pitié de sa muse. Personne n'osera avoir pitié de Choupette. Elle aurait plutôt tendance à faire peur au poète. Dans *Le rayon des jupes* de Laleau, on ne trouve pas de poème à Choupette. Aucun de ces poètes n'a osé s'approcher de Choupette, à part Magloire Saint-Aude avec cette magnifique dédicace qui lui siérait bien: «Pour ma belle fille naufragée, tel l'harmonica du voyou!» C'est pas Laleau qui aurait écrit ça. Ou il l'aurait fait en pensant aux filles de la nuit, aux filles des bas-fonds, aux filles dites de joie. Une sorte de concession aux filles du peuple. Le poète s'encanaille. Que savait-il de ma grand-mère, cet élégant poète du Parnasse – j'ai étudié l'année dernière les parnassiens jusqu'à plus soif? Savait-il que son corps hurlait de désir chaque nuit? Que ce corps avait faim et réclamait sans cesse son quota de caresses? Savait-il que ma grand-mère n'en avait rien à foutre de ses baisers chastes? «Nos lèvres inexpertes», mon œil! Lui, il filait le soir, après avoir marivaudé tout l'après-midi, vers les bas-fonds afin d'assouvir ses bas instincts dans ces quartiers interlopes où l'on rencontre les Choupette. Lui, il rencontrait les jeunes servantes de Peggyville dans des bals de quartier organisés par des garçons de cour délurés – le style maniéré s'attrape vite. Et le lendemain, il griffonnait des poèmes courtois à ma grand-mère. Et son corps à elle? Et ses bas instincts à elle? Du strict point de vue biologique, il n'y a aucune différence entre elle et lui, le savait-il? Ses lettres parfumées – j'ai trouvé un paquet de lettres jaunies bien ficelées dans les papiers de ma grand-mère – ne le disent pas. Elles chantent ses yeux, son allure, son charme. Et le sexe? Qu'en fait-il du sexe? Tout le monde baisait à qui mieux mieux, sauf ces jeunes filles de la bonne bourgeoisie. Pas toutes, heureusement. Mais celles qui osaient répondre à leurs instincts, à l'appel de la chair, étaient considérées comme des salopes. Les autres femmes, le groupe des frustrées, faisaient corps pour dresser ce mur infranchissable face à elles. Les hommes parlaient d'elles avec ce petit sourire de connivence, et les femmes les ignoraient. Il leur fallait du courage. Certaines sombraient dans une profonde dépression. Tout cela parce qu'elles osaient faire ce que toutes les autres rêvaient de faire. C'est de cette lignée de femmes que je viens. J'aime beaucoup Lala, mais elle n'a pas le doux sourire ni le visage serein de la grand-mère de Marie-Erna. Vers la fin de sa vie, elle avait pris l'habitude de marcher toute nue dans la maison et de raconter qu'un homme la suivait avec l'intention de la violer. Voilà comment on finit quand on a commencé la vie avec des poèmes courtois et des lettres parfumées! Et au soir de sa vie, il revient s'assurer qu'elle ne s'était pas échappée du piège. Si on relit le poème, on peut voir qu'il n'a pas été écrit lorsqu'elle avait dix-sept ans, mais plutôt des années plus tard. C'est un poème crépusculaire. Le vieux poète veut s'assurer qu'elle n'a connu que les baisers inexperts qu'il lui a fait goûter à l'aube de ses dix-sept ans. J'avais lu trop vite le poème. Prise d'un doute, je suis allée le chercher, hier soir, dans la bibliothèque de mon père, et comme chaque fois que je pénètre dans ce lieu, je n'ai pu m'empêcher de ressentir une forte émotion: c'est que j'y ai passé les dix dernières années de ma courte vie à converser avec tous ces esprits d'un autre temps. Je garde le recueil de Laleau, *Le rayon des jupes*, comme pièce à conviction dans le procès que je compte intenter à cette archaïque façon de vivre. Pour moi, c'est un véritable crime. Sœur Agnès m'a si patiemment appris l'analyse littéraire – j'étais sa meilleure élève – que j'ai honte, aujourd'hui, de n'avoir su bien lire le poème. Je me suis fait avoir. J'ai toujours cru qu'il le lui avait écrit alors qu'il avait à peine vingt ans pour saluer ses dix-sept ans à elle. En fait, c'est le poème d'un homme d'âge mûr qui s'informe prudemment : «Léilah, portez-vous encor ce tour de cou...» Je crois qu'on n'a pas besoin d'être psychologue pour sentir l'allusion. Parle-t-il à sa petite chienne? Il continue, imperturbable : «Dont vous mordiez parfois, en souriant, les mailles». Comment fait-il pour ne pas voir son désir de briser sa chaîne? Elle ne souriait pas, elle était déchaînée. Ah! ces poètes aveugles... Elle lui envoyait toutes sortes de messages qu'il refusait d'entendre. Elle était enragée de ne pas pouvoir lui dire qu'elle voulait autre chose, qu'elle s'attendait à autre chose de la vie, qu'elle savait que le monde n'était pas uniquement fait d'élégants jeunes gens bien pris dans leur smoking qui venaient faire la courbette à de rêveuses jeunes filles. Dans sa société, les filles n'avaient pas le droit de dire leurs sentiments personnels. Moi, je sais que Lala voulait voyager. J'ai vu une carte du monde dans son missel. Quand elle allait à l'église, elle ouvrait son missel pour rêver à l'univers. D'où le malentendu de ce vers : «Tandis que vos grands yeux rêvaient, lointains et doux». Oui, mais pas de ce que tu penses, Léon. Il ne peut lire que la surface lisse de son visage, alors que les émotions chez elle se nichent dans les grandes profondeurs. Là où les poètes mondains ne vont jamais, ne peuvent jamais se rendre. Et voilà le grigou qui revient s'assurer que le temps n'a aucune prise sur ses méfaits, que les choses restent à jamais telles quelles :

« Bien des printemps depuis ont passé sur ce temps/Que le Bonheur inscrit à ses Profits et Pertes. » Toujours se méfier de quelqu'un qui écrit bonheur avec un B majuscule. L'histoire de la femme, c'est toujours l'histoire d'une adaptation. Alors quand j'ai vu ces filles, l'équipe de Miki, j'ai eu l'impression d'être une louve solitaire qui vient de rencontrer sa meute. Miki en tête. J'ai cru un moment que j'étais folle, me disant qu'ils ne peuvent pas tous se tromper. Toutes ces femmes et tous ces hommes, ils doivent savoir ce qu'ils font. Et tous n'arrêtaient pas de me dire : reste à ta place, reste dans ta classe, ne sors pas du Cercle. Surtout que c'est une magnifique place quand on voit la désolation qui règne autour. Notre pouvoir semble sans limites tant qu'on ne sort pas du Cercle. J'avais une entière emprise sur tous ceux qui venaient d'une classe sociale inférieure à la mienne, et Dieu que ça faisait du monde ! On est un tout petit groupe tout en haut de la montagne, et on regarde les autres crever tout au fond de la cuvette. Ils crèvent de faim, de maladie et de chaleur. Et ils s'entre-tuent, à la mitraillette, du matin au soir. Nous, on s'empoisonne tout doucement. Eh bien, moi, je préfère être fauchée par une mitraillette plutôt que de mourir d'ennui à petit feu. Quand j'ai vu comment Miki et son escouade légère – Marie-Erna, Marie-Flore, Choupette et Pasqualine – traitaient les hommes, je me suis dit voilà ma tribu. Aucun homme n'osera décrire Choupette comme Léon Laleau a esquissé Lala. Je ris à l'idée de voir Léon Laleau se courbant pour murmurer à l'oreille de Choupette : « Tandis que vos grands yeux rêvaient, lointains et doux ». Peut-être qu'elle aimerait ça, on ne sait jamais…

Quelqu'un a vu mon foulard jaune?

Ni le désespoir qui mord son mouchoir.

M. S.-A.

Miki porte un jean et un corsage très léger de soie jaune.
– Quelqu'un a vu mon foulard jaune? demande-t-elle.
– Je l'ai, dit Pasqualine.
– J'en ai besoin, chérie.
– Moi aussi, figure-toi…
Les filles essaient le foulard devant moi.
– Sur qui va-t-il le mieux? me demande Pasqualine.
Un vrai dilemme.
– Il te va bien, mais je le préfère sur Miki, dis-je.
Les deux filles éclatent de rire en même temps. Je suis fou
de Pasqualine, mais c'est Miki qui m'héberge.
– C'est un vrai charmeur, dit Miki avec un radieux sou-
rire.
– Un sournois plutôt, ajoute Pasqualine.
Pasqualine va mettre un disque.
– Pas encore Shupa Shupa, dit Choupette, je déteste ces
paysans.

— C'est vrai qu'ils sont nuls en public, concède Pasqualine, mais j'aime leur disque.

Choupette se place au centre de la pièce avec une guitare imaginaire.

— Leur guitariste ne vaut rien, dit-elle, il a une épaule plus basse que l'autre et sa bouche…

Choupette se tord la bouche comme sous une douleur aiguë. Le solo de guitare arrive au moment même où Choupette fait semblant de jouer. Les filles se roulent par terre. Marie-Erna est prise de sanglots convulsifs.

— Merde, dit Marie-Erna, j'ai pissé sur moi… Miki, tu ne peux pas me passer un pantalon?

— Non, chérie… Tu trouveras le fer à repasser près de l'armoire.

— Qu'est-ce que tu veux que je fasse avec un fer à repasser, Miki?… Tu sais bien que ça n'enlèvera pas l'odeur.

— Je ne suis pas ta mère, hein! Mets un peu d'eau et frotte vigoureusement, merde, tu dois savoir ça quand même…

— Ce serait plus simple si tu me passais un pantalon.

— Non, non et non… Débrouille-toi, Marie-Erna…

— Si c'était Pasqualine…, murmure Marie-Erna.

— Tu ne peux pas arrêter d'être jalouse? crie Miki.

Choupette continue à imiter chaque musicien des Shupa Shupa.

— Et le chanteur? demande Pasqualine en faisant semblant de supplier.

Elle se met à genoux. Choupette finit par faire le chanteur des Shupa Shupa avec ses interminables favoris.

— Arrête, Choupette! dit Marie-Erna, tu veux vraiment me tuer. Je suis sérieuse, tu sais.

Pasqualine hausse les épaules.

— N'empêche, dit-elle avec une moue, qu'il a une belle voix.

— Qui parle de sa voix! réplique Marie-Erna.

— Et puis, ajoute Pasqualine, quand on écoute son disque, on ne le voit pas.

On entend la voix chaude du chanteur des Shupa Shupa.

— C'est parce que je le vois malgré tout, Pasqua, que je n'arrive pas à écouter son disque, dit Miki sur un ton sérieux.

— Vous n'êtes que des snobs, lance Pasqualine.

— Toi, Pasqualine, tu nous dis ça, réplique Miki en rigolant en sourdine, alors que tu détestes le guitariste des Gypsies...

— C'est pas la même chose... Je n'aime pas les hommes qui s'habillent mal.

— Quelle est la différence avec ton chanteur ? demande Choupette tout en agrafant le soutien-gorge de Marie-Erna.

— D'abord, ce n'est pas mon chanteur, dit Pasqualine. Je trouve simplement qu'il a une belle voix, c'est tout.

— C'est tout ?... ironise Miki.

— Et toi, Miki, tu aimes qui ? demande Pasqualine sur un ton plutôt froid.

Miki prend son élan pour répondre quand Choupette lui met une main sur la bouche. Marie-Erna se retourne vivement, comme piquée par un moustique. Choupette lance son buste en avant pour imiter Marie-Michèle. Elle reproduit exactement sa voix.

— Qu'est-ce que tu veux, Pasqua, il n'y a que les Beatles qui m'excitent.

— Pas comme ça, dit Pasqualine en riant, tu as oublié la bouche... Faut faire aussi la bouche.

Choupette se concentre quelques secondes avant de reprendre son imitation de Marie-Michèle.

— Tu vois, dit simplement Marie-Erna, j'ai encore pissé sur moi.

— Les nerfs, dit Miki.

— Quelqu'un sait où se trouve Marie-Michèle ? demande Pasqualine.

– Non, dit Choupette, mais je le saurai ce soir…

– Tu vas la voir ? insiste Pasqualine.

– Mon réseau…, jette Choupette. Je peux te dire tout ce que tu as fait dernièrement, Pasqua… Je n'ai que quatre coups de téléphone à donner…

– Choupette sait toujours qui baise avec qui dans cette ville, dit Miki.

– Et où, quand, et surtout comment, continue Choupette avec fierté.

– Je ne cherche jamais à connaître les affaires des autres, fait Marie-Erna avec une moue méprisante.

– Moi non plus, dit Choupette avec hauteur, mais je n'aime pas qu'on raconte des histoires… Je déteste les hypocrites… Je déteste aussi les gens qui essaient de me faire passer pour la seule salope de cette ville quand je sais que la moitié du pays baise l'autre moitié… Tu comprends, Miki, tout le monde fait ça à tout le monde… Moi, j'ai seulement envie de vivre… Je ne suis pas encore morte.

– Qui parle de la mort un samedi soir ? dit Pasqualine en se mettant du rouge à lèvres.

– Je les connais tous…, continue Choupette en colère. Ils ont leur femme, mais ils viennent tous pleurer chez moi…

Miki montre Papa du doigt en faisant signe à Choupette de se taire.

– Laisse-moi parler, Miki… Ils sont tous pareils… Ils te demandent à genoux de les sucer et après ils vont dire partout que tu es la pire des salopes… Moi, je sais qu'ils reviendront… Ils reviennent toujours… Ma langue est douce… Ils partent, mais ils reviennent toujours… Cubano va revenir… C'est pas ma faute si je suis la plus douce…

Elle se tourne vers moi.

– Si je veux, je peux te lécher jusqu'à ce que tu crèves… Oui, je peux tuer un homme avec ma langue… Rien que ma langue…

— Arrête de radoter, Choupette, on va danser, dit Miki.

— Je peux te tuer et te faire ressusciter quelques minutes après... Pas besoin d'attendre trois jours avec moi, chéri... Demande à Papa pourquoi il ne peut pas partir d'ici...

— Arrête de te vanter, Choupette, dit Miki.

— Est-ce qu'on va danser ? demande Pasqualine.

— On a le choix, dit Marie-Erna. Shleu Shleu joue à *Cabane Créole* et Tabou est à l'hôtel *Ibo Lélé*.

— Tabou, dit Pasqualine.

— Shleu Shleu, lance rapidement Miki.

— Qu'est-ce qu'on fait alors ? crie Marie-Erna.

— Une pièce ? demande Choupette à Papa.

Papa sort doucement de sa léthargie.

— Face pour Shleu Shleu, dit Choupette.

La pièce vole, légère, atteint rapidement son sommet pour redescendre en roulant sur elle-même comme un plongeur olympique. Et elle termine son saut dans la paume largement ouverte de Papa.

— Tabou, dit tranquillement Papa avant de reprendre sa pose habituelle.

Pasqualine hurle. Marie-Erna fait danser ses fesses. Choupette embrasse Papa sur les lèvres. Elle lui fiche sa langue dans la bouche. Le pied droit de Papa tremble comme s'il venait de recevoir une forte décharge électrique.

Journal de Marie-Michèle

II

Je sais qu'on ne peut pas tout avoir dans la vie, mais il y a des choses dont il m'est difficile de me passer. Une salle de bains, par exemple. J'aime bien avoir un endroit où, tout en feuilletant un magazine féminin – ma mère est abonnée à *Marie-France* tandis que la mère de Steph ne jure que par *Marie-Claire* –, je peux réfléchir en paix. Là-bas, chez Miki, il n'y a que les toilettes et c'est toujours plein. Pas le temps de réfléchir. Le silence, la solitude, la réflexion, cela exige un minimum d'espace. Je crève d'ennui chez ma mère, parce que la maison est trop grande, tandis que chez Miki, je n'arrive pas à respirer. On est sous-peuplé ici et surpeuplé là-bas. La situation est la même pour Pétionville et Port-au-Prince. Choupette et Marie-Erna, toujours en train de hurler. Elles ne savent pas s'exprimer autrement. Ma mère, elle, ne crie jamais. Elle n'élève jamais le ton, mais si on la connaît bien, on peut facilement entendre ses hurlements. Elle a simplement converti les cris en sarcasmes. Cela fait moins de bruit, mais plus de mal. Je préfère mille fois les hurlements de Choupette et de Marie-Erna aux papotages fielleux de ma mère et de ses amies. Toujours dans le dos de celle qui est absente. Et cela démarre ainsi : « Françoise serait parfaite si… » Et on peut être sûr que Françoise fera les frais de la conversation. Là, je suis dans la grande baignoire de la chambre de ma mère, et la porte de la salle de bains est res-tée ouverte. J'entends parfaitement leur conversation. Un concert de chambre. Musique pour vipères.

— Et toi, Henriette, tu n'as pas dit un mot de tout l'après-midi?

— Mais, je n'ai rien à dire…

Henriette est la meilleure amie de Françoise. Je sens qu'on va la cuisiner jusqu'à ce qu'elle consente à plonger elle aussi le couteau dans le dos de son amie.

— Toi, on le sait, tu ne jures que par Françoise, mais rassure-toi, ma chérie, nous aussi on adore Françoise… C'est simplement qu'on n'est pas aveugles comme toi…

— Je ne suis pas aveugle…

Bon, elle a bougé. Il faut encore la secouer un peu. Elles vont s'y mettre à tour de rôle. Pas besoin de savoir qui parle. C'est interchangeable. Je connais la pièce pour l'avoir enten-due toute ma vie. Je suis née dans ce pot de fiel.

— On pourrait croire que Françoise te mène par le bout du nez.

— …

— Françoise fait ce qu'elle veut de toi…

— …

— Elle t'a traitée de sotte dernièrement devant tout le monde…

— …

— Il faut arrêter…, car elle va lui raconter tout ce qu'on dit ici…

— C'est pas vrai! se défend Henriette. D'ailleurs, s'il y a une sotte, c'est Françoise, elle est assez bête pour ne pas s'apercevoir que sa fille est enceinte. Moi, je l'ai vu du pre-mier coup. Je n'ai rien dit parce que…

— Pas si vite, Henriette… Marge est enceinte!?…

Voilà Henriette qui s'affole ou qui fait semblant de s'affoler. Toutes des comédiennes.

– Je n'ai pas dit cela…

– Voyons, Henriette, on ne va rien dire à Françoise…

– Cette chère Françoise qui n'est même pas capable de voir que sa fille est enceinte, lance enfin ma mère avec son joli petit rire de fée Clochette.

Tout le monde s'esclaffe. J'avais envie de lui demander si elle sait toujours ce que fait sa propre fille. Ce serait l'intrusion de la vie réelle dans cette comédie de boulevard bien rodée. Peut-être qu'on parle de moi, chez Henriette, quand ma mère est absente. Cela m'étonnerait, car elles ne quittent pas le Cercle. Elles ne savent que ce qui se passe dans le Cercle. Le monde hors du Cercle leur est flou, indéchiffrable, irréel.

– Bon, dit Henriette, je dois rentrer me préparer, car je sors ce soir avec Roger…

– Ton mari te sort! C'est votre anniversaire de mariage?

– Attends un moment, Henriette, tu as quelque chose à nous dire avant… N'est-ce pas qu'Henriette nous doit une petite confidence?

Henriette semble de nouveau perdue.

– Quoi?

– De qui?

– De qui quoi?

– Comment de qui quoi?

– Je ne sais pas de quoi tu parles, Tamara.

– De qui est l'enfant, Henriette?

– Comment veux-tu que je sache une chose pareille!

– Parce que tu n'es pas aussi sotte que Françoise… Toi, tu sais qu'elle est enceinte, et tu sais aussi de qui.

– Henriette a toujours été très fine mouche…

– À Sainte-Rose-de-Lima, dans notre classe, elle était le chouchou de sœur Agnès…

– C'est vrai, elle lui rapportait tout…

Henriette rougit, je suppose.

— Alors de qui? demande Tamara de cette voix grave et dure.

— De Réginald.

— Quel Réginald? Ne me dis pas que c'est notre cher dentiste…

— Oui, dit Henriette avec un léger enthousiasme dans la voix.

Un silence rarement aussi long. La nouvelle est de taille.

— Mais il aurait pu être son grand-père!

— En attendant, c'est le père de son futur enfant, dit ma mère de ce ton neutre et courtois qu'elle adopte en tout temps et en tout lieu, sauf avec moi, car je suis la seule personne au monde à pouvoir lui faire perdre son calme en tout temps et en tout lieu aussi.

— Qu'est-ce que tu racontes là, Laure (c'est le nom de ma mère, mais je ne l'appelle jamais ainsi), Françoise ne va pas accepter une pareille… Je n'accepterais pas ça non plus… Tu dois faire quelque chose, Henriette, c'est ta filleule, tu sais que la bêtise de Françoise n'a pas de bornes…

— Bon, je dois vraiment partir cette fois…, dit Henriette. Je n'ai pas envie de subir toute la soirée la mauvaise humeur de Roger.

Et elle part.

— Oh! cette Henriette, elle nous a menées par le bout du nez… Encore une fois, elle a eu ce qu'elle voulait. Elle a été au centre de la conversation. Et même après son départ, on ne parlera que d'elle…

— De quoi parles-tu, Tamara? demande ma mère.

— Quand même, Laure, tu ne vas pas me dire que tu n'avais pas compris que c'était ce qu'elle était venue faire: nous dire que la petite Marge est enceinte de notre cher dentiste…

— Pourquoi ferait-elle une chose pareille? Françoise est sa meilleure amie.

– Et Réginald, son ancien amant…

– Oh ciel! dit ma mère, je ne sais rien de rien…

Tout le monde rigole, de bon cœur cette fois.

Il n'y a pas une très grande différence entre les deux Cercles. Sauf que le coup de couteau se donne de face chez Miki. Et dans le dos chez ma mère. Cela ne fait aucune différence pour celui qui reçoit le coup de couteau. Je pense à tout cela dans la grande baignoire de ma mère où je suis en train d'écrire mon journal. Comment faire pour ne pas mouiller les pages? C'est tout un art. Je remplis la baignoire à moitié, ensuite je place devant moi une planche de bois dans le sens de la largeur de la baignoire, et je dépose mon gros cahier dessus. Sur le plancher, à portée de ma main droite, je place une serviette blanche que j'utilise pour m'essuyer les mains de temps en temps. Mais au lieu d'écrire, j'ai passé l'après-midi à relire mon journal. Je suis un peu surprise du résultat. Je ne suis pas déçue, mais je m'attendais à autre chose. C'est ça qui est excitant. On sait ce qu'on a écrit, mais le résultat reste quand même surprenant. Écrire est une opération différente de celle de lire. Quand j'écris, j'y mets le fond de mon âme, et voilà que je lis tout à fait autre chose. Je croyais relire des événements, de petits faits, des anecdotes qui m'auraient, plus tard, fait penser à des moments précis de ma vie. Et là, je ne lis que des réflexions, des analyses, des commentaires plutôt durs sur des gens de mon entourage. Que faire? Dois-je laisser rouler? Je ne vais quand même pas me censurer. Je dois me recentrer. Au fond, j'ai bien peur de rester coincée entre ces deux vies opposées que je mène, entre ces deux univers parallèles que je fréquente. Peur de m'étourdir. Faut-il choisir? Est-ce trahir l'un que de choisir l'autre? Il y a des choses que j'aime et des choses que je déteste chez l'un comme chez l'autre. Je sens qu'il me manque quelque chose pour tout saisir. Une sorte de révélation. Je suis devant la porte, mais je n'arrive pas à l'ouvrir. Ce n'est pas une question d'âge, et que personne ne me dise que je suis trop jeune. Rimbaud avait aussi dix-sept ans quand il est allé volontairement en enfer.

Est-ce qu'on sort enfin ?

Aux rails de la mélodie.

M. S.-A.

Finalement, Miki a prêté une robe à Marie-Erna.

— Tu ne vas pas me l'abîmer…

— Sauf si un imbécile me jette un verre dessus.

— Miki te dit de faire attention avec qui tu danses, lance Choupette en terminant son maquillage.

— Qu'est-ce que tu veux dire ? demande Marie-Erna en se tournant brusquement vers Miki.

— Tous ces types contre qui tu te colles tout le temps, relance Choupette.

— C'est dommage, Choupette, que tu n'arrives pas à en avoir un pour toi…

— Pas ma faute, chère, si je suis sélective…

— Si c'est ça que tu appelles être sélective…

— Toute la ville ne m'a pas encore sautée, dit Choupette, c'est ce que je voulais dire.

— Simplement parce qu'ils ne te l'ont pas encore demandé…, réplique Marie-Erna. Moi, je ne t'ai jamais vue refuser qui que ce soit.

— Au moins un, ma chère, dit Choupette avec une moue méprisante.

— Et c'était qui, l'heureux élu? demande Marie-Erna avec un petit sourire au coin des lèvres.

— Peddy.

Un hurlement. Marie-Erna se lance comme une furie sur Choupette qu'elle attrape, cette fois encore, par les cheveux.

— C'est pas vrai, salope, dis-le que c'est pas vrai…

Miki et Pasqualine s'interposent.

— T'es vraiment bête des fois, Marie-Erna, tu marches à tous les coups, dit Pasqualine.

Miki ramène Choupette dans un coin. Près du divan.

— Tu exagères, Choupette.

— Cette salope m'emmerde.

— Je ne parle pas de ça… Je parle de Papa, même si tu ne l'aimes pas, tu sais bien qu'il n'est ici que pour toi…

— Ne te mêle pas de ça, Miki… C'est pas moi qui le retiens… Si ça ne fait pas son affaire, il sait toujours quoi faire… Je l'avais averti: «OK, tu veux rester, reste, mais mon cul est à moi, et à personne d'autre.» Et il était d'accord.

— Je sais, Choupette, mais c'est quand même un être humain.

— C'est un salaud comme les autres, et il est là parce qu'il trouve son sucre. Tu verras, dès qu'il trouvera mieux ailleurs, il ne prendra pas le temps de dire au revoir.

— Crois-tu que j'ignore ça? murmure Miki en fermant doucement les yeux, mais faut pas trop tirer sur la corde…

— J'en ai rien à foutre, Miki… S'ils veulent mon cul, eh bien, ils paieront le prix, c'est tout.

Choupette quitte Miki pour aller coincer Marie-Erna près de la chaîne stéréo.

— Ton Peddy, dit-elle en se mettant devant Marie-Erna, je me le fais quand ça me plaira…

De nouveau le même hurlement.

– J'en ai marre, dit Miki. Si vous me cassez quelque chose, je vous fous dehors.

– Est-ce qu'on sort enfin ? demande Pasqualine d'une voix agacée.

– Attends-moi, veux-tu, dit Marie-Erna, cette salope m'a défait tout mon maquillage.

– Dans ce cas, je vais avec Choupette, dit Miki, je ne tiens pas à avoir ces deux-là dans la même voiture.

– Alors, il faut partir tout de suite, dit Papa.

– On n'est pas pressées, ici, lance Choupette en sortant tranquillement.

– Si on passe chercher Marie-Flore à Carrefour-Feuilles, on arrivera en même temps que les autres, dit Miki.

– Si Pasqua ne s'arrête pas pour manger quelque part, remarque Choupette.

– Moi aussi, j'ai un peu faim, dit Miki.

– On peut toujours passer prendre quelque chose chez le Chinois, c'est sur notre chemin, suggère Choupette.

– Bonne idée, dit Papa.

– Je ne tiens pas à avoir le ventre gonflé toute la soirée, jette Miki.

– Alors si on passait acheter un bon pain tout chaud à la boulangerie près du stade ? propose Papa.

– Fais vite alors, s'énerve Choupette.

La Buick bondit comme pour obéir à Choupette.

Journal de Marie-Michèle

12

J'ai entraîné Steph dans un coin de la cour de l'école. Sœur Agnès m'a jeté un drôle de regard. Elle soupçonne quelque chose. Pourtant, je n'ai pas manqué un seul examen et mes notes sont même en hausse. Pour réaliser une telle performance, j'ai dû réactiver la vieille recette de Lord Byron : «Studieux le jour, licencieux la nuit.» J'étudie surtout en classe. Je sais quand sœur Agnès doit sortir. C'est elle qui fait les courses. Et à ce moment-là, je quitte l'école subrepticement. Steph s'occupe de mon sac d'école. Je passe le prendre chez elle le soir. J'ai dû me battre tout à l'heure avec elle pour savoir ce qui s'était passé avec Marge. C'était la meilleure élève de notre classe – pas forcément la plus intelligente – et la rivale de Steph dans le cœur de sœur Agnès. Marge, on lui aurait donné le Bon Dieu sans confession. Pas moi, ça ne m'intéresse pas de donner le Bon Dieu à qui que ce soit. Je n'ai jamais vu Marge regarder un homme, je n'ai jamais vu non plus une émotion quelconque effleurer son visage lisse. On est en philo A, c'est-à-dire qu'on fait grec, latin, littérature française et littérature haïtienne. On nous appelle le groupe des fainéantes. Je ne suis pas obligée de suivre l'espagnol, car j'ai le don des langues : encore une chose que je tiens de ma mère. Je parle l'espagnol, l'allemand, l'italien et l'anglais couramment. J'avais même commencé le japonais, mais on a déplacé au Venezuela le père, ambassadeur du Japon, de mon amie Kero. Cela sert à quelque chose d'avoir des amies et des voisines – on ne m'a pas laissée jouer avec les garçons – qui viennent du monde entier. On habite dans le quartier des ambassades. Honnêtement, je n'ai pas besoin de suivre les cours pour réussir mon bac. De toute façon, je passe mon temps à lire *Les liaisons dangereuses* et à échafauder des plans pour filer avant la fin des cours.

– Comme ça, Steph, Marge est enceinte et tu ne m'as rien dit?

Elle ouvre et ferme la bouche comme un poisson rouge.

– Fais pas l'étonnée.

– Comment le sais-tu?

– Pas par toi… Est-ce que sœur Agnès le sait?

Un cri.

– S'il te plaît, Steph, fais pas l'ingénue avec moi. Je suis peut-être la pute, mais c'est les bonnes filles qui tombent enceintes. Et de son dentiste. Quelle conne!

– Marie-Michèle! Un peu de pitié!

– Hé, Steph, je ne suis pas sa mère… Et ce con de dentiste était l'amant de sa mère.

Un autre cri.

– Tu cries pour tout, toi… Va-t-elle le garder?

– Oh!

– Merde, Steph!… Vas-tu cracher le morceau ou non? Marge va-t-elle se faire avorter dans une clinique suisse ou chez le docteur Salomon, à Port-au-Prince?

Dans le premier cas, c'est son père qui paiera, et dans le second, ce sera sa mère. C'est le père qui a le fric, et les cliniques suisses coûtent une fortune. Je le sais, car l'année dernière, j'ai deux copines qui y ont fait un tour. Si la mère décide de ne pas informer le père de la situation, ce qui est assez courant, alors c'est elle qui paiera, et ce sera chez le docteur Salomon. Je dis cela pour rire, car les filles de la bourgeoisie ne vont pas chez le docteur Salomon. On peut même se faire avorter par un dentiste. Notre Réginald a déjà œuvré en ce sens. Je suis au courant. Le mot avortement a comme mis en crise Steph.

– Arrête, Steph… Es-tu enceinte ?

Silence.

– Réponds-moi…

Elle éclate brusquement en sanglots. Bon, je vois qu'il faut la prendre par la douceur.

– Qu'est-ce qui se passe, Steph ? As-tu un amant ?

Elle pleure.

– Oh là là, Steph… N'aie pas honte… Si c'était vrai, j'aurais plutôt tendance à te féliciter.

Elle lève vers moi ses grands yeux languides.

– Non, je n'ai pas couché avec lui…

– Et alors ?

– Il veut qu'on fasse l'amour ensemble, et je ne pourrai pas lui résister longtemps encore…

– C'est qui ?

Regard paniqué.

– Allez, c'est qui ?

– M. Philistin.

– Quoi ! Tu couches avec le professeur de latin…

Des sanglots.

– Je ne couche pas avec lui…

– Comment c'est arrivé ?

– Je ne sais pas…

– Mais tu ne sais rien… C'est comme ça qu'on tombe enceinte, ma chérie…

Encore des sanglots.

– Oh, arrête… Je ne suis pas ta mère, hein ! Comment est-ce arrivé ?

– Je l'aime.

– Tout le monde se moque de ce type! C'est un ringard fini… Comment tu t'es retrouvée là?

Silence.

– Je vais lui parler…

Elle me jette ce regard de bête blessée.

– Ce con serait capable de te mettre enceinte sans que tu le saches… Je n'en ai rien à foutre que vous baisiez comme des bêtes sauvages dans tous les hôtels minables de Port-au-Prince, mais je n'ai pas envie non plus que ce con t'engrosse. Tu m'entends? À partir de maintenant, je veux tous les détails.

Elle me fait oui de la tête. Je l'ai emmenée se laver le visage, et on est allées suivre le cours de latin. Cela fait un moment que le prof ne m'avait aperçue dans sa classe. Je n'ai pas l'impression non plus qu'il était content de me revoir. J'ai passé tout le cours à le regarder droit dans les yeux, sans ciller. Un tel ringard qui se tape une fille pareille. Elle a des jambes un peu lourdes, mais ses seins sont magnifiques. Plus beaux que les miens. Elle ne le sait pas, c'est pourquoi nous sommes encore amies. Aucune once de prétention chez cette fille. Et en plus, ce type s'habille si mal! Ce n'est pas une question d'argent. Dans ce pays, ce sont les paysannes qui ont le goût le plus sûr… Tiens, tiens… si on regarde bien, il y a peut-être lieu d'en faire quelque chose. Son goût est désastreux, on ne reviendra pas là-dessus. Horrible! On commence par les cravates. Cela va coûter un peu de sous à Steph. Ce type est un crève-la-faim, il ne pourra même pas se payer un mouchoir. Les religieuses choisissent toujours leurs professeurs dans les milieux les plus défavorisés, ainsi les parents des élèves peuvent les insulter sans qu'ils osent répondre: ce sont plus des domestiques que des professeurs. Et surtout, elles choisissent les plus mal fagotés. Sœur Agnès n'a pas envie de faire entrer un loup dans sa bergerie. Mais si ce type, M. Philistin – tu parles d'un nom! –, a pu séduire la studieuse Steph, une jeune vierge de la bonne bourgeoisie de Pétionville, malgré le radar de sœur Agnès, il y a lieu de penser qu'il a des qualités insoupçonnées. Je devrais y jeter un œil. Mieux habillé, il deviendrait ce loup que des générations de jeunes pubères ont attendu en vain. Et les loups, comme on le sait, ont grand appétit. Bien conseillé, il pourrait faire des ravages dans la bergerie. Une volée de jeunes vierges enceintes par l'opération du Saint-Esprit, car sœur Agnès ne pourrait jamais soupçonner que ce crève-la-faim de Philistin oserait lever les yeux sur ces jeunes filles de bonne famille. Elles sont si énervées. En germination. Leurs seins pointés vers le ciel, comme un blasphème. Leurs parents ne les surveillent que quand elles sont dans l'aire des jeunes coqs de Pétionville. Même caste, même argent, même quartier. Alors, le Philistin, ils savent qu'elles n'en voudraient pas. Et surtout que lui n'oserait pas non plus. Cela a pris deux cents ans à expliquer patiemment aux Philistins de ce pays qu'il y a une frontière à ne jamais franchir. Et si je l'aidais un peu à le faire?…

Scène XXVIII

Les hommes sont tous pareils

> Dort enfin ma ferraille.
>
> M. S.-A.

Je commence à respirer un peu. Choupette est partie avec Miki et Papa. Marie-Erna se remaquille complètement. Pasqualine feuillette un roman-photo. Je suis frappé chaque fois par la lucidité de Saint-Aude. C'est étonnant qu'un tel poète campe seulement à quelques rues d'ici. J'ai l'habitude de le voir se vautrer dans sa pisse à l'angle de l'avenue Monseigneur-Guilloux et de la ruelle Cameau, juste en face du cimetière. Saint-Aude, l'homme le plus délicat et le plus sensible de cette ville sale. Celui qui n'est pas d'ici tout en étant le poète le plus indigène qui soit. Saint-Aude n'est de nulle part. Je ne connais personne qui lui ressemble. C'est, selon l'humeur, un vieux poète arabe. J'ai trouvé dans l'armoire de ma mère, il y a quelque temps, un livre d'un poète du nom de Hafiz. C'est sûrement un frère de Saint-Aude.

Pasqualine laisse tomber son roman-photo et va se mettre derrière Marie-Erna.

— Qu'est-ce qui ne va pas avec Choupette ? demande Pasqualine à Marie-Erna.

— C'était ma meilleure amie.

— Je sais… Qu'est-ce qui s'est passé?

Marie-Erna reste pensive un moment.

— C'est un secret alors? demande Pasqualine d'une voix douce.

Marie-Erna se met à rire.

— Tu ne vas pas pleurer, dit Pasqualine.

— Non, ça m'arrive uniquement quand je suis contente. En ce moment, j'ai plutôt mal (un sourire tordu)… Je suis bizarre, hein?

— On est tous plus ou moins bizarres, ne t'inquiète pas pour ça… Et le secret?

— Il n'y a pas de secret… Elle me déteste, tout simplement.

— Rien d'autre!

— Oui… J'en ai parlé à deux de ses anciennes amies et elles m'ont dit la même chose… Tu ne sais jamais sur quel pied danser avec elle… Paraît que dès qu'elle aime quelqu'un, elle se met à le détester plus tard…

— Pourquoi pas Miki?

— Elle a peur de Miki… Tu sais, elle ne peut pas se permettre de se brouiller avec Miki…

— Et moi? dit Pasqualine.

— Toi, c'est à cause de Frank. Elle ne sait pas comment il va réagir. Frank n'est pas Papa. Elle a une peur bleue de ce type. Tu ne vois pas qu'elle ne lui adresse jamais la parole et qu'elle s'arrange pour ne jamais être dans la même pièce que lui?

— Je n'avais pas remarqué cela…

— Frank fait peur à tout le monde, sauf Miki… Quand tu es là, il n'y a aucun problème, mais ce type a une vraie tête de tueur.

— Mais c'est un tueur, dit tranquillement Pasqualine.

Marie-Erna a un léger mouvement de recul. J'écoute avec une grande attention.

— Comment fais-tu avec lui?

— Je l'ai dompté.

— C'est tout?

— C'est tout.

— Comment fais-tu alors pour baiser avec un tueur? demande Marie-Erna avec une certaine perplexité.

Pasqualine a un petit rire cristallin.

— Ce n'est pas différent d'avec un autre, sauf que quelqu'un comme lui est plus sensible, tu vois… Comme si tu manipulais une bombe.

— C'est dangereux!

— Très, dit Pasqualine d'un air rêveur, mais vraiment excitant aussi, et puis…

Pasqualine se met à rire franchement. Un éclat de rire joyeux. Marie-Erna la regarde avec étonnement. Moi, j'écoute.

— Et puis…? murmure Marie-Erna.

— Et puis… (Elle rit.) Quand il jouit, il appelle sa maman.

— Pas vrai!

— Je te le dis… Un vrai bébé…

Pasqualine rit. Marie-Erna rit et pleure en même temps. Convulsions. Pasqualine la prend dans ses bras pour la calmer. Elle lui passe doucement la main sur le front.

— Je n'arrive pas encore à croire que tu sois comme ça, dit Pasqualine.

— C'est comme ça, répond Marie-Erna avec un sourire tordu, j'ai les nerfs complètement détraqués… Veux-tu me rendre un service?

— Qu'est-ce que tu veux?

— Peux-tu me prêter Frank?

Une lueur d'inquiétude mêlée d'étonnement passe rapidement dans le regard de Pasqualine. Marie-Erna se tient le ventre et ses yeux lancent des éclairs d'angoisse. Va-t-elle rire ou pleurer? Elle respire à fond.

– C'est pas pour ce que tu crois, Pasqua… C'est pour faire chier le guitariste des Shupa Shupa…

– T'es avec ce type !

Pasqualine ouvre grands ses yeux. Sa bouche fait un joli O. Ses mains sont sur ses hanches. Marie-Erna baisse la tête comme un enfant pris en défaut.

– De toute façon, dit Marie-Erna, c'est un imbécile, et les imbéciles ne sont pas une espèce bien rare… Je veux donner une leçon à ce petit con…

– Comment comptes-tu faire ?

– J'ai rendez-vous avec lui, ce soir… J'aimerais que Frank passe pour mon homme, juste pour ce soir…

– Qu'est-ce qu'il doit faire ?

– C'est simple, dit Marie-Erna, qu'il se mette en tête que ce n'est pas moi, mais toi que le type attend…

Pasqualine tombe assise sur le coffre à disques.

– Pas ça, Marie-Erna, Frank serait capable d'étrangler le type avec ses grosses pattes velues.

– Je n'en demande pas tant, dit Marie-Erna avec un quart de sourire énigmatique.

– Alors, il ne faut pas parler de moi.

– S'il pouvait lui faire peur juste un peu…

Un temps. Pasqualine semble réfléchir. Front plissé. Tics nerveux au coin des lèvres. Visage subitement radieux.

– J'ai trouvé… Frank a un ami. Ce type est complètement fou. Un tueur, lui aussi. Il aime faire croire qu'il est homosexuel. C'est sa blague favorite. Il doit l'être un peu aussi… Bon, tu vois ce que je veux dire…

Visage illuminé de Marie-Erna.

– C'est exactement ce qu'il faut à ce petit con de merde… Il ne survivra pas à ça…

Journal de Marie-Michèle

13

J'ai fait un tour à cette discothèque, à Kenscoff. Cela fait un moment que je n'y avais pas mis les pieds. Toujours le même rituel. Les filles surexcitées sur la piste, les types en train de fumer à l'arrière. Je suis allée voir qui s'est pointé chez les mecs. Les mêmes suspects, Joël, Philippe, Frédéric, Henry, Gregory; enfin, toute la bande est là. Ils fréquentent les mêmes boîtes, fument la même marque de cigarettes, s'achètent le même modèle de moto. Chacun surveille sa sœur tout en jetant un œil sur la sœur de l'autre. Cette promiscuité me donne chaque fois la nausée. Mais pourquoi s'acharnent-ils à rester entre eux? À mon avis, Philistin pourrait leur apporter du sang neuf. Sinon, c'est la déchéance totale. En organisant une pareille combine, je fais œuvre qui vaille. Je tente de sauver mon clan. Ce qui ne peut arriver que si Philistin amène tous ses frères et qu'ils engrossent toutes les filles de Pétionville. Nous serons moins cousins, mais susceptibles de vivre plus longtemps. Parce qu'on se dirige droit vers un mur en ce moment. Il faut faire quelque chose : du sperme frais pour nous sauver de la faillite. Justement, je viens d'apercevoir Steph. Elle se lance à mon cou, m'embrasse partout et m'entraîne dans les toilettes. Qu'est-ce qui se passe? Bien sûr, elle a baisé avec Philistin. Elle trouve ça extraordinaire, elle se traite de conne d'avoir tant attendu et me remercie chaudement du coup de pouce. Oh là, pas si vite! je lui dis. Faut pas qu'elle parle de moi au confessionnal. Car la mère de Steph ne sera pas aussi aveugle que celle de Marge. Je lui fais comprendre qu'elle doit assumer seule sa décision. Ce n'est pas moi qui l'ai jetée dans les bras de Philistin, ce sont ses nerfs. On ne tombe pas dans les bras d'un homme parce qu'une copine t'a dit d'y aller. Et ça s'est bien passé? Elle a failli défaillir dans mes bras. Qu'a-t-il fait de si extraordinaire?

— C'est toi, Miche — pour qu'elle m'appelle comme ça, il faut que ce soit du solide —, qui as parlé de baiser comme des bêtes. Et depuis, je n'ai pas arrêté de penser à cela.

— Si je comprends bien, il n'a même pas attendu que tu te déshabilles.

Elle fait non de la tête avec le plus large sourire que je ne lui ai jamais vu.

— C'est moi, dit-elle, qui lui ai déchiré sa chemise — ça, elle a dû le lire dans un bouquin —, et je l'ai poussé sur le lit et me suis jetée sur lui pour le dévorer. J'ai dévoré un homme, tu comprends. J'ai mangé sa chair, j'ai bu son sang.

— Oh, calme-toi, Steph… Et ça a duré combien de temps, cette christianisation?

— Je ne sais pas, j'ai tout bonnement basculé dans un autre temps. Je ne savais pas qu'il existait un temps autre que le nôtre. Je ne connaissais que le bon vieux temps ordinaire, alors tu imagines ma surprise en découvrant un deuxième temps.

— Il y en a sept comme ça, ma belle.

— Pas vrai, Miche, tu me fais marcher.

— D'accord.

— C'est fou tout ce que j'ai appris en une semaine. Tu vois, avant, je me levais le matin, je déjeunais, je préparais mes leçons, je faisais mes devoirs, je téléphonais aux amies, et j'ignorais tout de cet autre temps, de cette autre vie.

J'avais l'impression d'être Alice qui venait de basculer aux pays des merveilles.

— Laisse tomber Alice, je te ferai connaître plutôt le marquis de Sade.

— C'est qui?

— Il te faut rattraper le temps perdu.

— Ce que j'aime, Miche, dans l'autre temps, c'est qu'on ne peut pas le mesurer. C'est un temps sans passé ni futur. Une minute là-bas vaut tout ce que j'ai vécu ici.

— Tu es où en ce moment: ici ou là-bas?

Elle rit.

— Ici parce que là-bas, ce n'est pas toi que je rencontre.

Je suis bien forcée de rire aussi, tout en étant un peu jalouse de sa nouvelle drogue.

— Bon, Steph, comptes-tu parler de cela dans le cours de philo? Tu sais que la notion de temps, c'est le dada de notre nouveau prof.

On a un prof plus moderne depuis que la vieille sœur qui confondait morale et philosophie est allée mourir chez elle, à Rimouski, au Québec.

— C'est fou, et toi, tu savais cela, Miche, et tu ne m'as rien dit?

— Je vois que t'as aussi perdu la mémoire. Avez-vous pris des précautions?

— Il s'est retiré juste avant de jouir.

— Tu sais, dans une autre version, Alice est revenue du pays des merveilles avec un gros ventre.

— Tu rigoles, Miche, je suis sérieuse.

— Et, pour une première fois, ça ne t'a pas fait mal?

— Je ne sais pas, dans l'univers où j'étais, il n'y a pas de douleur, ou plutôt la douleur ne sert qu'à accentuer le plaisir.

— Attention à l'atterrissage, Steph.

— Tu parles comme ma mère maintenant.

— Bon, excuse-moi. Bonne chance.

– Je n'oublierai pas que je te dois ça, Miche.

Je ne savais pas qu'elle était si en manque. J'ai l'impression que la prochaine fois, elle l'empêchera de se retirer. Je viens aussi de comprendre que je n'aurai plus à m'occuper du dossier métissage. Philistin ne se contentera pas de ce seul succès. Un loup vient, enfin, d'entrer dans la bergerie de sœur Agnès. Il ne faudra pas longtemps pour que les jeunes filles repèrent sur lui l'odeur de la femelle. Et aucune femme ne peut résister à un tel parfum. L'odeur de soi-même. Et à chaque nouvelle jeune fille, le parfum deviendra plus concentré, et la charge de séduction de plus en plus puissante. Elles vont se jalouser, elles vont entrer en compétition, elles vont se crêper le chignon. Et ça va finir dans un carnage. Il faudrait que je reprenne ce soir mon Laclos. C'est Malraux qui a préfacé *Les liaisons dangereuses,* et il écrit joliment à propos de la séduction qu'elle est «une érotisation de la volonté». C'est ainsi que j'entends les choses.

Scène XXIX

Papa n'est pas mort

Car les désirs hurlaient un chant sauvage.

M. S.-A.

Marie-Flore est revenue avec Papa. Les autres sont déjà au *night-club*. Marie-Flore s'en va directement dans la chambre de Miki. Comme toujours, Papa reste au salon.

— Faut avoir de bons yeux pour lire dans le noir, me dit Papa.

J'allume tout de suite la petite lampe.

— C'est mieux ainsi, dit-il avec un demi-sourire.

— Quand je lis, je ne vois pas passer le temps.

— T'as de la chance, petit... Moi, je n'aime pas lire.

— Chacun ses goûts, dis-je sans lever la tête.

— Qu'est-ce que tu lis?

— De la poésie.

Papa éclate de rire.

— Je ne savais pas que ça existait encore, dit Papa, de bonne humeur.

— Quelqu'un qui lit de la poésie?

— Non, dit doucement Papa, de la poésie... Je ne savais pas qu'on en faisait encore.

Durant toute notre conversation, Marie-Flore n'arrêtait pas de s'agiter dans la chambre.

— Papa, viens m'aider, crie finalement Marie-Flore.

Papa me regarde un instant avant de partir vers la chambre.

Je me suis mis à rêver sur ce vers de Saint-Aude :

Le poète, chat lugubre, au rire de chat

Je me vois agile et silencieux. J'éteins la lumière. Je me recroqueville dans le noir. J'attends ma proie. J'ai une cervelle, des poils, des pattes, des muscles, des griffes et des yeux de chat. JE SUIS UN CHAT !

Un cri de Marie-Flore. Des bruits de lutte. De nouveau, un cri. Des bruits de pas sur le plancher. Comme une danse nago. Des gifles. Le souffle fort de Papa. Mon oreille fine de chat capte tout.

— Ne me touche pas, vieux cochon.

— Pourquoi tu me repousses ?

— Je ne peux pas sentir ton haleine de vieux bouc.

— Juste un baiser, Marie-Flore.

— Va te faire enculer.

Des bruits de lutte. Pas un son. Papa se réveille. Papa n'est pas mort.

— Qu'est-ce que tu veux ? hurle Marie-Flore, tu ne bandes même pas.

— C'est ce que tu vas voir.

— Si tu ne me lâches pas, je te crève les yeux.

Bruits de pas précipités. Marie-Flore arrive au salon. Les seins à l'air. Nos yeux se croisent.

— Ce salaud a essayé de me violer.

Au même moment, j'entends la voiture démarrer. Papa a dû sortir par la porte de derrière.

— Merde! s'écrie Marie-Flore, comment je vais faire pour me rendre là-bas?

— Je ne comprends pas... Tu allais monter dans sa voiture après ce qui s'est passé?

— Pourquoi pas?

— Tu viens de dire qu'il a essayé de te violer.

— Et alors?... Je savais que ce vieux débris ne pouvait rien me faire.

— Pourquoi tu as crié en ce cas?

— Pour l'exciter un peu.

— Je ne comprends plus, Marie-Flore...

— Je voulais savoir jusqu'où il pouvait aller...

— Et...

— L'imbécile a eu peur. Maintenant, je n'ai pas envie qu'il aille raconter ça là-bas.

— C'est pas dans son intérêt.

— Les imbéciles ne connaissent pas leur intérêt... Je n'ai pas envie que Choupette pense que j'ai essayé de lui voler son coffre-fort... Et puis merde, j'ai même plus envie d'aller là-bas.

Elle s'est assise sur le plancher, le dos contre le mur. Je sens qu'elle a besoin d'être seule. Elle doit avoir mal quelque part. Je sais que c'est la guerre et qu'il faut faire semblant que l'ennemi ne vous a pas touché, mais une blessure, c'est une blessure. Elle a quinze ans tout de même. Pour envoyer de si jeunes soldats au front, l'adversaire doit être en train de passer un mauvais moment. Elles montent de plus en plus jeunes aux barricades. Des pubères. Ce sont les plus terribles. Aucune sensation. Aucun désir. Juste la tête qui fonctionne. Sommes-nous à la fin de la plus longue guerre du monde, celle des sexes?

— Tu ne sors jamais? me demande-t-elle brusquement.

— Parfois.

— Où vas-tu?

— Au cinéma.

— C'est tout ? Tu ne vas jamais danser ?

— Pas souvent.

— Moi, j'y vais tout le temps, et je ne t'ai jamais vu…
Qu'est-ce que tu fais d'autre ?

— Je lis.

— Tu me l'as déjà dit.

Comment se fait-il que cette fille aussi jeune que moi
arrive à m'intimider ? Elle me regarde d'un air à la fois blasé
et intéressé. Assise dans son coin. Elle ne sait pas que je suis
un chat. Un chat lugubre. Le chat du poète.

— Tu t'intéresses aux filles ?

Celle-là, je m'y attendais. On me l'a souvent posée.
Même ma mère, des fois, me pousse vers les filles. Je ne révèle à personne mon secret. Je n'agis pas. Je suis un observa-
teur. J'ai toujours épié les gens. Je veux savoir pourquoi ce
théâtre. Qu'est-ce qui nous fait agir ainsi ? Les gens ne prennent jamais le temps de réfléchir. Il faut toujours agir. À tel
âge, vous devriez avoir déjà fait ça. Moi, je veux comprendre. Comment devient-on Papa, par exemple ? Je n'en sais
rien. Faut attendre, paraît-il, pour savoir. Ne rien faire. Laisser passer les années. Le fleuve du temps. Je suis presque sûr
que Papa ne bande plus (Marie-Flore a raison). Alors, qu'est-
ce qu'il fait avec toutes ces filles ? Il a l'air d'en pincer vraiment pour Choupette. Et Choupette s'en moque. Papa, lui,
est fou d'elle. Elle fait ce qu'elle veut de lui. Il n'y a pas de
fin. Pas de frein, non plus. J'ai l'impression que ce n'est pas
si simple que cela. Papa est un vieux marsouin qui paraît
aujourd'hui inoffensif. Ce sont les pires. Il a une tête de dé-
lateur. Le genre qui te frappe dans le dos et qui vient s'excuser après. Pourquoi se laisse-t-il mener ainsi par le bout du
nez ? Quel est son intérêt ? Si Papa ne bande plus, qu'est-ce
qui le fait marcher ? Je ne peux pas répondre à cette question. Et pourtant, je regarde ce ballet attentivement. Je les

vois bouger. Les silhouettes longilignes des filles. Les corps massifs des hommes. Pourquoi la vue d'un seul sein peut-elle rendre carrément fou un homme ? N'importe quel homme. Des fois, je reste des heures dans ma chambre à penser uniquement à ces choses. Je ne peux plus arrêter mon esprit. Choupette méprise Papa, mais elle est complètement folle de Cubano, le chanteur des Skah Shah. Tout le monde sait que Cubano est pratiquement fiancé avec la fille d'un marsouin puissant. Choupette devient hystérique dès qu'on prononce le nom de cette fille. Norma, son nom. Elle est grosse et laide (selon Choupette), mais Cubano a besoin de la protection de son père. Et ça fait rager Choupette. Papa accepte tout de Choupette. Choupette ferait tout pour Cubano. J'aime beaucoup Pasqualine, mais j'ai encore plus peur de Frank. On n'a qu'à voir sa tête. Un véritable tueur. Un féroce marsouin. Pourtant, il est le chien de Pasqualine. Simplement à cause de ses cheveux noirs, de sa bouche rose et de ses petits seins. Et aussi de cette façon qu'a Pasqualine de vous regarder, comme si vous n'étiez pas digne de lui laver les pieds. Pourquoi Frank se met-il à quatre pattes devant elle ? Qu'y a-t-il dans ce corps si maigre capable de dompter un tel monstre ? Pasqualine a la peau resplendissante. On dirait qu'elle est illuminée de l'intérieur. On a toujours envie de tout faire pour elle. Et Pasqualine accepte ce don tout naturellement. Comment sait-elle que les hommes lui doivent tout ? Qui lui a appris ça ? Quelle est l'origine de ce jeu cruel ? Pourquoi joue-t-on tous à ce jeu ? Séduire les autres et les mettre à notre merci. Le pire, c'est qu'il y en a qui ne savent même pas que ce jeu existe. Ma mère et mes tantes (même tante Raymonde). Gégé non plus. Gégé est un type d'action. Il aime bouger. Il déteste réfléchir. Moi, je n'arrête pas de penser. J'essaie tout le temps de comprendre les choses. Cela fait longtemps que j'ai compris qu'on joue. J'avais dix ans. Tante Ninine m'avait emmené voir *Le rebelle* pour la première fois (je l'ai vu cinq fois en tout). Il y avait un couple assis dans la rangée devant moi. Ils s'embrassaient amoureusement. Les gens dans la salle les regardaient avec des sourires attendrissants. J'avais vu la femme glisser un billet dans la main d'un autre homme, au tout début de la projection. Nous n'étions que trois personnes dans la salle à connaître la véritable histoire d'amour. Celle entre la femme et mon voisin qui souriait tout le temps. C'est comme ça que j'ai découvert par hasard qu'il y a toujours une histoire secrète qui se cache derrière l'histoire officielle. Que notre œil ne perçoit jamais toute la réalité. Il y a toujours un petit détail qui nous échappe. Et si on n'a pas vu ce petit détail, on ne comprendra rien à la suite de l'histoire (le billet que la femme glisse dans la main de mon voisin). Ce geste veut dire : je peux bien l'embrasser, mais c'est toi que j'aime, c'est toi mon homme. Et avec un tel gage, tous les baisers accordés à l'autre n'ont aucune importance. Juste un échange de salive. J'étais suffoqué d'avoir compris ça. À dix ans. C'est aussi terrible qu'un viol. Depuis, je n'ai pu cesser de regarder ce qui se passe derrière la scène. Si quelqu'un est en train de glisser un billet dans la main de quelqu'un d'autre. Gégé ne pleure pas. Il n'a pas pleuré en voyant *Le rebelle*. Gégé ne se doute même pas que c'est un jeu. Une mise en scène. Gégé est assis dans le public. Je suis debout dans les coulisses. Je vois les acteurs se préparer. Je connais les faiblesses de certains acteurs. Les costumes ne sont pas toujours sans défaut (celui-ci est déchiré à la manche et il manque un bouton à celui-là). De ceux qui veulent rester dans les coulisses, le régisseur n'exige que le silence. Il ne faut pas juger ni intervenir dans le déroulement de la pièce. On ne peut pas demander ça à Gégé. L'esprit humain est terrible. J'ai pensé à tout cela après la question de Marie-Flore (« Tu t'intéresses aux filles ? ») et juste avant qu'elle arrive devant moi (douze secondes trois dixièmes).

– Tu n'as pas répondu à ma question.

– Quelle question ?

Je fais l'imbécile.

– Est-ce que tu t'intéresses aux filles ?

Je souris.

– Est-ce que tu aimes mes seins ? me demande-t-elle pour formuler la question autrement.

Elle ouvre son corsage à un cheveu de mon nez. Je sais qu'elle est à prendre avec des pincettes. Elle me met ses seins durs devant la bouche. Je regarde ailleurs.

– Tu n'as pas l'air de savoir comment faire.

Je ne dis rien. Elle a raison. Je ne sais pas comment faire. Je sais beaucoup de choses de la vie, sauf ça.

Elle s'assoit sur moi et me met un sein (le plus petit) dans la bouche. Pour la première fois, je n'arrive pas à voir ce qui se passe derrière la scène.

Journal de Marie-Michèle

14

J'ai une cousine, Peggy – sa mère était une artiste assez connue, il y a une vingtaine d'années, et particulièrement la bonne amie de Luce Turnier –, qui a ouvert une galerie d'art à Pétionville. Peggy était à New York où elle a connu plein d'artistes branchés, paraît-il. Elle a exposé au Village où elle a rencontré Jackson Pollock et plus tard Andy Warhol. Je ne sais vraiment pas ce que tout ça veut dire. Je n'ai rien vu dans ses toiles qui l'apparente à ces gens. Quelqu'un te lance, comme ça, qu'il a exposé à New York, à Tokyo ou à Berlin. On a envie de lui demander : Où à New York ? Parce que ça peut être aussi dans le sous-sol d'un copain. Elle est rentrée il y a deux ans. Alors là, elle nous cassait les oreilles avec la scène new-yorkaise où tout va plus vite que partout dans le monde. À l'entendre, on n'était ici que des culs-terreux. Il ne se passe rien ici. Finalement, j'en ai eu marre et, un après-midi, je lui ai dit d'arrêter de nous emmerder et de faire quelque chose si elle entend vraiment changer le paysage. Et je ne l'ai plus revue. Est-elle à notre génération ce que Zaza était à celle de nos mères ? Pas si vite, car il y a un mois, j'ai reçu d'elle un carton d'invitation. Elle ouvre une galerie d'art, près de la place Saint-Pierre. Nos mères n'étant pas invitées, j'y suis allée. Elle nous a reçus nue. Le corps peint. C'est plutôt étonnant, mais ce n'est pas de l'art. Tout le reste est du même goût. C'est fait pour épater les bouseux qu'elle pense que nous sommes. Comme sa famille est très riche – les plus grands producteurs de café depuis l'époque coloniale –, elle passe son temps dans les musées, les galeries d'art, les studios de photographes célèbres. Elle est en cheville avec les directrices des magazines de mode. Mais je le redis, ce n'est pas de l'art. Je le lui ai dit aussi. Elle semblait catastrophée. Et qu'est-ce qui est de l'art? Il n'y a que ça dehors. Où ça? Mais dehors, Peggy. Elle sort et revient me voir. Elle n'a rien vu dehors. Il y en a qui sont vraiment aveugles. Ils ne voient que ce qu'on leur a appris à voir. Je sors avec elle et je lui montre les tableaux étalés le long du mur. Ce sont des scènes de la vie quotidienne ou des paysages bucoliques peints par des artistes affamés qui attendent la vente de leurs toiles pour manger. Quand un thème se vend bien, ils le refont. C'est commercial. Il y a de tous les styles. Les toiles sont tenues ensemble par une longue corde de sisal pour empêcher que le vent ne les emporte. Quand la pluie s'annonce, on les rentre vite, sinon elles sont toujours couvertes de poussière. On en achète une qu'on apporte chez soi pour accrocher au mur. Et la maison change d'atmosphère. On ne sait pas pourquoi, on a envie de chanter chaque fois qu'on entre dans le salon ou la cuisine. Ces couleurs explosent sur les murs et rendent ternes tous les autres tableaux prétendument modernes, intellos, qui s'y trouvaient. Tu sais, Peggy, je lui ai dit, au lieu de répéter des trucs sans intérêt que tu as vus à Londres ou à Paris, pourquoi ne ferais-tu pas un acte surréaliste? Comment ça? Fais-toi bander les yeux, puis sors et choisis une cinquantaine de tableaux que tu exposeras dans ta galerie. Naturellement, tu n'en diras rien à ton cher public. Rencontre les artistes, fais un beau catalogue, demande-leur de te peindre des tableaux que tu seras prête à acheter. Ils accepteront facilement de peindre selon tes goûts, tu verras, ils ne feront pas de chichi, ils ne se prennent pas pour des artistes, mais pour de simples marchands de tableaux ambulants. N'essaie pas de leur imposer tes goûts. Tu n'as aucune idée de l'art. Tu ne fais que suivre la mode new-yorkaise. Ton goût est nul. Tu n'as aucune vision ni aucune autorité. Dis-toi bien que ces gens-là savent mieux que toi ce qu'est l'art. Ils en font pour vivre. Toi, c'est simplement pour ton plaisir. La seule chose que tu possèdes qu'ils n'ont pas, c'est l'argent, alors sois gentille, ma chérie, et allonge… Tu ne donneras plus cette désagréable impression de fille de riches qui, quand elle n'arrive à rien dans la vie, finit immanquablement par ouvrir une galerie d'art. Peggy réfléchit un bon moment avant de me dire qu'elle trouve mon idée totalement démagogique. Sauf sur un seul point : elle ne connaît pas assez bien la tradition culturelle de ce pays. Elle a passé en tout et pour tout dix-huit mois de sa vie en Haïti. C'est pas beaucoup pour un pays aussi complexe. Avec un tel bagage, Peggy, on serait tenté de refaire Manhattan à Port-au-Prince. Il te faut un homme d'ici. Pas un de ces pédants qui savent tout à propos d'Haïti, sauf l'essentiel. Il te faut un guide des portes étroites. Quelqu'un qui connaît le chemin. Toute seule tu n'y arriveras jamais. Un homme qui a déjà eu faim et soif. Quelqu'un qui n'a personne pour le protéger dans cette jungle, sauf ses dieux. Peggy me regarde de ses grands yeux verts. Tu crois, toi aussi, que je perds mon temps à Sainte-Rose-de-Lima ? Je connais plus d'endroits et de gens dans ce pays que ma mère ne connaît de mots dans sa langue natale. Peggy n'en revient pas. Je pense que Saint-Louis fera l'affaire – et je n'exclus pas le plan sexuel, le vaudou étant une des rares religions où le sexe occupe une place assez importante. Mais cela fait un moment que je n'ai pas revu Saint-Louis. Je le voyais souvent devant l'entrée de l'hôtel *El Rancho*. C'est là qu'il tente d'écouler ses tableaux. Peut-être qu'il est allé faire un tour dans son village pour rendre hommage à ses dieux et à ses morts. Car Saint-Louis croit dur comme fer – il travaille très bien le fer aussi – que son talent lui vient d'Ogoun Ferraille, le dieu du Feu. Alors, de temps en temps, il disparaît, et on ne le voit plus avant la prochaine saison. Je vais essayer de le trouver et je te ferai signe. Mais ce que tu nous as fait, aujourd'hui, Peggy, c'est tellement Pétionville, Pétionville qui se veut moderne, mais qui, en fait, n'est qu'un gros village ringard. Tu dois absolument sortir du Cercle, et vite.

Le cri des oiseaux fous

Le cœur, léché, fêlé par les veilles.

M. S.-A.

I

Je suis seul dans la maison. Il fait chaud. Je cache le livre de Saint-Aude sous mon oreiller. Qu'est-ce qu'elles font maintenant ? Je les imagine en train de mettre à sac la discothèque. Je vais me chercher un verre d'eau. Sur mon chemin : des corsages, des sous-vêtements, des accessoires de maquillage par terre. La chambre de Miki ressemble à une ville côtière après un cyclone. Une montagne d'assiettes sales dans l'évier. Des cendriers remplis de mégots partout dans la cuisine. La fête ne date pas d'hier. Quand je pense à la vie que mènent ma mère et mes tantes… Deux conceptions diamétralement opposées de la vie. Je n'imaginais pas que les extrêmes pouvaient être si distants. L'eau. Ma gorge est encore sèche. Je me couche sur le divan un peu hagard. L'air est lourd et humide. Un orage va éclater dans un moment. Je reprends machinalement le recueil de poèmes de Saint-Aude et m'endors tout de suite après avoir lu ce vers :

Une cité morte où, fleurs de l'épouvante...

Lumière blafarde. Caméra à l'épaule.
Gégé sort enfin du *Macaya Bar*.
— Vite ! On passe par le rail.
Je cours. Gégé court. Une jeep nous suit.
— Qu'est-ce que t'as fait au marsouin ?
Il ouvre sa main et me montre une paire de testicules. Sa chemise est couverte de sang.
— Pourquoi t'as fait ça, Gégé ?
— On n'a pas le temps pour les explications.
On n'a vraiment pas le temps. La jeep débouche à un carrefour, nous barrant le chemin. Gégé me tire vers un étroit corridor. On continue notre course. L'estomac me fait mal. Je respire difficilement. « Tu as les poumons fragiles », me dit toujours ma mère. On passe par le toit d'une maison bleue. Gégé m'indique un mur de cinq mètres de haut. Il le saute. Je reste figé devant le mur. Les voix se rapprochent. Je prends mon élan et saute. Je passe un moment à planer dans les airs. Les bras largement ouverts. Gégé me fait signe de descendre. Je descends doucement, en respirant puissamment et en étendant mes bras le plus largement possible. Le torse bombé et le dos bien arqué. On recommence à courir. Gégé connaît la route. Nous débouchons dans une sorte de clairière. La jeep arrive sur nous, tous feux allumés. Je ne vois plus rien. Des marsouins sortent de partout comme des cafards dans un grenier humide. Je reste pétrifié. Gégé essaie de leur échapper. On le rattrape et on l'emmène vers la jeep à coups de crosse de fusil dans le dos et à la tête. Gégé est couvert de sang.
— On les amène, dit le chef.

— Où va-t-on? demande un marsouin en montant dans la jeep.

— Fort Dimanche.

Le nom de cette sinistre prison me fait frémir.

2

C'est une pièce fortement éclairée. Des marsouins vont et viennent. On attend avec d'autres types menottés comme nous. Tous ont du sang sur leur chemise. Je suis le seul à porter une chemise blanche sans la moindre tache de sang. Des escargots grimpent tranquillement sur les murs de la salle d'attente. On entend le bruit des vagues. La mer n'est pas trop loin. On sent une odeur de crabe. Gégé est couché sur le plancher. Il a un bras cassé et une large blessure à la tête. Un homme n'arrête pas de crier.

— Qu'est-ce que je fais ici? murmure-t-il entre deux cris.

Il finit par mettre la main sur un marsouin.

— Mais puisque je vous ai dit que je n'ai pas de fusil. Comment pourrais-je en avoir un, monsieur, si j'ai peur des armes à feu, dit-il d'une voix presque éteinte.

— Et alors! répond le marsouin.

— Je vous l'ai dit: quelqu'un a placé le fusil dans le coffre de ma voiture.

— Et c'est moi? ironise le marsouin avec un sourire carnassier.

L'homme fait de curieuses mimiques (il met une main sur sa bouche, ouvre de grands yeux, fait de bizarres signes avec ses doigts crochus) avant de reculer complètement à l'autre extrémité du banc. La tête baissée. Le cou comme cassé.

Soudain, on entend un bruit étrange. On dirait du papier qu'on déchire. Beaucoup de papier.

— Les crabes arrivent! crie l'homme du bout du banc.

– Quoi? demande un vieux monsieur assis tout penaud dans son coin.

– LES CRABES! gueule l'homme.

– Les crabes…, reprend le vieux monsieur. C'est déjà l'heure de manger, mais j'aime pas trop le crabe.

Un rire interminable.

– Ce sont eux qui viennent manger, dit un marsouin en passant.

– Manger quoi? demande le vieux monsieur.

Une question de trop.

3

Un marsouin est venu nous chercher, Gégé et moi, et nous a conduits dans une grande pièce très éclairée avec un immense bureau noir tout au fond. Un homme est assis derrière le bureau. Je soutiens Gégé qui continue à perdre du sang.

L'homme se met debout. C'est Frank.

– Donnez-moi ça, dit-il d'une voix sèche.

Gégé marche lentement vers le bureau, ouvre sa main et laisse tomber les testicules dans la paume de Frank. Frank ouvre un tiroir et sort une petite bouteille remplie d'un liquide blanc. Il dépose délicatement les testicules dans la bouteille. Frank regarde un moment la bouteille avant de la replacer dans le tiroir.

– Comme ça, tu aimes les testicules?

Il s'est adressé à Gégé, qui ne répond pas. Frank se dirige vers lui et commence à le frapper à la tête avec sa bague. Le sang jaillit, fait un joli arc de cercle avant de tomber sur ma chaussure gauche.

– Montre-moi comment tu aimes ça, dit Frank en baissant déjà son pantalon.

Il sort un sexe rugueux et violacé d'un caleçon douteux. Il s'approche ensuite de Gégé, l'oblige à se mettre à genoux en pesant de tout son poids sur ses épaules. Il place son pénis sous le nez de Gégé.

— Montre-moi comment tu aimes ça ou je te fais sauter la cervelle, dit Frank sans desserrer les dents.

Frank avance dangereusement son sexe vers la bouche de Gégé. Il lui ouvre la bouche avec ses mains et lui fourre son sexe dedans. Le cri de Frank a précédé de quelques secondes la détonation.

Le corps de Gégé a fait un saut de cinquante centimètres tandis que Frank se roule par terre. Après quelques soubresauts, Gégé meurt avec un morceau du pénis de Frank dans la bouche.

4

Brusquement (presque au même moment), la porte s'ouvre et Papa entre avec les filles (Miki, Marie-Flore, Marie-Erna, Pasqualine et Choupette – Marie-Michèle ne vient jamais ici).

— Tu travailles encore, chéri ? dit Pasqualine en embrassant Frank sur la bouche.

— Qu'est-ce que t'as, Frank ? demande Marie-Erna. Tu parais un peu pâle…

— Rien, finit par dire Frank entre les dents.

— Tu es sûr, Frank ? Tu es sûr que t'as rien ? dit Pasqualine en lui caressant la nuque.

— Tu ne vois pas qu'il travaille ? dit Miki. Laisse-le tranquille.

— C'est le sang qui excite Pasqualine, lance Marie-Erna.

— On ne pourra pas partir d'ici avant qu'elle ne traîne son cul dans le sang, dit Choupette en allant s'asseoir sur le bureau de Frank.

Pasqualine fiche sa langue dans l'oreille de Frank qui fait un léger saut. Il serre les dents.

— Je travaille, dit Frank.

— Tu vois, Pasqua, fait Miki, il dit qu'il travaille...

— C'est bizarre, dit Choupette, Pasqualine n'aime Frank que quand il est dans la salle de torture.

Pasqualine jette un regard de biais à Miki tout en continuant à caresser Frank avec sa fine langue. Frank n'arrive plus à se tenir debout.

D'un mouvement sec, Pasqualine enlève son corsage.

— *Show time*, lance Marie-Erna.

Les petits seins de Pasqualine demandent des comptes à la vie. Frank est plié en deux. Marie-Flore crache par terre avant de s'avancer vers Pasqualine tout en se déshabillant. Pasqualine se tourne vers elle avec une lueur diabolique dans les yeux. Elles se rapprochent l'une de l'autre en évitant de se toucher. Pas loin du corps de Gégé. Frank est encore à quatre pattes par terre. Personne ne s'occupe de lui. La danse. Le dos. Les reins. Surtout les yeux. Tout se passe dans le regard. Pasqualine frôle Marie-Flore. Le contact est fait. Le courant passe. Sursauts réciproques. Frank gémit doucement. Je me fais invisible dans mon coin. Celui qui voit, mais qu'on ne voit pas. Mon plus vieux rêve. Ne plus être vu des autres. Pasqualine s'approche dangereusement de Marie-Flore. Elle effleure Marie-Flore de la pointe de ses seins. C'est pourtant elle, Pasqualine, qui reçoit la décharge électrique. Elle se tient le ventre. Marie-Flore s'avance vers elle en dansant. Pasqualine relève la tête, regarde Marie-Flore dans les yeux, avant de baisser les paupières. Marie-Flore sourit doucement. Le duel est terminé. C'est donc comme ça que les femmes font l'amour entre elles. On comprend alors pourquoi les hommes, avec leur précipitation et leurs appétits bestiaux, ne font pas le poids. Comme dit toujours tante Raymonde : « Il n'y a que le diamant pour couper le diamant. »

J'ai fait un mouvement et toutes les têtes se sont tournées vers moi. Je suis en sueur sur le divan. Tout le monde est au salon. Depuis combien de temps sont-ils (Frank et Papa sont là aussi) revenus du bal?

— On va à la mer, dit Marie-Erna en bâillant légèrement.

— Où? demande Miki.

— À Mariani, j'ai envie de voir le soleil se lever.

— Je n'ai pas mon maillot de bain avec moi, dit Choupette.

— Il n'y a personne là-bas à cette heure, tu pourras te baigner comme tu veux, Choupette.

— Il y a toujours ce type, le dimanche matin, dit Marie-Flore.

— Oui, mais c'est le seul, dit Miki.

Journal de Marie-Michèle

15

Je commence à penser à filer d'ici. Moi qui ne voulais jamais quitter mon pays. En tout cas pas avant d'avoir tout compris de ce puzzle. Pour moi, la vie est assez intense ici pour me garder fébrile. J'aime me sentir vivante, au moins avant de mourir, et ici, c'est la seule chose qu'on peut vous garantir. Tout le reste est hypothétique. J'ai beaucoup d'amies et beaucoup d'ennemies aussi – je n'ai d'amies ou d'ennemies que de mon sexe. Je reste dans l'univers féminin parce que je le préfère au monde masculin. Les hommes ici sont soit trop mous, soit trop vulgaires. Pas de véritable force. Je trouve plus de courage chez les filles. Je regarde la vie que mènent Choupette, Marie-Erna ou Marie-Flore et je reste baba d'admiration. Elles ont commencé à se battre pour survivre dès l'âge de douze ans. Elles ont dû, de leur naissance à douze ans, caser leur enfance et leur adolescence, car après c'était fini. Dans mon Cercle, l'enfance dure jusqu'à quatorze ans, et beaucoup de femmes ne vont jamais au-delà de leur adolescence : on les voit en minijupe jusqu'à soixante ans. Rares sont celles qui deviennent des femmes responsables. Il leur faut toujours quelqu'un à qui rendre compte. Dernièrement, j'étais chez un concessionnaire de voitures. Trois copines de l'école et moi – puisque je continue à recruter pour mon opération métissage –, on voulait louer une décapotable rouge pour aller faire une virée dans le nord du pays. Est arrivée cette femme, et tout de suite notre vendeur a filé dans sa direction. Il a le flair. La proie était assez agréable à regarder aussi : petit tailleur rose saumon, lourd maquillage et gants blancs jusqu'aux coudes. Notre vendeur faisait le beau en face d'elle, c'est tout juste s'il ne jappait pas. Elle, très grande dame, qui fait son choix calmement parmi les voitures luxueuses. Cela n'a pas tenu longtemps. La voilà presque pleurant. L'histoire, toujours la même : elle a eu un petit accrochage et elle a peur de rentrer à la maison. Elle voudrait que le type lui donne une voiture neuve tout de suite pour que le mari ne voie pas la discrète éraflure sur le flanc gauche de la voiture. Cette femme, si sophistiquée, panique à l'idée de rentrer chez elle après un petit accident. On ne peut pas comprendre ma surprise tant qu'on n'a pas vu le nez fin, le menton pointu, les pommettes saillantes et la bouche méprisante de cette femme du monde. Et brusquement, on se trouve en présence d'une adolescente prise en faute. Elle a dû refiler un bon pourboire (sans compter la commission) à ce vendeur madré pour qu'il file si vite lui chercher une nouvelle voiture, pareille à la précédente.

Ce n'est pas une des paysannes du grand marché Florvil-Hyppolite que tu verrais agir de la sorte. Elle aurait vite envoyé valdinguer ce jeunot en un rien de temps. Ces femmes-là quittent leur village, en pleine nuit, avec un lourd panier de légumes sur la tête, afin d'arriver au marché avant l'aube. Elles traversent le pays, seules ou accompagnées d'un enfant, en vue d'écouler leurs produits. Et elles ont constamment de graves décisions à prendre sans demander l'avis de personne. À côté de ces fortes paysannes, nos bourgeoises ont l'air d'adolescentes attardées. Mon père m'avait donné le livre d'un de ses amis. C'est le poète René Depestre. Un vrai poète, celui-là. Le livre, c'est *Étincelles*; il l'avait publié à dix-neuf ans, mais on dit qu'il l'avait écrit à dix-sept ans. Quand les gens s'étonnent que je sois si curieuse des choses de la vie, de ce qui touche les êtres humains, je leur réponds toujours : « Depestre et Rimbaud ont fait bien mieux que moi à dix-sept ans. » C'est simple à comprendre, pourtant : j'ai commencé à penser à l'âge de huit ans, l'âge de raison. Ma mère m'a toujours emmenée avec elle partout où elle allait, naturellement pour montrer son petit singe savant. Les gens s'étonnaient de ma précocité, et moi, de ce qu'ils soient encore si bêtes à cet âge-là. Au fond, c'était peut-être moi la sotte. Les autres enfants étaient assez rusés pour cacher leur esprit et avoir ainsi la paix. J'ai passé une bonne partie de mon enfance avec des adultes. Des gens plus ou moins tarés. Quand j'ai compris cela, vers l'âge de douze ans, je me suis tue. Complètement. Plus un son. Je ne faisais plus qu'observer ce qui se passait autour de moi. J'adorais lire les visages. Les visages et les mains. J'avais, à l'époque, un truc infaillible pour savoir si quelqu'un mentait. Je ne le dévoilerai jamais, mais c'était infaillible.

Dans le livre de ce poète, Depestre, il y a un long poème qui raconte la terrible histoire d'une petite fille qui a quitté son village lointain pour venir s'occuper de la maison d'une grande dame en ville. Une grande dame bien maquillée, bien parfumée, comme celle qui est en train de monter dans sa nouvelle voiture neuve. Et, comme cette dame, la grande dame du poème avait un mari très cultivé mais assez salaud pour s'infiltrer comme un voleur, durant la nuit – le poème s'appelle « Face à la nuit » –, dans le réduit où dormait la petite paysanne. La femme a surpris son mari en train de commettre son « crime », mais c'est pourtant la petite paysanne qui a été jetée à la rue. Elle n'a pas tenu longtemps dans cette jungle nouvelle où elle n'avait aucun repère. Prostituée d'abord, poitrinaire ensuite. Malgré tout, ce n'était pas la destinée terriblement émouvante de la petite paysanne qui m'avait le plus touchée. C'étaient plutôt les moments magiques qu'elle avait passés dans son village, sans savoir que ce seraient les seuls jours heureux de sa vie. À seize ans, elle quittait son village pour se rendre en ville. Je la vois heureuse, comme dans une peinture naïve de Salnave Philippe-Auguste, ou encore comme dans une de ces fables que les enfants réclament à grands cris avant de s'endormir. J'avais lu ce poème à dix ans. Mon cœur sautillait, comme la petite fille, de colline en colline. Le Chat botté savait faire ça aussi. Mais je sentais que, derrière ce joli décor, il y avait une histoire horrible, la plus horrible histoire que j'aie jamais entendue de toute ma vie. Et l'impression, déjà à cet âge, que cette histoire me concernait. Fondamentalement. Que j'étais d'une certaine manière impliquée. Si, à cet âge-là, je n'avais encore fait de mal à personne, pourtant j'avais la certitude qu'on avait déjà fait du mal en mon nom, que quelqu'un avait comme gâté mon sang, que mon sang n'était pas pur, qu'il était même pourri à la source. Du sang noir coule dans mes veines. Un crime a été commis en mon nom. Et ce n'est pas de la culpabilité chrétienne, ça. Ces sœurs bien grasses et bien roses ne sont jamais arrivées à m'inculquer leur culpabilité catholique. Je reconnais aujourd'hui que c'était un crime familial. Le crime de ma caste, de mon sang, de mon Cercle. J'ai tout de suite reconnu le décor du poème. C'est chez moi. C'est chez mes copines. C'est chez mes voisins. Il y a une dame bien chic dans ces belles maisons sur les hauteurs. Et toujours quelqu'un d'autre dans la maison. Le mari, bien sûr. Un homme « très comme il faut », comme dit le poète. C'est assez pour vous faire frémir. Trop de gens bien dans cette histoire. Je n'ai plus envie d'évoquer cette horrible histoire. Je ne la connais que trop. Finalement, on n'a pas loué la voiture et le voyage est tombé à l'eau. J'ai essayé d'oublier, sans y parvenir, le poème de Depestre. Et si c'était moi ? Et si j'étais cette jeune paysanne de seize ans qu'évoquait un poète de dix-sept ans? Impossible. Mon nom me protège. Le nom qui dit dans quel Cercle j'évolue. Si jamais un jour cela ne marchait plus, si ce nom ne disait plus rien à personne – comme celui de Choupette, de Marie-Flore ou de Marie-Erna –, je me demande combien de temps je pourrai tenir dans la pire jungle humaine de la Caraïbe.

La maison d'en face

Le bruit soulevant mon âge.

M. S.-A.

J'ai mal dormi, cette nuit. Je me rappelle que les filles parlaient d'aller à la plage, mais je ne me souviens plus de rien. Je ne sais même pas quand elles sont parties. Et puis, j'ai fait ce terrible cauchemar. J'étais à Fort Dimanche avec Gégé. Faut bien que je me lève. Aïe, quel mal de tête! Je ramasse un disque sur le plancher et je le remets à sa place. Tout mon corps me fait mal comme si on m'avait battu durant toute la nuit. Je me traîne vers la fenêtre. Je vois ma mère dans ma chambre. Elle commence à faire du ménage. Le soleil du dimanche matin éclaire un tiers de ma chambre. Le reste baigne dans la pénombre. Ma mère est habillée comme pour sortir. C'est la robe de jersey bleu qu'elle portait hier. Ce qui veut dire qu'elle n'a pas dormi la nuit dernière. Le ciel est déjà clair. L'air lent du dimanche. Ma mère ramasse tranquillement des choses qui traînent un peu partout dans la chambre. De temps en temps, elle s'assoit sur le lit ou bien elle reste sans bouger au milieu de la pièce. Voilà, elle bouge. Elle va vers la tête du lit, et comme ça, je ne peux plus la voir. D'ici, je ne vois que la petite table qui me sert de bureau (pas les pieds, bien sûr), l'armoire que Da m'a donnée quand j'ai quitté Petit-Goâve pour aller à l'école à Port-au-Prince et un bon tiers du lit. Je sais tout ce qu'il y a dans l'autre partie de la chambre, mais je ne vois rien. Je ne vois même pas la petite table, ni la cuvette d'eau toujours propre et fraîche (c'est tante Renée qui s'en occupe), ni le portrait de mon père au-dessus de mon lit. Ma mère est revenue dans mon champ de vision. Elle s'arrête encore, l'air plus perdue que jamais. Je sens qu'elle pense à moi. Et je ne peux pas lui dire que je suis là, tout près, chez Miki. Chaque fois, cette impuissance m'étonne. C'est donc ça, la mort. Ma mère recommence à mettre un peu d'ordre sur mon minuscule bureau couvert de livres de classe, de cahiers, de bouts de ficelle, de gommes. Je ne me sers de ce bureau que comme dépotoir. Je fais mes devoirs couché sur le plancher et j'étudie dans mon lit. Ce qui met ma mère en rage. Dès que j'entre dans cette chambre, je jette sur le bureau tout ce que j'ai dans les poches. Malgré sa colère, ma mère fait toujours bien attention à ne pas déranger mon fouillis. Elle respecte mes affaires. Tante Raymonde est plus expéditive. Quand elle nettoie ma chambre, c'est simple, elle ramasse tout ce qui traîne et le jette dans un grand panier d'osier. Je passe la semaine à fouiller dans le panier pour chercher n'importe quoi: une règle, un caleçon ou un devoir d'algèbre. Tante Gilberte me demande, toujours en riant, pourquoi je ne vide pas le panier complètement. Ce serait plus simple. Non, il me faut aller dans le panier chaque fois que j'ai besoin d'une chemise ou d'une paire de chaussettes. C'est comme ça. Je suis ainsi. Je ne peux pas changer ma nature. Cette explication rend toujours tante Gilberte euphorique. Elle se tient le ventre pour rire. Son dos glisse le long du chambranle de la porte (elle n'entre jamais tout à fait dans ma chambre) et, doucement, elle tombe assise par terre sans s'arrêter de rire. Et chaque fois qu'elle me croise dans la maison, ce qui n'arrive pas souvent parce qu'elle passe son temps à lire dans sa chambre, elle ne manque jamais de me demander des nouvelles du panier. « Et le panier ? » Puis elle se met à rire. Je la vois, là, toute pleine de rires, de vrais rires, de bons rires. Je ne l'ai vue pleurer que deux fois. Sa porte était entrouverte. Elle était couchée sur le ventre, la tête sous l'oreiller. Je suis resté à l'observer. Elle s'est retournée et elle m'a vu. Elle m'a regardé un instant comme si elle ne me reconnaissait pas. Ses yeux ont brillé furtivement et un léger sourire a surgi au coin de sa bouche. « Et le panier ? » Et elle s'est mise à rire entre deux sanglots. À un moment, il n'y avait plus de sanglots. Qu'un rire convulsif. C'était la deuxième fois, car la première fois elle ne m'avait pas vu. Elle pleurait dans la même position. J'étais si triste de la voir ainsi que je suis remonté tout de suite dans ma chambre. Je n'avais pas pris la peine d'enlever mes chaussures. C'est dur de voir pleurer quelqu'un qui passe son temps à rire. Tante Raymonde dit que tante Gilberte finira mal parce qu'elle est trop passionnée. Les hommes ne méritent pas un tel amour. C'est trop pour eux. Ils se sentent toujours envahis. Ils ne savent jamais quoi faire en face de tels débordements passionnels. Ils ne sont pas faits de cette matière. Ma mère, en revanche, est très douce. Plutôt calme. Elle n'élève jamais la voix, sauf quand je laisse trop longtemps ma chambre en désordre. Elle m'appelle alors « monsieur » et me donne rendez-vous dans ma propre chambre. Sur les lieux du crime. Je l'attends toujours une heure ou deux. Elle me parle généralement de mon père qui n'est pas là (en exil) et qui n'aurait pas été fier de moi, aujourd'hui. Ma mère s'adresse à moi, dans ces cas, comme si j'avais encore cinq ans (mon âge quand mon père est parti). Elle me dit, à voix basse, presque en chuchotant, combien l'absence de mon père lui est douloureuse et combien je ressemble à cet homme. Je n'écoute pas, parce que je connais tout ça par cœur. Elle me parle si longuement de mon père qu'elle oublie totalement la raison de notre conversation. C'est un long monologue à propos de la générosité de mon père, de cette façon qu'il avait de comprendre les problèmes des autres et de tout ce qu'il faisait pour aider son pays. Ma mère ne pleure pas dans ces moments-là. C'est plus terrible, on sent qu'elle est comme brisée à l'intérieur. Tante Gilberte m'a dit, une fois (la seule fois qu'elle a abordé le sujet avec moi), que mon père était l'homme le plus étonnant qu'elle ait rencontré. Un peu partout dans la maison, il y a des photos de mon père. On ne le voit jamais avec ma mère. La plupart des photos ont été prises par un de ses amis qui venait souvent à la maison. Mon père est toujours seul sur les photos, et ça m'a toujours intrigué. On le voit assis sous un arbre avec cette barbe de trois mois, ou debout dans la cuisine, la tête touchant presque le plafond (mon père est très grand), ou en train de lire. Pas une fois on ne le voit sourire. J'ai une photo de lui dans ma chambre. Il me tient à bout de bras. Il vient de me lancer dans l'air ou il va le faire, je ne sais pas. Mes yeux sont remplis de larmes. La seule photo où nous sommes ensemble, et je pleure. C'est tante Raymonde qui a accroché les photos de mon père sur tous les murs de la maison. C'est pas du tout le genre de ma mère. Il n'y a qu'avec moi qu'elle parle de mon père. Elle n'étale jamais ses sentiments en public. Elle ne dit jamais rien. Ma mère est très secrète. Des fois, elle dit qu'elle a mal aux dents pour pouvoir gémir en paix. Tante Raymonde affirme que si mon père était là, ça ne se passerait pas comme ça. Quoi? Tout. Elle fait un geste large qui nous englobe tous, ainsi que le reste de la ville. Oui, il aurait tout nettoyé. Pour elle, les autres hommes sont des minables. Il n'y a, a-t-elle dit une fois, dans ce pays de malheur que des marsouins et des zombies. Tous les vrais hommes sont au cimetière. Ses lèvres se retroussent avec dédain et elle crache par terre en regardant vers le Palais national. Une fois, j'ai surpris une conversation entre ma mère et tante Raymonde.

J'étais en train de jouer sous la fenêtre de la chambre de ma tante. Ma mère et elle parlaient à voix basse. Ma mère disait, en pleurant, que mon père avait eu d'autres femmes. Tante Raymonde essayait de la calmer, et ma mère ne se calmait pas, et tante Raymonde lui disait de se taire, et ma mère continuait à dire que mon père avait eu d'autres femmes, qu'il avait même eu des enfants avec ces femmes! Et tante Raymonde suppliait ma mère de se taire.

– C'est la vérité, Raymonde.

– Et alors?

– Tu sais bien que c'est vrai.

– Je ne connais pas ces femmes et je n'ai jamais vu ces enfants.

– Ils existent pourtant.

– Pas pour moi.

– Mais Raymonde…

Quelqu'un (tante Ninine) est entré dans la pièce et la discussion s'est brusquement arrêtée. Tout le monde cache quelque chose à tout le monde dans cette maison. Personne ne sait que j'ai des yeux pour voir et des oreilles pour entendre. Elles croient encore que je suis un enfant. L'enfant est invisible.

Ma mère se baisse et ramasse quelque chose par terre avant de sortir de ma chambre. Sûrement une chaussette sale.

SCÈNE XXXII

Le jour de repos

Angélique et dents glacées de Milady.

M. S.-A.

Je lis encore Saint-Aude. Une véritable obsession. Normal, c'est la première fois qu'un être humain exprime ce que je ressens avec une telle précision. Et il va au-delà de mes sentiments. J'ai l'impression de lire ma vie future. Saint-Aude exprime ce que je suis et ce que je serai. Saint-Aude a écrit un poème qui s'intitule : « Dimanche ». Il y a dans ce poème les deux plus terribles vers de toute la littérature américaine (de l'Alaska jusqu'à la Terre de Feu). À côté de ces vers, la poésie de Neruda paraît décorative et pesante.

> Je descends, indécis, sans indices, feutré, ouaté, loué,
> au ras des pôles

Qui dit mieux ? Je ne vois personne en Amérique. Pas même Emily Dickinson. La sombre Emily.

Je suis seul dans la maison. Je m'apprête à passer un dimanche entier avec Saint-Aude.

Une heure plus tard.

— Bon débarras, dit Choupette en entrant dans le salon, suivie des filles.

— Je ne croyais pas qu'on pourrait s'en débarrasser, lui répond Marie-Flore de sa voix un peu haut perchée.

— J'ai lu une interview de Sagan dernièrement…, commence Marie-Michèle.

— Qui c'est celle-là? demande Marie-Erna.

— Une romancière française, dit Marie-Michèle en levant légèrement le sourcil gauche.

— Oh, Marie-Michèle, dit Choupette, tu nous fais chier avec ta culture.

— Laisse-la parler, dit Miki, je veux savoir ce qu'elle a dit.

— Qui? demande Marie-Flore qui n'était pas là.

— Sagan.

— Satan! s'exclame Marie-Flore.

— Dis-nous une fois pour toutes ce qu'elle a encore dit, gueule Choupette.

— Si on me laisse parler…

— Parle, dit Choupette, exprime-toi, bébé… Dis-nous tout ce que tu as sur le cœur… On est là pour t'écouter… N'est-ce pas qu'on est là et qu'on sera toujours là pour la pauvre Marie-Michèle?

Choupette s'est mise à genoux. Les autres rient.

— C'est comme ça, maugrée Miki, qu'on ne saura jamais ce qu'a dit Sagan.

— Tu crois, lance Marie-Erna en secouant ses seins, que j'ai vraiment envie de savoir ce que Sagan pense des hommes?… Mais, chère Marie-Michèle, comme je sais que tu passeras un sale dimanche si tu n'arrives pas à placer ton mot, alors crache le morceau.

Marie-Michèle lève les bras au ciel.

— Qu'est-ce qui se passe! Vous faites tout un plat pour rien. J'ai pensé à cette phrase de Sagan uniquement parce qu'on parlait de Frank et de Papa…

— On ne veut pas entendre parler des hommes au-jourd'hui, dit Choupette, c'est jour de congé, tu comprends ça, Marie-Michèle...

— C'est précisément ce que Sagan disait à propos de...

— Est-ce que Sagan se faisait sauter aussi six jours sur sept, comme nous toutes ici? dit Marie-Erna en tortillant son cul.

— Parle pour toi, réplique Choupette, moi, mon cul, il est à moi.

— Bien sûr que Sagan se fait sauter comme tout le monde, dit Miki. Qu'est-ce que tu crois, Marie-Erna, on se fait toutes sauter, et Sagan n'y échappe pas.

— T'es folle, Miki, dit Marie-Erna, je sais bien que tout le monde baise tout le monde... Tu t'adresses à la mauvaise personne, chérie, il n'y a que Marie-Michèle ici pour croire qu'il y a encore des privilégiées...

— Je n'ai rien dit... D'ailleurs, je ne dirai plus rien, dit Marie-Michèle en ramassant vivement son sac.

— Ne nous fais pas le même coup qu'hier, hein? lance Choupette.

— Quel coup? demande Marie-Michèle sans se retourner.

— Ton photographe..., dit Marie-Erna avec un coquin sourire.

Choupette s'approche de Marie-Michèle en faisant danser son corps (je veux dire toutes les parties intéressantes de son corps, tu vois, tout ce qu'elle peut faire trembler).

— Apprends, petite salope, qu'on a des espions partout. Ton minable photographe t'a d'abord amenée à l'hôtel *Olofson*, ensuite vous êtes allés au *Chou Chou Train* manger du poulet, toi t'as pris uniquement de la salade pour ne pas salir ta bouche en cul-de-poule. On vous a aussi vus à la piscine de l'hôtel *Sans-Souci* et, enfin, vous avez passé la soirée à *Cabane Créole* et...

— Et… ? continue Marie-Michèle avec un sourire en coin.

— Et… comme je te connais, il ne s'est rien passé… Tu sais faire monter les enchères… Pour ça, je compte sur toi, ma chère…

— Je fais ce que je veux, dit Marie-Michèle, personne n'a à surveiller mes fesses.

— Qui te dit le contraire, chérie, mais ne nous fais plus accroire que tu es une dame et que Marie-Erna est la seule pute de cette ville.

— Tu peux te prendre comme exemple aussi, Choupette, dit Marie-Erna.

— Bon, qu'est-ce que Sagan disait ? finis-je par demander après avoir attendu plus d'une demi-heure.

Tout le monde se tourne vers moi. D'un seul mouvement. La stupéfaction qui se lit sur les visages montre qu'on m'avait totalement oublié. Le rêve, quoi !

Après un moment, Marie-Michèle finit par parler.

— Les hommes, dit Sagan, c'est comme du savon, plus on se frotte contre eux, moins il en reste.

Éclat de rire général.

— C'est totalement vrai, dit Choupette en se donnant une claque sur la cuisse gauche.

— Est-ce qu'elle a aussi parlé de l'écume blanche qui vous reste dans la main ? demande Marie-Erna.

— Non, ma chère, dit Choupette, Sagan est tout, sauf vulgaire.

— Comme ça, tu connais Sagan ? demande Miki avec un certain étonnement.

— Bien sûr, dit Choupette, qui ne connaît pas Sagan…

— Oh, la salope, elle bluffe, dit Marie-Erna. Tu te crois au poker, Choupette ?

— Non, parce que c'est avec de l'argent qu'on joue au poker… Veux-tu parier ? dit Choupette. Je ne veux pas non plus de ta dernière culotte.

— Qu'est-ce que t'as à parier, toi, dit Marie-Erna, sinon ton coffre-fort puisque Papa ne peut servir qu'à ça?

— Au moins, j'ai quelque chose à moi. C'est pas toi, Marie-Erna qui risquerait Peddy, parce qu'on ne parie pas sur ce qu'on n'a pas.

Hurlements. Cris de douleur. La routine, quoi!

— Je vais t'épargner de perdre ta dernière culotte, petite paysanne. Apprends, dit Choupette, que Françoise Sagan est l'auteure de *Bonjour tristesse, Aimez-vous Brahms…* et *Un certain sourire*, entre autres, qu'elle a écrit des scénarios, des pièces de théâtre qui n'ont pas eu de succès, et aussi des nouvelles…

Trois anges passent dans le salon suivis d'une colonne de petits diables.

— … Et, continue imperturbablement Choupette, elle boit comme un trou, perd une fortune au casino, conduit des bolides et s'envoie les hommes qu'elle veut, et cela bien qu'elle soit laide, maigre, et qu'elle zézaye… Faut le faire, bébé… Sagan a de la classe… Alors, ma petite Marie-Erna, on ne dit rien?… Tu tombes mal, Sagan a toujours été mon idole… Tu ne dis rien?… Le chat a pris ta langue…

— Hé, finit par dire Miki, tu nous caches des choses, toi!

Et là, subitement, Choupette éclate en sanglots.

— Qu'est-ce que t'as? lui demande Marie-Erna en l'entourant de ses bras.

— Mais qu'est-ce que t'as? demande aussi Miki.

— Ma mère… Je pense à ma mère. Si elle n'était pas morte…

— Si elle n'était pas morte, dit Miki d'une voix très douce, qu'est-ce qui se passerait?

— Tu serais médecin, ricane Marie-Flore.

— Toi, ta gueule! dit Marie-Erna en se tournant violemment vers Marie-Flore.

— Toi, Marie-Erna, tu lui dis pire que ça…

— Tu ne peux vraiment pas la fermer, lui répond Marie-Erna, ça sent la pisse et ça circule déjà parmi les gens.

Marie-Flore s'apprête à se lancer sur Marie-Erna. L'œil vif de Miki a rapidement capté le léger mouvement qui précède le bond. Miki fait signe à Marie-Flore de se tenir tranquille.

— On réglera ça plus tard, lance Marie-Flore à Marie-Erna en train de consoler Choupette.

— Ça va, dit Choupette en dégageant son cou, ça va maintenant… C'est passé…

Marie-Michèle lui tend un petit mouchoir brodé.

— Tu m'as étonnée, quand même, en profite pour dire Marie-Michèle, tu sais tout de Sagan…

— Si tu regardais autre chose que ton nombril, dit Marie-Erna, tu nous verrais autrement…

Lourd silence.

— T'attendais ton moment pour la placer, celle-là, dit Marie-Michèle avec une légère tristesse dans la voix.

— Pasqualine est en train de pleurer aussi, crie Marie-Flore.

En effet, Pasqualine pleure à chaudes larmes dans un coin près du coffre à disques.

— Qu'est-ce qui se passe, aujourd'hui ? dit Miki.

Miki s'approche doucement de Pasqualine pour lui caresser légèrement les cheveux. De grosses larmes coulent sur les joues roses de Pasqualine.

— Qu'est-ce que t'as, Pasqua ? demande Marie-Michèle.

Miki se tourne vers Marie-Michèle.

— Pasqualine ne voulait pas le dire, mais elle est désespérée. Son frère est en prison et elle ne sait même pas où il est.

— Et Frank ? demande Choupette.

— Frank ne peut rien pour elle, semble-t-il.

— Qu'est-ce qu'il a fait, son frère ?… Je ne savais même pas qu'elle avait un frère, dit Marie-Erna.

– Il a imité la signature du président sur une série de chèques.

Choupette fait spontanément le signe de la croix.

– Et personne ne sait où il est ? demande de nouveau Marie-Erna.

– On n'a aucune nouvelle de lui depuis trois mois. On ne sait pas s'il est mort ou vivant.

Pasqualine est prise de violents sanglots. Son corps mince et ferme tressaute comme un poisson hors de l'eau. De petits cris lui sortent de la bouche, qu'elle tient serrée. Miki continue à lui caresser le front doucement.

– C'est que son frère n'a peur de personne… Il serait capable de se faire tuer, dit gravement Miki.

– De se faire tuer ! s'exclame Marie-Flore.

– Toi, dit Marie-Erna, tu n'en laisses pas passer une. On ne t'a pas appris à la fermer.

– Et tu veux me l'apprendre ? riposte Marie-Flore.

Miki jette un regard dur en direction de Marie-Erna et de Marie-Flore.

– Et Frank, qu'est-ce qu'il fait ? demande Marie-Michèle.

– Pas beaucoup de choses, répond Miki.

– À quoi sert-il alors ? demande Marie-Flore.

– Pasqualine a rencontré Frank quelques jours après l'arrestation de son frère. Elle voyait tout le monde. Enfin tous les gens qu'elle croyait pouvoir l'aider. C'est ainsi qu'elle a rencontré Frank. C'est le seul qui ne lui a pas menti. Frank lui a dit qu'il ne pouvait pas grand-chose pour son frère. Et si elle est avec Frank, c'est parce qu'elle espère avoir des nouvelles de son frère. Frank ne peut pas dire où il est parce que c'est top secret.

– Alors s'il ne peut pas le faire sortir…, commence Marie-Flore.

– Seul le président peut donner l'autorisation de le libérer, précise Miki.

— S'il ne peut pas le faire sortir, alors pourquoi elle se fait sauter par Frank? hurle Marie-Flore.

— Frank peut le protéger tout de même. Il a des contacts avec les geôliers, les tortionnaires. Il est dans le milieu.

— Et s'il mentait? lance Marie-Erna.

— Comment ça? demande Pasqualine qui se reprend petit à petit.

— Je connais une fille qui était dans le même cas que toi, Pasqua. Elle a dû coucher avec toute la garde présidentielle, alors que son père était déjà mort depuis longtemps... Et tout le monde le savait... Moi, ajoute Marie-Erna, je n'ai aucune raison de faire confiance à un homme...

— Elle n'a pas le choix, dit Marie-Michèle. Si t'étais dans son cas, tu ferais la même chose.

— Hé, dit Marie-Erna, j'ai l'impression d'être la seule salope à la ronde... Choupette, parce que sa mère est morte... Pasqualine a un frère en prison... Moi, quand je baise, autant vous le dire tout de suite mes chéries, c'est parce que j'aime ça... J'aime baiser... J'aime râler... J'aime les hommes qui me font japper comme une chienne... Quand je baise, j'ai l'impression qu'il n'y a que ça de vrai dans cette saloperie de vie...

— Hé, dit Choupette, arrête ton couplet, t'es pas la seule... Tu parles comme si t'avais inventé le pénis.

— Ah, c'est pas moi!

Je me fais de plus en plus petit sur le divan, en ayant l'impression d'assister à une drôle de messe. C'est dimanche.

Journal de Marie-Michèle

16

Ah merde! Je me suis encore fait avoir, cette fois sur mon propre terrain. Choupette a dû m'épier dans tous les coins. Elle s'est renseignée sur Sagan. Pour cela, elle a dû réactiver son complexe réseau pour tomber finalement sur un amateur de Sagan. Je peux la voir en train de mener l'enquête.

– C'est Sagan son nom, mais non, c'est pas la vieille de Papa, c'est un écrivain, oui elle écrit des livres, t'es vraiment bouchée, toi, et puis laisse tomber, c'est pas un truc pour toi, passe-moi l'adresse de Gary, il doit savoir cela, lui qui est tout le temps avec un livre…

Le temps de composer un numéro de téléphone et elle poursuit son enquête.

– C'est Choupette… Tu connais quelqu'un qui s'appelle Sagan? Je sais que c'est un écrivain, mais je veux tous les détails. Mais non, Gary, je veux seulement que tu m'en parles: ses tics, ses habitudes, ses goûts. Tout ce que tu peux trouver… Ne me laisse pas tomber, Gary, c'est pour en boucher un coin à une conne…

C'est ainsi qu'elle a tout su de Sagan sans l'avoir lue – c'est pas nouveau, ça. Je prends tous les torts. Quel besoin de citer Sagan! Des fois, je me dis: tu ne peux pas résister, ma vieille, quand tu sais quelque chose, tu t'arranges toujours pour que les autres en soient informés. Si c'est pour devenir un jeu de salon, je ne vois pas pourquoi on perd son temps dans les livres. C'est peut-être normal de parler ainsi quand on a grandi dans un salon bourgeois. Qu'est-ce que c'est qu'un salon ? m'a demandé un jour une petite fille d'un quartier populaire. C'est essentiellement un endroit pour se faire voir, pour se faire entendre et, en définitive, pour se faire admirer. Tout ce qu'on a appris finit par trouver son aboutissement dans le regard des autres. Les amies du Cercle. Au fond, ma mère n'agit pas différemment de Choupette. Elle potasse les magazines dans son bain pendant des heures, tout en testant, comme une dévote, chaque produit dont on fait la pub (« ce gel-crème rafraîchissant et sans huile mise sur les vertus émollientes des minéraux pour assurer une hydratation longue durée tout en préservant l'éclat de l'épiderme »). Elle se bourre de bonbons caramélisés tout en apprenant par cœur les sondages – quarante-huit pour cent des Américaines refusent de pratiquer la sodomie tandis que cinquante-trois pour cent donnent la priorité à l'épanouissement personnel dans les relations de couple – pour être à la hauteur quand ses amies arriveront le jeudi après-midi. Les autres font de même, j'imagine, puisqu'elles s'invitent à tour de rôle. Elles mettent en commun leur savoir pour mieux affronter d'autres groupes – ce sont souvent des groupes formés depuis l'adolescence à Sainte-Rose-de-Lima – qu'elles croiseront dans les cocktails d'ambassade. Choupette, elle, est complètement enfoncée dans les marécages de la vie quotidienne. La culture reste, pour elle, quelque chose d'inatteignable. Elle peut bien la regarder de loin, mais elle ne pourra jamais la toucher de ses mains. C'est que notre société a placé la culture et aussi la langue française sur un tel piédestal qu'une Choupette n'a plus aucune chance. Comment pénétrer un tel univers ? Si t'as des seins qui débordent, des fesses rebondies et une large bouche sensuelle, en un mot si t'es bien roulée, comme on dit, alors oublie ça.

On ne te laissera même pas le temps de t'instruire. Des hommes respectables – politique ou finances – commenceront à te tourner autour dès que tu auras l'âge de treize ans, ou même plus tôt, te couvrant de cadeaux de toutes sortes. Je remarque que ce qui impressionne les gens des quartiers populaires, ce n'est pas le contenu du discours (toujours vide d'ailleurs) des dames de Pétionville ni même la qualité de la langue – les mêmes tournures boiteuses –, c'est plutôt la musique, le ton et l'accent. Une musique qui leur est particulière. Quelque chose qu'elles auraient inventé, comme si la langue était un parfum et qu'à force de mélanger les essences elles avaient fini par créer une nouvelle fragrance. Le contenu n'est plus d'aucun intérêt. Tout est dans le chant (comme les annonceuses dans les aéroports). C'est légèrement traînant au début, rapide vers le milieu de la phrase, pour finir sur un ton neutre. Et ce qui rend cette musique si sensuelle, c'est qu'elle se joue sans fin sur le mode du flirt. Le temps de l'adolescence dure indéfiniment pour les dames des beaux quartiers. C'est sensuel, jamais sexuel. Ce qui en fait de constantes allumeuses. Comme une pluie si fine qu'elle vous mouille à votre insu. C'est là que Choupette remet sur le tapis la question du sexe, du corps, du vernaculaire, de la chose physique. C'est ce que fait Choupette dans son Cercle. Elle ramène tout au corps. Et le corps, dans le groupe de ma mère, est un sujet tabou. On doit donner l'impression qu'on n'a jamais baisé, qu'on n'a jamais eu de désirs inavouables. On cache tout ce qui a rapport au corps : manger – on parle de gastronomie et non de la fonction de manger –, chier – on dirait que leur merde est parfumée –, baiser – les enfants ne viennent pas de leurs parents. Et surtout, personne n'est jaloux dans ce milieu. Jamais d'éclat : on mine, on harcèle, on tue à petit feu.

Scène XXXIII

Tu veux qu'on fasse venir des hommes?

Le Chinois tisse ma mort.

M. S.-A.

Petite scène intime. Miki fait semblant d'épousseter ses disques. Pasqualine se tient près du *poster* de Gauguin. Marie-Erna est assise par terre en train de lire un roman-photo.

– Je l'aime bien, cette fille, dit Marie-Erna.

– Qui ça? demande Pasqualine en se déplaçant dans la pièce sans raison.

– Claudia. Elle joue dans plusieurs romans-photos, répond Marie-Erna.

– Oh oui, dit Pasqualine, moi aussi, je l'aime… Je l'ai déjà vue dans un film, il y a longtemps… Un truc avec Franco Nero…

– Lui, c'est un homme, dit Miki.

– C'est bizarre, dit Choupette, quelqu'un m'a dit dernièrement qu'il est pédé.

Marie-Erna éclate de rire.

– Tous les hommes sont des pédés pour Choupette, dit-elle.

— C'est vrai, relance Choupette, mon cousin m'a confirmé que tous les acteurs qui ont l'air macho sont des pédés…

— Et les efféminés sont de vrais maniaques, termine Pasqualine.

— Chuck Norris? demande Marie-Erna.

— Bien sûr, dit Choupette.

— Et Rock Hudson? Lui, tu ne peux pas dire que c'est un pédé! jette Pasqualine.

— Rock Hudson! C'est une vraie fillette, rigole Choupette.

— Tu blagues, dit Pasqualine.

— Moi, je pense que les pédés sont les personnes les plus intelligentes et les plus sensibles que je connaisse, dit Miki.

— C'est parce que ce sont presque des femmes, lance Pasqualine.

Rires. Rires et larmes pour Marie-Erna.

Un temps. Marie-Erna continue à feuilleter son roman-photo.

— Et James Dean? demande vaguement Marie-Michèle.

— C'est qui, celui-là? demande Choupette.

— Je le savais, dit Marie-Erna, que cette salope allait encore sortir un nom que personne n'a jamais entendu.

— Ah, vous ne connaissez pas James Dean! Ce n'est quand même pas ma faute…

— Qu'est-ce que tu fais ici si tu penses qu'on est de la merde? riposte Choupette.

— Je suis comme je suis, se défend Marie-Michèle. Je ne peux pas changer juste pour vous faire plaisir…

— C'est pas nous que James Dean saute, dit Choupette.

Rires.

— Tu dis n'importe quoi, toi, Choupette, chaque fois que tu n'as rien à dire, tu lances une obscénité, dit Marie-Michèle.

– C'est quoi une obscénité? demande candidement Marie-Flore.

– C'est ce qui se trouve dans la fente entre tes jambes, dit Choupette.

– Si tu me cherches…, dit Marie-Flore.

– Oh merde! dit Miki, vous ne pouvez pas arrêter cinq minutes… C'est dimanche… Même Dieu se repose… Les femmes ne peuvent pas rester cinq minutes entre elles sans se chamailler…

– Tu veux qu'on fasse venir des hommes? demande Pasqualine avec une feinte douceur.

– Il devrait exister un truc comme ça, dit Choupette. Comme pour commander un repas…

– Mais ma chère, dit Marie-Erna, ça existe depuis longtemps.

– Avec livraison gratuite comme chez le Chinois? jette Choupette, un brin sceptique.

– Bien sûr, dit Marie-Erna, mais c'est pas pour toi… Comment penses-tu que les bourgeoises de Pétionville font quand leur mari part en voyage?…

– … ou est tout simplement au *Macaya Bar*, termine Miki.

Le couteau tourne dans ma plaie vive. Je me demande ce qui se passe là-bas maintenant. Je vois une centaine de marsouins en train de courir un peu partout dans l'escalier, dans la cuisine, dans toutes les chambres du *Macaya Bar*. Comme des cafards à lunettes noires.

Elles continuent à parler, mais mon esprit est ailleurs.

Journal de Marie-Michèle

17

Le premier sentier. Le premier parfum. Le premier sommeil. Comment cette aventure du corps a-t-elle commencé? J'essaie de mettre de l'ordre dans ma vie. De trouver mes repères. Je n'ai rien oublié, mais j'aime bien m'y replonger. Derrière notre maison, il y a un ravin et, par-delà, un boisé. Ce boisé m'a toujours attirée. Les servantes m'empêchaient d'y aller. Un après-midi que ma mère était à son Cercle, j'ai profité de son absence pour aller là-bas. J'avais douze ans – les petites paysannes du même âge que moi connaissaient déjà le nom de toutes les plantes et une bonne partie du pays. Je n'avais aucune peur. Il n'y avait d'ailleurs aucune raison d'avoir peur. Ce n'était pas un boisé très touffu. J'ai vu une dame ramasser des feuilles. Elle m'a souri si gentiment que je suis allée mettre ma main dans sa main. Sans raison. Elle a pris encore quelques feuilles. J'ai voulu savoir ce qu'elle comptait faire de ces feuilles. Elle m'a jeté un regard étonné avant de me répondre avec une grande douceur: «C'est pour faire du thé, ma petite chérie.» C'était la première fois qu'on me parlait avec tant de douceur et de simplicité. Le thé était toujours fumant chez moi. Je ne savais pas qu'on pouvait cueillir la feuille de thé. Cela vaut pour tout le reste. Je ne savais absolument rien de la vie. On avait tout en grande quantité à la maison, mais personne ne me disait d'où venaient toutes ces bonnes choses. Le crabe venait-il de la rivière ou de la mer? Je ne savais pas. Pour moi, tout ce qui se mange venait du réfrigérateur. Et le nôtre est toujours plein. Je suis à l'école quand on le remplit. Je n'étais pas plus sotte qu'une autre, mais on me tenait simplement dans l'ignorance des choses essentielles de la vie. Le thé vient d'une feuille qui, elle-même, vient d'un arbre. Cela, je l'ai appris à l'école. Pas loin de moi, un plant de thé. La vieille dame, courbée devant la plante comme pour une prière, arrache chaque feuille avec une délicatesse extrême. Quand elle a cueilli autant de feuilles qu'elle en a besoin pour son thé du soir, elle se relève lentement – plus tard j'apprendrai qu'elle souffre d'arthrite –, se tourne vers moi qui ne l'ai pas quittée une seconde des yeux et me fait un doux sourire avant de partir. Je lui ai demandé si je pouvais la suivre, mais elle m'a répondu, avec un sourire encore plus doux que le précédent, qu'elle devait s'occuper d'une voisine malade.

— Le thé, c'est pour elle.

— De quoi souffre-t-elle?

On ne parle jamais de maladie chez moi. Un jour, comme ça, on m'annonce que telle tante vient de mourir, exactement comme un fruit trop mûr tombe d'un arbre.

— Elle a mal à l'estomac, me dit-elle simplement. Le thé va l'aider.

— C'est un médicament aussi?

— Oui. Les gens qui n'ont pas d'argent pour aller à la pharmacie utilisent beaucoup les plantes.

— Quelle bonne idée! je fais.

Au fur et à mesure, j'ai pris conscience qu'il y avait deux mondes ici. Un monde moderne qui pouvait bénéficier des découvertes scientifiques réalisées dans tous les domaines imaginables, et un autre monde qui vivait encore à l'époque du Moyen Âge. Si vous me le demandez, je vous dirai que je préfère le Moyen Âge aux temps modernes. Le vendredi suivant, revenant de l'école, sans prendre la peine de me changer, j'ai filé dans le boisé voir si la vieille n'était pas revenue. Je l'ai cherchée, mais elle n'y était pas. J'ai marché droit devant moi, en prenant bien soin de tourner le dos à ma maison. À l'orée de la petite forêt: j'avais l'impression d'avoir marché pendant des heures pour découvrir un monde nouveau. Des dizaines de maisons bancales, certaines délabrées, d'autres bien propres, avaient poussé là, comme des champignons. Sans aucun ordre. Des gens hurlaient, des animaux circulaient paisiblement parmi eux. Des chiens squelettiques, des enfants maigres à la chevelure rouge en train de jouer sur des montagnes d'immondices, des petites filles de mon âge aux grands yeux étonnés. Comme dans les films parlant du Moyen Âge. Mais moi, je me sentais totalement en accord avec ce monde-là. J'avais l'impression étrange de sortir enfin d'un cimetière trop bien tenu – d'immenses tombes toujours fraîchement peintes et bien fleuries –, l'impression d'avoir toujours vécu dans un cercueil de verre. Et si la vie était aussi crasseuse, aussi désordonnée que ce que j'avais devant les yeux? Personne ici n'essayait de vivre selon des règles préétablies, personne ici n'essayait de surprotéger les enfants. La roue tourne, et si vous vous trouvez au mauvais endroit au mauvais moment, elle vous broie. C'est tout simple. Enfin, je respirais. Il y avait donc une autre manière de vivre, pas uniquement celle du Cercle. Pas uniquement cette vie dont on ne sait d'où elle tient sa source. Une vie sans source. Ici, la vie n'est pas encerclée. Tout est ouvert à tous les vents. Quelqu'un vient de m'apercevoir. Que fais-tu ici, petite? J'avais mon corsage d'une blancheur aveuglante et ma jupe écossaise d'un autre univers. Personne n'était habillé comme moi, n'avait la même odeur que moi, ni la même couleur, ni ne parlait la même langue que moi. Je parlais uniquement le français, ils ne parlaient que le créole. Et pourtant, nous étions du même pays et avions le même ancêtre esclave dans notre arbre généalogique. L'un de mes deux ancêtres était sûrement noir, tandis qu'eux avaient leurs deux ancêtres noirs. Pour le reste de la planète, nous sommes tous des Nègres. Je n'en ai jamais douté, me disant toujours que c'était ma seule chance de sortir du Cercle. Brusquement surgissait derrière moi la dame qui n'avait pas encore de nom. Me prenant par le bras – «Viens ici, ma petite chérie» –, elle m'accompagna jusqu'à sa maison. Une jolie petite maison toute propre. Elle vivait avec un garçon de cinq ans qui courait dehors à moitié nu. Son petit pénis, courbé comme un accent grave, ne scandalisait personne. On est entrées dans sa chambre qui donne presque sur la rue. Comme elle était fatiguée, elle s'est déchaussée, ensuite déshabillée et s'est mise au lit. Je me suis glissée à côté d'elle, jusqu'à me mettre sous son ventre. Son corps mou. Son odeur particulière. Son souffle doux. J'avais l'impression d'avoir toujours connu ça. Je ne cherchais plus, j'étais arrivée au port. Une heure plus tard, nous nous sommes levées. Elle a donné le bain au petit garçon, qui s'appelait Nanou. Je me suis lavé le visage, je l'ai embrassée sur le front et je suis rentrée chez moi, enfin chez les Léger. C'est là-bas, derrière le petit bois, le vrai chez-moi. Je n'imagine pas du tout ma mère rencontrant une petite fille pauvre, l'appelant «ma petite chérie» et l'emmenant se reposer chez elle. C'est inimaginable. Et pourtant, la maison est grande. Nous avons dû fermer des chambres. Pourquoi sommes-nous si égoïstes de ce côté-ci du petit boisé? Et sentant que je n'aurai jamais de réponse à cette question, j'ai commencé à mener deux vies parallèles: une chez ma mère, l'autre chez Esméralda. Depuis la première fois, on n'a jamais changé de rituel. J'arrive toujours au moment de la sieste. Je m'enfouis sous les larges seins d'Esméralda pour sombrer dans le sommeil comme une pierre dans la rivière, moi qui ai toujours souffert d'insomnie. Esméralda ne sait pas lire, mais elle sait tout ce qu'il faut savoir pour vivre en harmonie avec son environnement. Elle connaît le nom de chaque plante, de chaque dieu du panthéon vaudou, de chaque fruit, elle n'a pas peur des démons ni des tontons macoutes. Elle connaît l'histoire de son peuple. Elle me raconte dans les moindres détails l'histoire de tel massacre sous tel président – un de ceux que les amies de ma mère appellent par leur prénom – pour conclure d'une voix rageuse : « Tu verras jamais ça dans un livre. » J'arrive, on dort, et à notre réveil, elle me raconte une histoire que sa grand-mère lui avait racontée. C'est ainsi que ce pays a commencé à exister pour moi. Et c'est avec elle que j'ai appris le créole. Pas le créole amusant – j'ai entendu une dame dire dernièrement : « Moi, je trouve le créole très amusant. » –, le véritable créole, celui qu'on parle parce que c'est la langue de tout le monde. J'ai tout de suite commencé à m'occuper de Nanou, à faire sa toilette, à lui apprendre à lire et à écrire. Je lui apporte du papier et des crayons de couleur pour qu'il puisse faire des dessins. Il ne dessine que des diables souriants.

– Pourquoi il sourit ton diable, Nanou?
– Parce qu'il est gentil.
– Nanou connaît des diables gentils?
– Oui.
– Où est-ce qu'il les voit?
– Dans mes rêves.
– S'il est gentil et qu'il a des ailes, c'est parce que c'est un ange?

Hurlements. Nanou trépigne, se roule par terre comme un bon petit diable qu'il ne faut pas contrarier. Esméralda sourit. Voilà mon idée de la famille. Cela a duré six mois, jusqu'à ce qu'un jour j'arrive et je ne les trouve pas. Esméralda et Nanou, envolés comme des anges. Personne pour me renseigner. Je n'ai pas été triste. Je suis rentrée chez moi, et chaque fois que j'ai de la difficulté à m'endormir, je n'ai qu'à imaginer Esméralda couchée si près de moi que je peux m'abriter sous ses larges seins. Le sommeil vient tout de suite.

Scène XXXIV

Qui était cette fille avec Cubano, hier soir?

Dolorès à mes cils inquiets.

M. S.-A.

Une heure plus tard. Même dimanche terne. Miki est assise sur le coffre à disques, en train de se mettre du vernis à ongles. Dos courbé. Menton appuyé contre le genou droit. Le pied gauche de Miki pend le long du coffre. Pasqualine essaie un corsage bleu pâle. Marie-Erna scrute son visage dans un minuscule miroir qu'elle a sorti de son sac en cuir.

— C'était qui cette fille avec Cubano, hier soir? attaque Pasqualine.

Léger sursaut de Choupette occupée à se nettoyer les oreilles avec du coton imbibé d'alcool.

— Cubano semblait très intéressé..., dit nonchalamment Marie-Erna. C'est la première fois que je le voyais comme ça. On aurait dit un petit chien électrique...

Choupette ne dit rien. Se yeux semblent fixer un point dans l'espace. Sa main continue machinalement à nettoyer l'oreille gauche.

— Cette fille fait vraiment marcher Cubano, relance Pasqualine. Il la suivait partout...

261

— … la langue pendante, achève Marie-Erna.

— Je ne l'avais jamais vu comme ça avant, persifle Pasqualine…

Le coton n'a pas encore quitté l'oreille gauche.

— Toi qui connais tout le monde, Choupette, c'était qui cette fille, hier soir, avec Cubano ? demande Miki d'un air sérieux.

— Je ne connais pas toutes les putes que fréquente Cubano, dit Choupette en haussant les épaules. Il y en a une nouvelle chaque samedi…

— C'est vrai, dit Pasqualine. La semaine dernière, c'était Gina… Pauvre Dada Jakaman… Il court derrière Gina qui file se jeter dans les bras de Cubano.

— Il n'y a pas qu'à Dada à qui ça arrive, dit Marie-Erna qui connaît trop bien le dossier. Nadia, la fiancée de Rico Mazarin, le chanteur des Fantaisistes de Carrefour, eh bien, l'autre jour, je l'ai vue sortir d'un motel avec Cubano.

— T'en es sûre ? demande Pasqualine.

— Sûre, dit Marie-Erna.

— Parce que Cubano, dit Pasqualine, ne va jamais dans les motels… Généralement, il emprunte la petite maison à toit de chaume que possède Peddy, près de la mer, à Mariani.

Pasqualine n'a pas remarqué que tout le monde l'écoute avec attention.

— Tu en sais des choses à propos de Cubano, lâche Marie-Erna.

— Bien sûr, dit Pasqualine, j'habite à deux maisons seulement de Gina.

— Toutes les filles sont complètement dingues de Cubano, sauf celle d'hier soir, semble-t-il…

— T'as raison, dit Marie-Michèle, elle n'a pas bougé de sa table, hier soir…

— Et Cubano n'arrêtait pas d'en faire le tour, laisse tomber Marie-Erna.

— Je ne savais pas que le cul de Cubano vous intéressait à ce point, gueule Choupette.

— Je peux t'assurer, chérie, dit Marie-Erna, que c'est pas son cul qui nous intéresse...

— Parle pour toi, dit Pasqualine, il n'est pas du tout mon genre...

— Elles disent toutes ça au début, paraît-il, dit Marie-Michèle.

— Toi aussi, Marie-Michèle ! s'exclame Marie-Erna.

— Je n'aime pas le type cubain, tu vois, avec plein de chaînes, de bracelets et de dents en or... Moi, c'est le cerveau qui m'excite. J'aime les hommes intelligents, conclut Marie-Michèle.

— Raconte ça à d'autres, dit Choupette avec rage. Tu as vécu deux ans avec Choubou et ce mec est loin d'être une lumière...

— Ne crois pas ça... Choubou est beaucoup plus sensible et intellectuel que vous ne croyez, lance Marie-Michèle.

— Choubou intellectuel ! Tu me déçois, Marie-Michèle... Moi qui disais à tout le monde que tu as déjà lu Sartre alors que je ne sais même pas qui c'est...

— Tu vas voir, dit Choupette encore obsédée par Cubano, la semaine prochaine, il y aura une autre fille avec Cubano... C'est comme ça depuis que je le connais...

— Pas sûre, Choupette, dit Pasqualine, cette fille a l'air de savoir comment le manœuvrer...

— Cubano a commencé à marcher, dit sentencieusement Marie-Erna, et la route est longue devant lui...

— De toute façon, dit Choupette blême de rage contenue, les deux fois que je l'ai vue, elle portait la même robe rouge...

— Comme ça, dit Pasqualine, tu la connaissais déjà...

— Elle était au *Lambi Club* il y a trois semaines, jette Choupette. C'est là que je l'ai vue avec cette robe rouge...

— C'est curieux que tu ne saches rien d'elle, dit Marie-Erna en fronçant les sourcils. Ton réseau a des ratés, ma chère…

— Le réseau de Choupette n'est pas remis en question, dit Miki, elle vient juste d'arriver… C'est une fille de New York. Elle était à Queens, dans l'équipe de Mama…

— La grosse Mama? dit Marie-Erna. Il paraît que cette fille sème la terreur à New York… Tu sais ce qu'elle a fait? Elle arrive à un bal, va à une table et gifle le type devant sa femme…

— Son amant? demande Marie-Flore.

— N'importe qui… Elle n'a pas besoin de le connaître… Elle est toujours accompagnée d'une équipe solide… Des filles bien habillées, belles, célibataires… Je connais une fille qui était dans son groupe… Elles savent…

— Merde, dit Pasqualine, un peu impressionnée, Cubano n'a aucune chance alors?

— À mon avis aucune, dit Miki gravement. Florence, c'est son nom… Il paraît qu'on la surnomme «la silencieuse». Elle ne dit pas un mot, n'ouvre jamais la bouche, tu vois le genre, jusqu'à ce que le type se ridiculise à mort…

— Et après? demande Marie-Erna intéressée par cette technique qu'elle ne connaissait pas.

— Elle ne parle pas plus. Il paraît que ça peut rendre fou un type…, conclut Miki.

— C'est pas facile…, dit Marie-Erna. Rester silencieuse sans paraître bête… Moi, je ne pourrais pas faire ça en tout cas.

Choupette se lève et s'en va en direction de la chambre de Miki. Dos triste. Contraction des muscles. Nuque dure et légèrement courbée. On a l'impression qu'elle va éclater en sanglots d'un moment à l'autre.

— Elle est vraiment folle de Cubano, dit Pasqualine après un temps.

— Le problème, dit Miki, c'est qu'il le sait…

— C'est plus fort qu'elle… Quand ce type est dans la zone, elle ne peut pas rester en place…

— Une vraie crise, dit Marie-Erna.

— Choupette n'a vraiment pas de chance d'aimer un type comme Cubano… Il va la rendre folle.

Marie-Erna se tourne vivement vers Marie-Michèle qui venait de parler.

— De plus en plus, dit Marie-Erna, j'ai l'impression qu'il s'est passé quelque chose entre toi et Cubano…

— Qu'est-ce que ça peut te faire! dit Marie-Michèle avec un sourire mystérieux. C'est un homme et je suis une femme… Et j'ai tout ce qu'il faut… Il ne me manque pas un seul poil sous le bras.

— Et toi, Marie-Erna? dit Miki. Je ne sais pas pourquoi, mais mon petit doigt me dit que tu ne détestes pas Cubano non plus…

Marie-Erna change immédiatement de couleur.

— Je n'ai pas envie d'avoir plus de problèmes avec Choupette, dit-elle. Je ne suis pas maso, tu sais, Miki…

— Ce n'est pas un argument, ricane Miki.

— On ne peut rien faire pour Choupette? demande Pasqualine.

— De quoi parles-tu, Pasqualine? s'étonne Marie-Michèle. On ne peut pas le baiser à sa place…

— Je ne comprends pas Choupette, dit Marie-Erna. C'est pourtant une fille qui a la tête sur les épaules…

— C'est pas différent de ta relation avec Peddy, dit Miki.

Marie-Erna se tourne doucement vers Miki.

— C'est fini, Peddy et moi…

— Depuis quand? demande Miki.

— Depuis hier, répond Marie-Erna.

— Je ne comprends plus rien, dit Marie-Michèle. Comment une histoire peut-elle finir quand elle n'a jamais commencé?…

— Qu'est-ce que tu veux dire? demande Marie-Erna avec un filet de désespoir dans la voix.

Miki jette un regard dur à Marie-Michèle, qui choisit de se taire.

— Rien, dit Marie-Michèle. Je pensais que la vie est bizarre…

— Il s'est passé des choses, hier soir, dit Pasqualine en éclatant de rire. Cette fille et Cubano… Marie-Erna et Peddy qui ne sont plus ensemble… La fièvre du samedi soir… J'aime ça, moi, quand il y a de l'action.

— Au fait, demande Marie-Michèle, ça s'est passé quand tu nous as quittées prétendument pour aller chercher quelque chose chez toi… Tu as filé à *Cabane Créole* trouver Peddy… Qu'est-ce qui s'est passé après?

— Ça ne regarde personne… Je vais voir ce que fait Choupette, lance Marie-Erna d'une voix légèrement enrouée.

Silence.

— C'est la rencontre au sommet des veuves du samedi soir, dit Marie-Michèle.

— Je ne savais pas que tu pouvais être si dure, dit Miki d'une voix blanche.

— Ne te fie pas aux apparences, Miki, murmure Marie-Michèle de sa voix légèrement chantante.

— Je retiendrai le conseil, dit Miki.

— Pour une fois, dit Pasqualine, Marie-Erna et Choupette vont peut-être trouver un terrain d'entente.

— Les hommes nous divisent, dit sombrement Miki, mais le malheur nous réunit.

— Qu'est-ce qui te prend? demande Pasqualine.

— Rien… Je dis ça comme ça.

— C'est quand même vrai, dit Pasqualine d'un ton rêveur.

Moment de tristesse chic dans la pièce.

– Salope, dit Choupette.

– Tout le monde a déjà roulé sur toi... T'es pire, Choupette, que le boulevard Jean-Jacques-Dessalines...

– Toi, Marie-Erna, tu es brûlée même pour le *Macaya Bar...*

– Salope jusqu'à la moelle.

On entend un long cri inhumain.

Visage étonné de Pasqualine.

– Même le malheur ne dure pas longtemps, dit Miki avec un demi-sourire.

Scène XXXV

Le dur désir de durer*

Derniers jeux.

M. S.-A.

— C'est pas que j'aie faim…, commence Marie-Flore.

— … Mais tu aimerais bien manger quelque chose, finit Miki.

— Tu l'as dit.

— Qu'est-ce qu'on mange alors? demande Choupette.

— Il y a un brunch à l'hôtel *Olofson*, répond Marie-Michèle.

— On reste ici aujourd'hui, décide Miki.

— Je veux des croissants de *Chez Peters*, fait Marie-Flore.

— Bonne idée, dit Choupette, on va y aller toutes.

— On prend un taxi, lance Marie-Erna.

— J'ai pas un sou, dit Miki.

— Tu rigoles, s'exclame Marie-Erna, personne ne compte payer le taxi.

---

* Oui, tu l'as trouvé, c'est bien de Valéry (un ami personnel, je profite de l'occasion pour le dire).

– Moi, je n'aime pas les combines, dit Miki.

– On revient, dit Choupette.

– D'accord, dit Miki.

Les filles sortent en se bousculant.

*

– Qu'est-ce que tu fais là ? Tu lis encore… T'as toujours la tête dans ton livre, alors que j'ai l'impression que tu sais beaucoup de choses. Beaucoup plus qu'on ne le croirait. Tu caches bien ton jeu. N'est-ce pas que j'ai raison ? dit Miki avec un sourire ambigu.

– Pourquoi tu dis ça, Miki ? Je ne sais rien…

– C'est ce que je vais voir…

Elle monte sur le divan avec ses souliers. Je me tasse près de la petite table. Elle me regarde (ses yeux de nuit) tout en retirant gracieusement chacune de ses chaussures qu'elle lance contre le mur.

Elle s'approche encore plus près pour m'enlever, avec une lenteur étudiée, ma chemise.

– Ta peau est si douce, me dit-elle.

Elle se baisse vers moi et commence à m'embrasser un peu partout. De petits baisers aigus. Je ris un peu nerveusement. Elle s'arrête, me regarde et sourit avant de prendre mon sein gauche dans sa bouche. Je ferme les yeux et la sens qui me tire vers le centre du divan. Sur le dos, les bras légèrement écartés, les yeux fermés, je suis à sa merci. Tout à elle. Elle se détache de moi, se lève et j'entends ses pas légers sur le plancher. Elle farfouille dans le coffre à disques. Elle revient avec *Grille ta cigarette,* des Shleu Shleu. La chambre baigne dans une pénombre douce de dimanche matin. Elle ne semble pas du tout pressée. Mes nerfs vont craquer. Elle fait glisser doucement mon pantalon. Je n'entends plus la musique. Je sens mon sexe dans sa bouche. Quelque chose de très doux va m'arriver. Elle s'arrête, juste au bord du précipice. Oh, cette exquise douleur! Je me mords les lèvres. Elle prend mon sexe de nouveau dans sa bouche. Je me redresse. Elle me recouche doucement en me caressant le torse. Je la sens qui se déshabille. Elle enlève son corsage et se couche sur moi. Ce corps tiède. Cette chair onctueuse. Elle me caresse avec ses seins. Je rebande. Elle se relève, se met dans la position assise et avale tout mon pénis avec son vagin. Elle fait de lents va-et-vient sur moi. Je serre les poings. Elle continue calmement. Je ne me contrôle plus. Je vais crier, mais parviens à me retenir à la dernière seconde. Soudain, elle s'assoit brutalement sur mes cuisses, s'empalant jusqu'à la garde. Un temps mort. Et elle se met à hurler. Un cri rauque qui part du vagin, lui traverse tout le corps, pour sortir par la bouche, le nez, les oreilles et les yeux. Le cri du corps tout entier. Le hurlement s'achève après d'interminables secondes. Le corps continue à tressauter. Je reste encore dur à l'intérieur d'elle. Nos respirations s'accouplent. Nous ne bougeons pas. Moment de tendresse. Joie pure. Je commence à m'assoupir quand soudain c'est reparti. Une légère contraction et elle se remet à crier, à déparler, à s'arracher les cheveux, à se griffer la poitrine, et toujours ce hurlement de bête blessée. Alors que je n'ai rien fait. Aucun geste. Tout se passe dans sa tête, semble-t-il. Je ne bouge toujours pas. Elle perd le souffle. Quel est le secret? Ne pas bouger! L'amour immobile.

— Laisse-moi un temps pour respirer, me dit-elle dans un souffle.

Mais je ne fais rien. Je ne bouge pas, je l'ai dit. Trop impressionné par cette chose mystérieuse. Elle me parle sans arrêt et je n'y entends goutte. Je ne comprends pas son sabir. Elle s'adresse à moi, les yeux révulsés. Je sens vaguement qu'elle commence à paniquer un peu devant l'ampleur de son propre délire. Sa langue devient lourde. Elle ouvre grands les yeux et me regarde sans me voir. Elle me fait des signes désespérés de la main. Que veut-elle me dire? D'arrêter. D'arrêter de faire quoi? Car je ne fais précisément rien. Pas le moindre mouvement. La machine à jouir s'est complètement détraquée. Elle veut peut-être de l'eau? La voilà qui touche légèrement sa bouche du bout de ses doigts. De l'eau? Non. Elle étouffe. Elle se prend par le cou et essaie de s'étrangler elle-même. Elle ouvre, finalement, ses mains et les regarde comme si elles lui étaient totalement étrangères. Elle serre les dents, refusant de crier. Elle ouvre et ferme ses mains de plus en plus vite. Tout son corps est ferme, dur, bandé comme un arc. De plus en plus ferme. De plus en plus dur. Jusqu'où peut-elle aller? Soudain tout craque. Et le cri part, cette fois aigu. Un cri de castrat. Interminable. Le corps semble vraiment se briser en morceaux. Et elle tombe sur ma poitrine. Et s'endort immédiatement. Je reste là, sans bouger. Toujours dur.

Dix minutes plus tard. Elle se réveille lentement, me regarde avec des yeux étonnés.

– Je n'ai jamais joui de ma vie comme ça… Qu'est-ce que t'as fait?

– Rien.

– Rien!?

– Rien.

Elle sourit.

– Tu es encore plus merveilleux que je ne l'imaginais… Sais-tu que tu es un vrai petit trésor? Tu m'apprends des choses sur moi-même… Et dire que tu étais toujours en face de moi, de l'autre côté de la rue. On va souvent chercher ailleurs ce qui est déjà à notre portée.

– Mais je n'ai rien fait…

– Chut!…

Elle me met un doigt sur la bouche.

Journal de Marie-Michèle

18

Pour une fois, je suis allée chez Steph. Pour une rare fois aussi, ma mère a téléphoné pour avoir de mes nouvelles. Elle a été un peu étonnée, mais heureuse de me trouver là.

— Tu es chez ton amie? me demande-t-elle.

— Bien sûr, ça a l'air de t'étonner?

— Pas du tout.

Elle semblait un peu gênée. Elle a voulu jouer à la maman qui s'inquiète et ça n'a pas marché. J'étais là, à l'heure dite et au lieu dit. Une fille sage, c'est ce que je suis jusqu'à preuve du contraire. Elle a bredouillé quelque chose comme « ne rentre pas trop tard » avant de raccrocher. Elle ne retéléphonera pas de sitôt. On était couchées par terre dans la chambre de Steph. Je sens quand même un lien avec cette fille que je connais depuis l'enfance. Je me souviens qu'enfant j'ai arraché un jour la tête de sa poupée. C'était dans un accès de rage. Je faisais, semble-t-il, de terribles crises durant mon enfance. Tout comme je pouvais aussi rester muette pendant des jours, ce qui rendait folle ma mère. Je pense à mon enfance depuis quelque temps, et cela m'angoisse un peu. Je peux être quelque part, dans un restaurant ou à la plage, quand brusquement me remonte à la mémoire un moment de mon enfance où je suis avec Steph ou une histoire amusante impliquant ma mère. J'essaie de briser le Cercle, mais il m'est difficile de me défaire de ces liens profonds. Peut-on effacer l'enfance? Tout cela me perturbe quelque peu. Suis-je à un moment charnière? Je sens qu'il me faut prendre une vraie décision. Je ne peux passer ma vie à toujours éviter de me rencontrer. Je dois rentrer à la maison ou partir pour de bon. Si je rentre dans le Cercle, il me faut accepter les règles et jouer le jeu jusqu'au bout. Mais si je pars, je ne veux aucune participation de mes parents dans ce voyage. Ce sera par mes propres moyens. Comme c'est étrange : une fille comme Choupette, afin de marquer son indépendance, doit gagner de l'argent pour aider ses parents. Moi, pour devenir adulte, il me faut fuir l'argent de mes parents. L'argent reste quand même au centre de l'affaire. Il faut qu'il se passe quelque chose, je sens un danger que je n'arrive pas à définir clairement. Pas un danger politique, comme pour ces jeunes qu'on jette en prison à tour de bras, plutôt un danger social. Il y a la prison sordide des tontons macoutes et celle, dorée, de ma caste. Les tontons macoutes n'osent même pas regarder les filles de Pétionville. D'abord, l'argent nous protège. Ensuite, mon aspect – j'ai une teinte assez olive que de longs et soyeux cheveux compensent – est mon passeport. Finalement, mon accent. Dès que je sens un danger quelconque – un tonton macoute qui s'approche trop près de moi –, je prends l'accent de ma caste : ce ton précipité et chantant. Et je ne m'exprime qu'en français dans ces cas-là. Je remarque depuis quelque temps que ces types armés profitent de la situation politique instable pour aborder cavalièrement les filles et, sous prétexte de rechercher des éléments subversifs, ils n'hésitent pas à vous faire une fouille en règle, là, sur le trottoir. Un tonton macoute doit réfléchir longuement avant d'aborder une jeune fille de Pétionville. S'il semble entreprenant, il faut tout de suite lui faire sentir qui vous êtes. En premier, sur le plan physique, lui faire comprendre que vous êtes cet objet précieux qu'il n'a pas l'habitude de toucher. Il doit se sentir tout gauche en face de vous. Ensuite, ne lui adresser la parole qu'en français pour le forcer à vous répondre dans cette langue qu'il maîtrise si peu. Et prendre le ton que vous utilisez pour vous adresser à un serviteur, sans forcer la note. Lui donner l'impression que vous lui faites une énorme faveur à simplement lui répondre. Il finira par partir avant que la foule ne commence à prendre de l'ampleur. Car une foule peut vous pousser à commettre un geste imprévisible, et on se retrouve pris dans un engrenage qu'on ne contrôle plus. Tout cela pour dire que je ne cours aucun danger dans ce pays. J'étais plongée dans ces réflexions – j'ai une imagination décidément trop fertile qui me joue parfois des tours – sans faire attention à Steph. Elle a l'habitude : je ne me suis jamais vraiment occupée d'elle. C'est ma mère qui voulait que je sois l'amie de la fille de sa meilleure amie – un petit cercle à l'intérieur du grand Cercle. Je sens de l'électricité dans l'air. Je me retourne. Steph, radieuse. Un sourire de cinq cents kilowatts.

— Ça va, Steph ?

Elle explose :

— Je flotte !

C'est vrai que je ne l'ai jamais vue ainsi auparavant.

— Philistin ?

— Je l'ai jeté.

— Comment ça ?

— C'est un imbécile. Il m'écrit des lettres passionnées. Je ne savais plus quoi faire de lui. En ce moment, Miche, je vois au moins cinq garçons.

— Ah bon…, fais-je. Qu'est-ce qui t'arrive ?

— Je ne couche qu'avec deux seulement, les trois autres, je les garde en réserve pour des périodes de disette.

— Et Philistin ?

— Jaloux. C'est un ringard. Je ne veux pas non plus d'un type dont tout le monde se moque. C'était mon sexe qui le voulait. Maintenant, c'est moi qui choisis. J'en ai un, Miche, tu ne peux savoir comme ses petites fesses rondes sont mignonnes, c'est un régal, ce garçon. Je ne sais pas ce qui m'arrive, ça doit se voir sur mon visage. Moi que personne ne remarquait jamais, j'arrive quelque part et instantanément toutes les têtes se tournent vers moi. Ils me veulent tous, Miche, jeunes ou vieux.

— C'est ton tour, Steph, et amuse-toi, dis-je avec une pointe de jalousie.

— T'inquiète pas pour moi, Miche, je m'amuse comme une folle, mais toi, je ne te sens pas, tu m'as l'air loin ces temps-ci. As-tu des problèmes ?

— Bon, je dois filer.

— Tu as rendez-vous avec ton photographe ?

— Oui, on va à Kyona Beach. Ils vont filmer là-bas, après on fera un pique-nique.

— Ah bon, il fait un film ?

— Non, il travaille sur un documentaire avec un cinéaste américain. Il est photographe de plateau. C'est un film sur la nouvelle musique haïtienne, tu sais, les mini-jazz, Shupa Shupa, Shleu Shleu, Tabou. C'est une scène de plage qu'ils tournent aujourd'hui. Il y aura plein de filles dans le coin. Je ne prends pas de risque. On n'est jamais seule dans une course. Tu sais, je ne me jette pas à son cou, mais je reste dans les parages. Je regarde, si je vois qu'il n'y a aucun danger, je veux dire pas de filles trop survoltées dans les environs, alors je m'approche doucement, je me fais voir, quoi ! Et je me retire un moment plus tard. Je fais toujours ainsi.

— Et ça marche ?

— Des fois oui, des fois non.

— C'est pas sûr alors ?

— Oui, parce que si c'est un type qui aime les agressives dans le genre de Choupette, alors je n'ai aucune chance. Dans ce cas, je laisse tomber.

— Et lui?

— Lui, il est *cool*. Il a l'habitude d'avoir des filles autour de lui, alors ça ne l'énerve pas trop. Moi, je reste en arrière comme je t'ai dit.

— C'est une question de rythme alors?

— Tout à fait, Steph, c'est une question de rythme. Tu commences à comprendre des choses, toi. Je ne sais pas ce que tu manges ces jours-ci…

— Plutôt ce que je bois… Du sperme frais. C'est bon pour la gorge. Mais je ne comprends pas tout, tu sais. Je ne comprends pas encore ton jeu, par exemple.

— Quel jeu?

— Es-tu amoureuse de ce photographe?

— Mais non…

— Alors pourquoi le poursuis-tu?

— Il n'y a pas que le sexe dans la vie, Steph. J'essaie de quitter le pays.

— Ah! Pour aller où?

— New York. Comme je veux travailler dans les médias, cela me prend des contacts.

— Mais tu n'es pas photographe, tu n'es pas cinéaste, tu n'as pas fait de journalisme, je ne vois pas comment tu pourrais y arriver…

— Écoute, Steph, j'ai quand même deux bons atouts: je parle cinq langues couramment et l'anglais sans accent – je peux imiter n'importe quel accent en anglais –, et je sais m'infiltrer dans un groupe.

— Et lui?

— Il va m'ouvrir des portes.

— Ta mère va te louer quelque chose à Manhattan?

— Je ne veux aucun sou de mes parents… Faut que je parte maintenant…

— Tiens-moi au courant, Miche, et ne va pas à New York sans me le dire, d'accord?

276

– D'accord.

Je ne sais pas ce qui m'a pris de lui faire ces confidences. Elle ne me trahira pas. Et c'est quand même la seule personne qui me connaît depuis l'enfance. Je me sens un peu soulagée de lui avoir parlé. Au moins, il y a quelqu'un qui sait que je pars.

SCÈNE XXXVI

Dans les draps de soie

Dernier lied.

M. S.-A.

Les filles sont de retour. Rires.

– T'as vu la tête du chauffeur de taxi quand Choupette l'a embrassé ? dit Marie-Erna.

– J'ai cru, dit Pasqualine, que les yeux allaient lui sortir de la tête.

– Tu l'as vraiment embrassé ? demande Miki.

– Je n'ai aucun préjugé, dit Choupette. J'embrasse qui je veux, quand je veux et où je veux. Et si je ne veux pas embrasser quelqu'un, tout l'or du Pérou n'y fera rien.

– Je suis comme ça, moi aussi, dit Marie-Erna.

– Toi, dit Choupette, un bon repas te ferait changer d'avis.

– Dans un restaurant de mon choix, tout de même, continue Marie-Erna.

Tout le monde éclate de rire.

– Je ne suis pas une pute, dit Marie-Erna, je refuse l'argent d'un homme.

– À d'autres, dit Choupette.

— C'est vrai, dit Marie-Erna, tu te souviens de ce type qui était plein aux as et qui voulait m'ouvrir un compte de banque...

— Oui, mais t'étais bête, dit Choupette, t'avais alors quinze ans...

— Ne m'insulte pas, dit Marie-Flore en rigolant, j'ai quinze ans...

— Et t'es bête aussi, continue Choupette.

— C'est très simple, dit Marie-Erna, je ne veux pas d'argent, mais je veux tout ce qu'on achète avec l'argent, tu comprends?

— Qu'est-ce que tu veux dire par là? demande Miki intriguée.

— Je veux dire que le type doit m'amener manger dans un bon restaurant, ensuite on ira nager dans la piscine de l'hôtel *Sans-Souci*, ensuite danser dans une luxueuse discothèque à Pétionville, et s'il veut me sauter, ce sera dans de beaux draps de soie, tu comprends maintenant, Miki...

— Tu coûtes cher, ma fille, dit Choupette.

— Si le type veut économiser, eh bien, qu'il sorte avec sa femme.

— OK, dit Miki, mais tu dois payer quelque part...

— Dans les draps de soie, dit Choupette en rigolant.

— Ce genre de réflexion ne te ressemble pas du tout, dit Marie-Erna. Je comprends ça venant d'une pisseuse comme Marie-Flore... Mais le sexe n'intéresse pas ces types, Miki, tu le sais et tu me fais marcher... Tu dois bien savoir que c'est la parade qui compte pour eux... Je ne peux pas te dire le nombre de types qui dorment après m'avoir à peine touchée. Ils me supplient de les laisser dormir... dans les draps de soie. Ils veulent tous être vus avec une jeune femme qui a l'air d'une tigresse. Comme ça, ils ont l'air d'en avoir, tu me comprends...

— Tout le monde sait ça, crache Choupette.

– Je parle pour Marie-Flore… Ce qui compte pour moi, c'est de vivre tout le temps sur un piédestal. Tous les jours. Celui qui vit comme un riche est un riche. C'est ma devise.

– Ils ne sont pas tous millionnaires, dit Marie-Michèle.

– Bien sûr, répond Marie-Erna du tac au tac, quand celui-là n'a plus un sou, on en trouve toujours un autre… C'est pas les hommes qui veulent dépenser qui manquent… D'ailleurs, c'est une faveur que je leur fais…

Marie-Erna fait le tour de la pièce en marchant comme une marquise et en s'éventant avec un éventail imaginaire…

– Il ne te restera rien à la fin, dit gravement Miki.

– Quelle fin? demande Marie-Erna.

– Quand tu ne seras plus jeune, Marie-Erna.

– Je ne suis pas philosophe à ce point-là, Miki. On verra en temps et lieu…

– Moi, dit Miki, je pensais comme toi avant de rencontrer Max.

– Non, dit Marie-Erna, c'est pas pareil, toi, t'as eu le gros lot, un homme beau, sexy, qui sûrement te baise bien, riche et qui n'est jamais là… Tout le monde n'a pas ta chance, tu dois penser à ça aussi.

– Si j'étais toi, Miki, dit Choupette en riant, je me paierais même le luxe d'être fidèle.

– Eh bien, dit Miki en souriant, je n'ai pas les moyens de me payer ce luxe.

Les filles éclatent de rire.

– J'avais peur que tu dises le contraire, déclare Choupette entre deux éclats de rire. Moi, je prends tout: l'argent, les cadeaux, les bons restaurants, la piscine des grands hôtels, les robes, les bijoux, je prends tout, même ce qu'on ne m'a pas donné… Tu comprends, je n'ai rien à foutre des hommes… Je les pille, un point c'est tout. Je pille les beaux, ce sont les plus faciles d'ailleurs, les laids savent négocier, ils n'ont pas été gâtés par la vie, mais j'arrive à les piller aussi, je pille les grands, les petits, les riches, les pauvres, les handicapés, les gentils, les tortionnaires, je leur demande une seule chose, d'être un homme... Ils ne peuvent pas me haïr autant que je les déteste. JE SUIS UNE PILLARDE.

— Pourquoi tu les détestes tant? demande Marie-Michèle sur un ton presque effrayé.

— Et toi, tu les aimes?

— Oui... Non... Je ne sais pas.

— Je leur en veux pour tout ce qu'ils ont fait subir à ma mère. Ma mère était une sainte et ils lui en ont fait baver toute sa vie... Tu comprends ça, Marie-Michèle... J'ai toujours vu ma mère en train d'attendre un homme qui ne venait pas... Elle leur a tout donné, tout ce qu'elle avait... Eh bien, je veux tout reprendre et avec les intérêts... Sans manquer un sou ni une tendresse... Sur trente ans...

— Tous les hommes ne sont pas comme tu dis...

— Qu'est-ce que j'en ai à foutre?... Ils auraient dû faire attention, les salauds, ils auraient dû regarder un peu avant d'écraser cette pauvre femme comme une limace... Ma mère était une sainte... Elle n'a jamais pensé à faire ou fait du mal à personne... Une véritable sainte... (Elle pleure.) Et même quand ils lui ont piétiné le visage, elle a continué à les défendre, à les aimer, à les adorer... Ma mère adorait les hommes. Ils étaient des dieux pour elle. Et ils la prenaient à coups de pied dans le derrière, et elle continuait à les aimer... Je me dis que s'ils ne sont pas capables de comprendre ça, l'amour, c'est parce que ce sont des animaux, alors je les traite comme des bêtes...

— Je ne savais pas que tu étais si romantique, Choupette, dit Marie-Michèle d'une voix presque cassée.

— Va te faire enculer, toi!

Quel mal y a-t-il à essayer ton étalon, Pasqualine ?

Derniers feux.

M. S.-A.

Je n'ai pas une minute de répit, aujourd'hui. Moi qui pensais passer un dimanche calme à lire Saint-Aude. Je n'ai même pas eu le temps de penser à mon drame personnel. Alors que mes couilles sont en grand danger, et je ne blague pas. Les marsouins doivent me rechercher activement, remontant la piste avec fièvre et précision. Ils doivent savoir maintenant tout ce qui s'est passé depuis vendredi dernier. Depuis le moment où j'ai quitté la maison avec Gégé. Ils doivent savoir qu'on s'est arrêtés près du stade et qu'on a discuté avec des revendeurs de billets, qu'on est descendus ensuite vers le Portail en passant par le *Cinéma Olympia* où on est restés dix minutes à regarder un western, le type du guichet leur a sûrement déjà dit qu'on avait des têtes de tueurs et qu'on était dangereux et tout. Et Sylvana leur a bien expliqué qu'elle a refusé de baiser avec moi parce qu'elle sentait que je n'étais pas un type réglo, et aussi le type en costume blanc sale a dû leur dire que j'ai essayé de le convaincre de participer à un complot pour tuer le président ; et surtout la pute maigre qui était assise près du marsouin a dû expliquer que je passais tout mon temps à provoquer le marsouin qui buvait tranquillement un verre de lait (les marsouins ne boivent jamais d'alcool, ha! ha!) à côté d'elle. C'est donc un complot. Un complot avec des ramifications profondes et nombreuses dont le but ultime n'est rien de moins que l'assassinat du président de la république. Ce qui veut dire que j'ai des complices un peu partout dans le pays et aussi à l'étranger.

« Et surtout à l'étranger, dit le chef des marsouins en regardant en direction de Cuba. Si Castro veut la guerre (une guerre verbale tout de même), eh bien, ajoute fermement le chef, il l'aura. En attendant, il nous faut retrouver coûte que coûte le type qui sème la terreur dans le pays depuis vendredi dernier. »

C'est vrai que, depuis deux jours, ma vie roule à la vitesse de la lumière (trois cent mille kilomètres par seconde).

Et tout ça (être recherché par tous les marsouins du pays) n'est rien à côté du fait que je me retrouve prisonnier dans une minuscule pièce avec six filles déchaînées autour de moi. Celui qui s'occupe de moi là-haut, je veux dire mon ange gardien personnel, n'a sûrement pas pris de congé ce week-end.

— Où est Marie-Michèle? demande brusquement Miki qui vient de rentrer avec des croissants, du fromage, du jambon, des saucissons et des pâtés de morue dans un grand panier d'osier.

Choupette et Marie-Erna apportent la boisson.

— Où est Marie-Michèle? me redemande Miki, voyant que j'étais perdu dans mes pensées.

— Elle est allée se changer chez elle, que je balbutie.

— La menteuse! s'exclame Choupette. Elle est sûrement à ce rendez-vous avec son photographe... De toute façon, on saura tout avant même qu'elle ne quitte son rendez-vous... Pourquoi doit-elle mentir tout le temps? C'est une maladie.

— Elle ne veut pas accepter le fait qu'on ait des yeux partout, répond nonchalamment Marie-Erna.

— J'ai faim, dit Marie-Flore.

— Qu'est-ce qu'elle a à toujours avoir faim? s'étonne Pasqualine.

— T'es aveugle, dit Marie-Erna, tu ne vois pas qu'elle est enceinte!

— T'es folle! crache Marie-Flore. De qui voudrais-tu que je sois enceinte?

— De Frank, peut-être? lance Choupette.

— Qu'est-ce que tu veux dire? demande Pasqualine avec un brin d'inquiétude dans la voix.

Pasqualine n'a pas besoin de Frank, mais c'est son homme (proverbe turc).

— Tu ne vois pas qu'elle ne répond pas? dit Marie-Erna sur un ton presque joyeux.

— Sale petite morveuse! lance Pasqualine avec des éclairs dans les yeux.

Pasqualine se jette sur Marie-Flore pour la prendre par les cheveux. Une habitude de la maison.

— Arrête, Pasqua, dit Miki, tu ne tiens d'ailleurs pas tant à Frank.

— Je sais, dit Pasqualine, mais je n'aime pas qu'on s'amuse dans mon dos.

— Peut-être qu'il l'a violée, on ne sait rien, suggère Miki.

— Les hommes sont des salauds, ça, c'est sûr, et on ne reviendra pas là-dessus, dit Marie-Erna, mais celui qui violerait Marie-Flore n'est pas encore né... Ce ne serait pas plutôt le contraire?

— Hier soir, dit Marie-Flore pour se défendre, Papa a essayé de me violer, moi aussi.

Choupette se tourne brusquement vers Marie-Flore. Miki s'interpose de nouveau. Les filles ont un grand sens de la propriété privée.

— Dès qu'il y a un viol, Marie-Flore, on peut être sûr de te retrouver dans les parages, n'est-ce pas ma chère ? persifle Marie-Erna.

— C'est vrai, tu peux le lui demander, dit Marie-Flore en me pointant du doigt.

Tout le monde se tourne vers moi.

— J'étais au salon et ça se passait dans la chambre, dis-je.

— Est-ce que je ne criais pas ? me demande Marie-Flore.

— Oui, dis-je, c'est vrai, tu criais.

— Moi aussi, dit Choupette, je crie quand Papa essaie de me le mettre, mais, semble-t-il, c'est pas pour les mêmes raisons que Marie-Flore.

— Est-ce que je ne suis pas venue tout de suite au salon ? insiste Marie-Flore.

— Après un temps, dis-je.

— Après un temps, répète Choupette en secouant la tête d'un air entendu.

— Et qu'est-ce que j'ai dit ?

— Je ne sais pas, dis-je pour me dérober.

— Tu dois répondre. Qu'est-ce que j'ai dit ? hurle Marie-Flore.

— J'ai oublié.

— Merde, tu réponds ou je te gifle.

— Tu as dit que tu voulais voir jusqu'où il pouvait aller.

Un cri. Celui de Marie-Flore. On l'a sauvée de justesse des griffes de Choupette.

— Et avec Frank, comment ça s'est passé ? Tu vas parler, dit Pasqualine, maintenant que tu as commencé...

— Laisse-la, dit Miki.

— Non, dit Marie-Erna, cette petite salope doit parler... Qu'est-ce qui s'est passé avec Frank ?

— C'était encore ici ? demande Miki.

— Non, dit Marie-Flore, c'était chez Marie-Erna.

— Chez moi! s'exclame Marie-Erna en éclatant de rire (et de pleurer en même temps)… C'était quand?

— Il y a trois mois, dit Marie-Flore.

— Et puis? demande Pasqualine.

— Vous étiez au *Lambi Club*. J'étais passée chercher un peigne.

— Et Frank? demande Marie-Erna, qu'est-ce qu'il faisait chez moi?

Et elle se remet à rire et à pleurer.

— Il n'était pas là. Je t'attendais. Et il est arrivé. Il cherchait Pasqualine partout, paraît-il.

— Et tu lui as sauté dessus? lance Marie-Erna en se tenant le ventre.

— Non, répond simplement Marie-Flore. Il est entré dans la maison en coup de vent. Il cherchait Pasqualine. Il était furieux. Je lui ai dit que Pasqualine n'était pas là, qu'elle était sortie avec les autres. Il a frappé sa tête contre le mur. Il a soupiré longuement. Et quand il s'est levé pour partir, je lui ai offert un verre d'eau.

— La salope! Elle a choisi le bon moment, dit Marie-Erna.

— Je l'ai laissé au salon, continue Marie-Flore, et je suis allée à la salle de bains. À un moment, j'ai entendu la porte claquer. J'ai pensé qu'il était parti, alors qu'il était déjà dans mon dos. J'allais me retourner quand il m'a prise par la nuque. J'ai essayé de me dégager. Il a commencé à me caresser les seins. Je suis très sensible aux seins. J'ai essayé de le frapper avec mes pieds et mes coudes. Il me tenait fermement par la taille.

— C'est vrai qu'il est fort, laisse tomber Pasqualine.

— Il me caressait les cuisses. Je me débattais. Il me tenait d'une seule main et de l'autre, il essayait d'enlever ma culotte.

— Il a réussi? demande doucement Marie-Erna.

Marie-Flore baisse la tête.

— Qu'est-ce qui s'est passé après?

— Il m'a ouvert les jambes comme si j'étais une poupée. J'avais peur. Je l'ai laissé faire en faisant semblant de me débattre.

— Comme je te comprends, ma chère, ironise Choupette.

— La seule chose sensée que tu as faite depuis le début de cette histoire, dit une Marie-Erna hilare.

— Vous ne pouvez pas être sérieuses un moment! dit Miki. Elle raconte un viol…

— Oui, dit Marie-Erna, mais je me demande simplement qui viole qui…

— J'ai pensé que, étant très excité, il allait jouir très vite, continue, imperturbable, Marie-Flore.

— Quelle sagesse chez une fille de quinze ans à peine! dit Choupette.

— Ciel! dit Marie-Erna, elle peut m'apprendre des choses… Je n'arrive pas à croire que ça s'est passé chez moi… Je ne suis jamais là au bon moment.

— Alors? demande Miki.

Marie-Flore se concentre un moment.

— Tu ne vas pas nous faire saliver pour rien, dit Choupette.

— On ne t'a écoutée que pour arriver à ce moment-là, tu sais, ajoute sadiquement Marie-Erna.

Marie-Flore prend une longue respiration.

— Il s'est calmé brusquement et il a commencé à me caresser…

— Encore? s'étonne Choupette avec un petit sourire au coin des lèvres.

— Disons à me caresser le clitoris, jette froidement Marie-Flore.

— Ouille, ouille, ouille, ouille…, ouille, fait Marie-Erna en dansant frénétiquement sur place.

— Continue, dit Pasqualine, qui ne laisse paraître aucune émotion.

— Il m'a pénétrée doucement et je ne sais pas pourquoi je me suis mise à crier sans plus m'arrêter... Je pensais qu'il allait me pénétrer avec force et que ça me ferait mal...

— Il t'a surprise? dit Miki.

Marie-Flore fait oui de la tête.

— Et tu as joui? demande Pasqualine en gardant un ton grave et digne.

— Je n'ai pas arrêté de jouir. C'est parce qu'il faisait ça si lentement. Je le poussais à aller plus vite chaque fois que je jouissais, mais il n'a jamais augmenté le rythme, et ça me faisait jouir encore plus...

— Et il est si fort..., dit rêveusement Choupette.

— Comment sais-tu cela? demande Pasqualine.

Choupette reste, un moment, interloquée.

— Merde, lâche-t-elle, quel mal y a-t-il à essayer ton étalon, Pasqualine?

Une minute suspendue. Concentration massive. Le visage terrible de Pasqualine. Aucun mouvement. Pur marbre.

— C'est vrai, finit par dire Pasqualine. Il n'y a aucun mal à baiser ce type... Je m'en fous complètement de ce qui peut lui arriver.

— Merde, si c'est comme ça, dit Marie-Erna, eh bien, moi aussi, je l'ai eu.

— Tu l'as eu ou il t'a eue? demande Miki avec un sourire.

Marie-Erna fait semblant de réfléchir un moment.

— Je crois que je l'ai eu.

— Je demande ça, dit Miki avec le même sourire, parce que, dans mon cas, c'est lui qui m'a eue.

Tout le monde se met à rire. Et Marie-Erna à rire et à pleurer. Il va pleuvoir. Le pique-nique de Marie-Michèle n'aura pas lieu, c'est sûr. C'est toujours romantique, un dimanche pluvieux.

Journal de Marie-Michèle

19

J'ai tout appris durant cette dernière année. La seule chose que je n'ai pas su apprivoiser, c'est Miki. Miki m'affole. Près d'elle, je n'arrive pas à penser. Ma tête tourne à vide. Mes mains sont glacées. Je respire difficilement. Je m'étonne de voir les gens s'adresser naturellement à Miki, comme s'il s'agissait d'un être ordinaire. La voir marcher, l'entendre parler ou rire, la regarder manger, c'est chaque fois un événement pour moi. Son éclat m'aveugle. La texture de sa peau, sa démarche, sa voix, tout, tout, tout est parfait chez elle. Je suis d'autant plus perdue que je ne sais même pas comment nommer le sentiment que j'éprouve pour elle. Laclos n'en parle pas dans son livre. Laclos nous apprend à posséder les êtres, pas à nous donner. C'est un sable mouvant. On s'enfonce plus profondément à essayer de se dégager. On s'enfonce lentement, irrémédiablement. Et personne ne peut vous sortir de là. C'est le temps qui vous ronge. Au début, j'avais espoir qu'un jour Miki se tournerait et me verrait. Je regarde Miki, et Miki regarde Pasqualine. Mais Pasqualine ne regarde qu'elle-même. C'est quand Miki est absente que j'arrive à m'intéresser à ce qui se passe autour de moi. Quand elle est là, je vois tout trouble, comme si j'étais constamment ivre. Je suis prête à tout risquer pour respirer le même air qu'elle, tout en m'arrangeant pour qu'elle ne s'aperçoive de rien. Et dans mon lit, juste avant de m'endormir, je repasse dans ma tête le fil des événements, séquence par séquence. Je reprends un à un les gros plans de son visage, et cela dans tous les états possibles : fatigué, soucieux, heureux ou simplement triste. Je monte du même coup le volume de sa voix pour qu'elle m'emplisse la tête. Je ne me vois jamais en train de l'embrasser. Je ne pourrais pas. Est-ce qu'on essaie d'embrasser le crépuscule ou la lune quand elle est pleine ? C'est trop vaste. Ma bouche est si minuscule, mon corps, trop petit. Elle m'aurait aspirée. Déjà qu'à simplement la voir j'ai l'impression d'être au milieu des flammes. L'air brûlant. Cette odeur de cendre collée à ma peau. Ma bouche devient sèche. Si je m'approche trop près d'elle, je sens un filet de sang me couler du nez. Miki est un incendie qu'on tente d'éteindre avec de la gazoline. Une fois, il y a longtemps… Je dois tout de suite préciser que le temps auprès de Miki n'est pas un temps linéaire. Il ne va pas de A à Z. Il ne suit pas une ligne dans l'espace. Il s'inscrit plutôt dans l'émotion. C'est le temps que cela prend pour passer de l'agonie – la seule fois que Miki m'a engueulée – à la joie extatique – quand elle est venue s'excuser après m'avoir engueulée. Choupette lui avait fait croire que c'était moi qui avais pris sa broche alors que c'était elle. Qu'y a-t-il entre cette souffrance sans nom et cette joie sans borne ? Le vide. Un moment sans espace ni temps. La preuve : je ne pouvais pas dire où j'étais ni quelle heure il était quand ça s'est passé. J'avais été désintégrée. Comme c'est le fait de mon existence qui détermine le temps et l'espace, alors l'univers avait disparu entre cette peine profonde et cette joie exaltante. Il y a longtemps ou c'était peut-être hier, je suis passée chez Miki, un midi, croyant trouver toute l'équipe en train de faire la sieste. Personne. La maison, vide. Je suis allée dans la petite chambre du fond. Sur le grand lit qui remplit la pièce, Miki était couchée tout habillée. Elle portait des chaussures bleues. Miki dormait. Je suis restée un moment à la regarder, tétanisée par tant de beauté. Oh, Seigneur! Je la veux. Je veux cette grande poupée. Je n'avais jamais remarqué qu'elle avait de si longs cils. Ses épaules. Comment me détacher de ça? Le pourrai-je? J'avais peur qu'elle se réveille et me trouve en train de la contempler. Mieux: de l'admirer. Je pleurais à l'idée d'avoir à prendre la décision de quitter la chambre, de sortir du champ de Miki. J'ai trouvé: Miki est une œuvre d'art. On peut aimer une œuvre d'art sans vouloir la posséder. Entendons-nous, ce n'est pas un genre de beauté traditionnelle, c'est l'énergie qui s'en dégage qui me trouble si fortement. Au début, je lui en voulais de m'avoir mise dans cette situation de dépendance. Aujourd'hui, je me réjouis d'avoir connu un pareil séisme. Pour celles qui n'ont jamais croisé le cavalier sans visage et sans voix, c'est une expérience unique dans une vie. Je parle comme une vieille dame revenue de tout. Tous les prétextes sont bons pour parler de Miki. J'étire le moment au risque de radoter. Il me suffit de dire Miki, Miki, Miki, Miki, Miki. Toujours Miki. Je vais disparaître. Me voilà disparue.

Lundi matin

Aux exploits du poète las.

M. S.-A.

Miki m'a réveillé avec une tasse de café fumant.

— Quelle heure est-il ? je demande.

— Sept heures.

Miki est déjà habillée. Je ne vois que ses ongles et sa bouche. Rouges. La maison est vide. On l'a nettoyée, tôt ce matin, pendant que je dormais. Tout est propre et en ordre.

— Faut que tu te lèves, me dit Miki d'une voix amicale.

— Bien sûr, dis-je, pas trop content à l'idée de quitter ce divan pour la mare aux marsouins.

— Max passe me prendre tout à l'heure…, insiste Miki.

— Je comprends, dis-je tout bas.

— Je lui expliquerai ton cas.

Max, c'est son homme.

Je m'assois sur le divan pour boire mon café. Un peu amer. Et aussi pas assez noir. Je bois ce café uniquement pour faire plaisir à Miki. Elle me regarde calmement. Miki n'est jamais pressée. Je n'ai pas l'impression d'être mis à la porte. Elle voit le livre de Saint-Aude à moitié caché sous l'oreiller.

— Tu aimes ce livre? me demande-t-elle sans me regarder.

— C'est très fort (pas comme son café, je pense).

— Ah bon... Je ne l'ai pas ouvert. C'est un type qui l'a laissé ici. Il était fou de Pasqualine, mais ça n'a pas marché. Je n'ai plus revu le type.

— Tu n'as jamais lu Saint-Aude?

— Pas le temps... Peut-être un jour... Pour être honnête, je n'aime pas lire.

Je commence à réciter quelques vers. C'est difficile de lire la poésie pour quelqu'un d'autre. C'est un acte si intime. Miki m'écoute en souriant. Je me trouve ridicule.

— C'est chouette, dit-elle simplement.

C'est chouette. Elle trouve Saint-Aude chouette. Je suis abasourdi. Peut-être que Saint-Aude aimerait bien qu'on dise de sa poésie qu'elle est chouette.

— Eh bien, garde le livre si tu l'aimes tant.

J'ai envie de refuser son cadeau. J'ai l'impression que celui qui a lu Saint-Aude une fois ne pourra jamais s'en défaire. Et je n'ai pas envie de devenir le lecteur d'un seul poète. C'est joli ça : JE SUIS LE LECTEUR D'UN SEUL POÈTE.

— Je vais attendre dehors, dit-elle.

Tout était fini. Elle avait écouté ce poème et l'avait trouvé chouette. Aussi, elle m'a donné le livre. C'est un type qui l'avait oublié chez elle. Qui? Elle ne pouvait même pas me le dire. Miki vit dans le présent. J'aimerais être comme elle. Moi, si j'aime un poème, il me faut le lire et le relire jusqu'à en avoir la nausée. Pas Miki. Le passé pour elle, c'était il y a dix minutes. Elle attend Max dehors. Elle va lui raconter mon histoire, essayer de le convaincre de m'aider. Elle ne me promet rien. Elle va essayer. Je m'habille sans prendre de douche. Pas le temps. Faut pas que Max me trouve dans la maison. Je fais tout ce que j'ai à faire rapidement. La gorge un peu serrée. Je dois partir aujourd'hui, coûte que coûte. Je connais cette maison par cœur maintenant. Chaque centimètre. Chaque grain de poussière. Chaque objet. Je connais aussi chaque sous-vêtement dans cette maison. Si Max refuse de m'aider, je ne sais pas ce que je ferai. Peut-être qu'aujourd'hui est mon dernier jour sur cette terre. Je vois les marsouins. Ils arrivent. Ils encerclent la maison. Ils en veulent à ma peau. Je me touche pour voir si je suis encore entier. Ils vont m'avoir. Ce n'est qu'une question de temps. Le compte à rebours. Déjà. Depuis quand? Les voilà. Je me couche à plat ventre. J'essaie de ramper jusqu'à la fenêtre. Je me redresse doucement. Pourquoi cette panique maintenant? Je suis en sueur. Qu'est-ce qui m'arrive? Je dois me calmer. J'essaie. Mes mains tremblent. Je risque un œil. Où sont-ils? Où se cachent-ils? Miki est debout sur le trottoir. Elle se retourne et me fait un signe de la main. Elle essaie peut-être de m'avertir d'un danger. Peut-être aussi qu'elle est de mèche avec eux. Là, j'exagère parce que, si c'était le cas, je serais depuis longtemps à Fort Dimanche. Juste penser que je délire me rassure. J'essaie de garder la tête froide. Une femme passe dans mon champ de vision avec un seau d'eau sur la tête. Est-ce que je vois autre chose que ce qui est? La mère d'Alta sort de la boutique avec un plateau de biscuits. Un chien hurle à la mort. Un autre lui répond. C'est la nuit ou le jour? Je connais les bruits de la ville, le matin. Quelques élèves passent. Ceux qui vont à Carrefour. Ils doivent prendre un tap-tap au Portail Léogâne. Qui est ce type qui descend la rue, les mains dans les poches, un cahier coincé sous l'aisselle droite? Gégé! Qu'est-ce qu'il fait là? Mais il est vraiment fou! Il marche calmement comme s'il ne devait rien à personne, alors qu'il est recherché par tous les marsouins du pays. Il est là, sur le trottoir, comme chaque matin de classe. Il m'attend tranquillement. Il ne peut pas entrer chez moi. Tante Raymonde le déteste. Pourquoi fait-il ça? Je ne comprends pas. Il n'a peur de rien. Il est bête, Gégé. Faut croire qu'il n'a rien dans le crâne. Il s'appuie contre le mur, ouvre son cahier et fait semblant d'étudier. Sa bouche semble marmonner une leçon. Ce chenapan est sûrement en train de regarder des cartes postales cochonnes. J'entends le bruit d'une voiture. Je connais le son des moteurs de toutes les voitures qui passent dans cette rue entre six heures et sept heures trente du matin. Je ne reconnais pas le bruit de cette voiture. Je me cache un peu mieux. La voiture ralentit. Elle s'arrête devant la maison. Gégé relève la tête. Miki ne bouge pas. Je reste figé. Gégé va-t-il se décider à courir ? Il continue à faire semblant de lire. Je commence à trembler. Pour Gégé surtout. Finalement, Miki se déplace (au ralenti) vers la voiture noire. Oh, je viens de tout comprendre. Miki est de mèche avec Gégé. On est venu me cueillir. Gégé m'a vendu. Le traître ! Qu'est-ce que je fais ? Je n'arrive pas à soulever mon pied droit. Mais où aller ? Ils encerclent la maison. Les voilà dans la cour. Les marsouins sont là. En regardant bien, Gégé a le visage un peu tuméfié. Pourquoi ce détail m'a-t-il échappé il y a une minute ? Ils l'ont donc pris hier soir et ont dû le frapper durement pour le convaincre de trahir un ami. Miki monte dans la voiture. Elle discute avec le type au volant. La voiture démarre, finalement. Miki se retourne et me fait un signe de la main. Un adieu. Elle me dit peut-être de filer. J'ai toujours le pied lourd et la tête vide. Je vais peut-être mourir dans un instant, mais avant je veux regarder Gégé droit dans les yeux. Je veux voir mon traître en face. Ma mère vient de sortir. Elle remarque Gégé. Tante Raymonde, qui a suivi ma mère, pousse un cri avant de sauter à la gorge de Gégé. Gégé ne fait rien pour se défendre. Tante Raymonde le bouscule. Il ouvre les bras pour dire qu'il ne sait rien. Ma mère et tante Raymonde rentrent. Gégé reste là, toujours appuyé contre le mur. Je décide de faire une bêtise. Je sors dans la rue. J'ai laissé la porte ouverte derrière moi. Je marche droit vers Gégé.

— Qu'est-ce que tu fais là, Gégé?

— Et toi? Tu ne vas pas à l'école? Ta mère vient de me dire que tu n'es pas rentré depuis vendredi.

— Les marsouins, Gégé.

— Quels marsouins?

— Ils nous cherchent.

— De quoi tu parles?

Je deviens fou. Gégé me tient fermement par le bras.

— Arrête, Fanfan… Qu'est-ce que t'as?

— Mais Gégé, les marsouins nous cherchent depuis que t'as coupé les couilles à ce marsouin, au *Macaya Bar*, vendredi dernier.

— Quoi? Tu es fou! Tu es vraiment fou, toi! C'est une blague que je fais à tout le monde… Je pensais te l'avoir déjà faite…

Je reste hébété. Gégé sort un truc de sa poche. Maintenant je peux le voir en plein jour. C'est un objet grossièrement fait en bois d'acajou. Deux testicules bien ronds. Le doigt de Gégé s'introduit dans une fente et fait une pression sur un petit ressort. Aussitôt le sang jaillit et lui remplit les mains. De l'encre rouge sûrement volée dans le bureau du directeur auquel il a accès quand il veut (son incroyable trousseau de clés). C'était ça! Gégé essuie ses mains sur l'herbe. Cette encre ne tache même pas. Gégé me secoue.

— Va te préparer. Je t'attends.

*

Tante Raymonde sort de la maison. Je suis fait. Gégé a eu le temps de se cacher. Naturellement, il l'a vue avant moi.

— Ah! te voilà, petit chenapan (c'est ainsi qu'elle m'appelle depuis que je suis bébé)… Tu as fait la noce…

Ma mère et toutes mes tantes viennent m'accueillir. Ma mère me donne une taloche derrière la tête quand je passe près d'elle. Je trébuche.

— Ne le frappe pas, Marie, dit tante Raymonde, ne le frappe surtout pas.

— Qu'est-ce que je suis supposée faire ? demande ma mère en sanglotant.

— C'est vrai, dit tante Gilberte, il ne faut pas le frapper. Il est revenu. C'est l'essentiel.

— Tu sais que tu as failli nous tuer toutes.

— Tout est de notre faute, dit tante Renée en frappant sa bible avec la paume de sa main. Je le répète toujours, nous ne prions pas assez…

— Ce qui s'est passé, c'est tout à fait normal, dit tante Gilberte, c'est le contraire qui serait…

— Ça suffit, Gilberte, dit tante Raymonde.

— Qu'est-ce qu'on fait de lui ? dit ma mère complètement dépassée par les événements.

— Rien. Je te l'ai déjà dit, Marie, rien… Tu comprends : rien. Il nous faut simplement serrer les dents… Il est revenu et c'est l'essentiel.

— Gloire à l'Éternel, hurle de nouveau tante Renée.

— Gloire au plus haut des cieux…

— Il va être en retard, dit tante Gilberte, la première à reprendre ses esprits.

— Il n'aura pas le temps de prendre une douche, s'inquiète ma mère.

— Il n'a pas à prendre de douche, dit tante Gilberte en riant.

Ma mère lui jette un regard cinglant. Pour ma mère, la douche est sacrée. J'ai une opinion totalement opposée là-dessus.

— Va t'habiller, lance tante Ninine, qui a l'air encore endormie.

Je grimpe l'escalier et retrouve ma chambre. C'est la décompression. Je me mets à trembler de la tête aux pieds. Mes dents claquent. J'ai peur, mais cette fois, je ne sais pas pourquoi. Crise de nerfs. Je jette tout par terre. Je suis en nage. Je continue le carnage. Même la photo de mon père n'y échappe pas. Je déchire mes chemisettes. Ma mère me fait porter des chemisettes depuis ma plus tendre enfance parce que, dit-elle, j'ai les poumons fragiles. J'arrache le scapulaire de mon cou. Je suis en rage. Rien ne résiste à ma fureur de tout détruire. Elles doivent m'entendre en bas, mais n'osent pas monter. Qu'elles montent et je ne réponds plus de moi. Qu'est-ce qu'il y a encore? Je ramasse un crayon par terre et je le casse en deux. D'un coup sec.

Gégé s'en va. Il ne m'attend plus. Son dos raide s'éloigne. Vu d'en haut, il paraît tout frêle. Je le regarde jusqu'à ce qu'il tourne au coin de la rue.

Un homme est sorti de sa maison avec un petit poste de radio sous le bras. Il chuchote quelque chose à l'oreille de cette femme qui se signe instinctivement avant de rentrer chez elle. Le bruit de pas précipités de ma mère dans l'escalier. Chuchotements. Cris étouffés. La nouvelle est maintenant officielle: François Duvalier vient de mourir.

— Gloire à l'Éternel, dit tante Renée.

Scène XXXIX

Juste traverser la rue peut vous changer la vie

Je suis ici pour cinq.

M. S.-A.

Je suis appuyé contre la fenêtre de ma chambre. Je regarde en face, chez Miki. Je m'imagine là-bas, ombre derrière la fenêtre de Miki. J'étais là-bas, il y a à peine une heure. Je suis maintenant ici. J'étais ici, il y a trois jours, juste avant d'aller retrouver Gégé en enfer. Vendredi dernier. J'ai passé le week-end au paradis. Le chant des sirènes. Et me voilà ici. Aujourd'hui lundi. Entre-temps, j'étais là-bas. Je viens de vous le dire. Juste en face. Si loin.

FIN

Coda

La dernière soirée avec tante Raymonde

J'ai reçu un coup de téléphone, vers trois heures de l'après-midi, me disant que tante Raymonde est à l'hôpital. Pas surprenant, elle travaille à l'hôpital Jackson de Miami. Je n'ai pas reconnu tout de suite la voix toujours douce de tante Ninine. C'était plutôt une voix rauque que j'avais au bout du fil. Visiblement, cette voix voulait me faire comprendre quelque chose, quelque chose qu'elle n'osait pas formuler.

– Qu'est-ce qu'elle a ? je fais.

– Elle est en oncologie.

– Je viens.

Je me suis vite habillé pour descendre à l'hôpital. Un temps fou pour trouver un endroit où garer la voiture. On fait face à la mort (la sienne ou celle d'un proche), et cela n'empêche pas pour autant les myriades de détails de la vie quotidienne de se déverser sur nous. Maintenant, il faut attendre ce vieil ascenseur incroyablement lent (il y a un autre ascenseur plus rapide à côté pour les urgences), et quand il arrive, on doit laisser passer cette famille nombreuse et endimanchée qui vient voir un grand-parent peut-être. Finalement, je prends les escaliers pour arriver en sueur au sixième étage. Elle est couchée, la tête relevée par deux oreillers mous. Ses bras reliés à des machines qui clignotent étrangement. Son éternel sourire moqueur, sans être agressif, au coin des lèvres. Bien habillée et lourdement maquillée. « Ce n'est pas une prison ici, c'est un hôpital. Et ne croyez surtout pas qu'il n'y a que des malades dans un hôpital. Faut pas oublier ceux qui viennent les visiter.» C'est sa plaisanterie favorite. Tante Raymonde se cherche toujours un fiancé, alors ce n'est pas ici qu'elle va baisser la garde. Ma mère m'a toujours dit qu'elle était ainsi. Même en plein accouchement (au moment précis de pousser l'enfant au monde), elle n'avait pas perdu, semble-t-il, la maîtrise d'elle-même. Elle déteste l'anesthésie qui lui fait perdre cette présence au monde. C'est vraiment une femme forte qui se flatte de mener sa vie comme elle l'entend. Et ce sourire blindé, aujourd'hui, c'est pour éliminer toute pitié que son cas pourrait susciter.

— Tu as eu peur que j'enlève ton nom de mon testament, c'est pour cela que tu es venu si vite?

— Mais non, tante Raymonde, c'est déjà réglé, ça. Le papier que je t'ai fait signer dernièrement, qu'est-ce que tu pensais que c'était?

Elle semble soulagée. En effet, nous nous ressemblons sur ce point: pas de pathos. Mais elle, c'est la comédienne de la famille. Ma mère me dit que petite (ma mère est son aînée d'un an, mais Raymonde s'est toujours conduite comme si c'était elle, la sœur aînée) elle faisait déjà ce qu'elle voulait des gens. Pas en trépignant comme font les enfants gâtés. Elle organisait tout un spectacle et finissait par arracher le oui qu'elle voulait. On savait qu'elle jouait, mais elle était irrésistible. Elle changeait de voix, faisait toutes sortes de personnages. Et c'était un théâtre ancré dans la vie quotidienne. La pièce était pensée (elle n'écrivait pas) pour un seul spectateur: mon grand-père. Un homme intraitable. Il n'y a qu'elle qui pouvait l'amadouer. Il finissait toujours par flancher, et elle s'en allait avec cet air de princesse bantoue. Suivie de ma mère, sa sœur aînée, qui la talonnait comme une cadette. Tante Raymonde m'a dit une fois: «Chaque famille a un chef, et c'est moi le chef de cette famille.» C'est vrai qu'elle avait un caractère de dictateur. Il fallait faire exactement ce qu'elle voulait.

— Viens plus près, toi, me dit-elle sur un ton rude. Tu peux t'asseoir sur le lit...

— Je ne veux pas prendre le risque de débrancher quelque chose, tante Raymonde...

— Cela fait près de trente ans que je travaille ici, je sais que ces fils ne servent à rien... C'est pour calmer la famille du malade. Dès qu'on s'est assuré qu'il n'y a plus aucun visiteur dans les chambres, on détache tout, souvent au grand soulagement du malade.

— Et les parents qui dorment à l'hôpital?

— On leur fait signer un papier pour qu'ils ne révèlent rien de ce qu'ils ont vu durant la nuit...

— Qu'est-ce qu'ils ont vu?

Son petit rire enfantin qui vous prend toujours par surprise.

— Je ne peux pas le dire... Ici, c'est pire que chez les francs-maçons...

Une telle énergie désarme. J'ai vu son médecin dernièrement. Le docteur Desgranges (il est aussi de Petit-Goâve) semblait un peu plus inquiet cette fois. « Certaines fois, me dit-il, je me demande qui est le médecin dans cette histoire. Raymonde fait les questions et les réponses. »

— J'ai vu dernièrement le docteur Desgranges, lui dis-je.

— Celui-là, je l'ai vu naître... On habitait la rue Lamarre, et les Desgranges étaient rue Saint-Paul, pas loin de chez Nissage David. Ma sœur travaillait juste à côté, à la bibliothèque de Petit-Goâve. Des fois, j'allais la voir là-bas. Le docteur Desgranges, qui était encore un enfant, jouait presque nu sur la galerie voisine, avec son pending-pendang (un petit nom pour le pénis) hors de sa cage...

— Écoute, tante Raymonde, je ne comprends pas ce que tu dis... Peut-être que je devrais appeler un médecin?

– Je ne délire pas du tout… Je t'expliquais pourquoi je ne peux pas prendre au sérieux quelqu'un dont j'ai déjà vu le pending-pendang…

– Alors pourquoi l'avoir choisi comme médecin?

De nouveau le petit sourire moqueur.

– Si je comprends bien, tante Raymonde, tu as choisi celui-là pour qu'il ne puisse jamais avoir d'autorité sur toi.

– Je me débrouille très bien toute seule… Je connais parfaitement mon corps. Tu veux que je te dise pourquoi? C'est parce qu'il me rappelle Petit-Goâve… Tu sais que tout le monde n'est pas intéressé à vivre au-delà de ce qu'il peut vivre. Quant à moi, je ne suis assise sur aucune fortune qui m'empêcherait de partir allègrement… Je comprends qu'on puisse soigner les gens, et surtout les empêcher de souffrir, mais si la science médicale a fait tant de progrès, c'est parce que les riches veulent simplement jouir de leur fortune le plus longtemps possible… Comme je n'ai aucune richesse, alors *ciao*…

Pour tante Raymonde, mourir, c'est retourner vivre dans son enfance. Petit-Goâve reste son unique centre, mais elle rayonne ici sur un territoire beaucoup plus vaste. Elle rencontre à l'hôpital des gens de toutes les nationalités, de toutes les couches sociales, et surtout de toutes les tendances politiques, Miami étant ce carrefour où débarquent chaque jour des gens de la Caraïbe et de l'Amérique latine. Tante Raymonde pratique ce qu'elle appelle l'«amitié immédiate», c'est-à-dire qu'elle est capable de reconnaître tout de suite un ami.

– J'ai le nez pour cela.

– L'ami, donc, a une odeur particulière?

Tante Raymonde, elle, ne devient pas votre amie, elle s'empare de vous. À partir de ce moment-là, elle va donner son avis sur chaque détail de votre vie. Au début, on est plutôt flatté de susciter un tel intérêt. Mais tante Raymonde va jusqu'à changer votre nom. Elle n'accepte rien de ce qui s'est passé avant son arrivée dans votre vie. Il faut tout reprendre à zéro. La proposition, c'est que vous n'avez plus rien à faire, elle s'occupe de votre vie de A à Z. Et ce qui m'étonne, chaque fois, c'est que les gens se laissent faire. Il faut dire qu'elle sait choisir ses victimes. Je crois être le seul à pouvoir lui tenir tête. Je n'ai qu'à lui rappeler que c'est elle qui m'a toujours dit de ne laisser personne diriger ma vie. Alors elle sourit. C'est un dictateur qui a tout de même de l'humour. Son bref et sec éclat de rire, quand elle se retrouve à court d'arguments, plaide pour sa cause.

*

L'infirmière vient d'entrer et reconnaît tante Raymonde.
– Qu'est-ce que vous faites là ?
– Quand je ne soigne pas, c'est que je suis malade... Comme tu vois, je ne peux pas me passer de l'hôpital...
– Vous êtes plutôt fatiguée. Vous avez trop fait. Je vous l'ai toujours dit. C'est du repos qu'il vous...
– J'aurai tout le temps de me reposer dans ma tombe.
– Vous devriez aller chez vous... Vous nous parlez tout le temps de ce village...
– Petit-Goâve, je fais.
– C'est ça... Pourquoi vous n'iriez pas faire un tour là-bas ?...
– Merci, ma fille... C'est ce que je dis toujours au malade condamné...
L'infirmière devient toute rouge.
– Arrête-moi ça... C'est mon neveu...
– Celui qui est écrivain ? Elle parle sans cesse de vous...
– Tu vas lui faire croire qu'il est important...
– Reposez-vous, Raymonde... Il ne faut pas qu'elle s'agite trop... Je reviendrai plus tard.
L'infirmière s'en va.

*

Tante Raymonde éclate de rire.

– Tu as vu, elle n'a même pas pris mon pouls. Elle a dû trouver son diplôme dans une boîte de chocolats, hein! Cet hôpital n'était pas comme ça avant. Après que tous ces réfugiés sont arrivés ici, personnel infirmier comme malades, et que les médecins blancs ont quitté la région pour des villes plus au nord, l'État de la Floride n'a plus donné un sou à Jackson. C'était un très grand hôpital quand j'ai commencé à travailler ici. Des gens très riches venaient de partout se faire soigner à Jackson. Les vrais riches vous félicitent quand ils estiment que vous avez fait un bon travail. Et en quittant l'hôpital, ils vous laissent toujours un petit cadeau avec une belle lettre de remerciement qui sera classée dans votre dossier. Mais les pauvres, ah! ils vous traitent comme si vous étiez leur domestique. Ma famille n'était pas riche, et pourtant mon père m'a toujours appris à respecter tout le monde. Mais ces gens-là, ce sont des animaux…

– Il faut les comprendre, tante Raymonde, on les a toujours traités ainsi…

– Je ne fais pas de politique, moi. Ce sont les politiciens qui doivent toujours dire du bien des pauvres. Je n'ai aucun respect pour quiconque se comporte mal avec les autres…

– C'est facile pour les riches de faire de petits cadeaux, ça ne leur coûte rien…

– Je ne leur demande rien… Juste de dire «bonjour» avant de vous adresser la parole et «merci» quand vous avez soulagé leur douleur… C'est ce qu'il faut faire quand on vit en société, que l'on soit pauvre ou riche… Et les gens aiment quand on apprécie leur travail. Tout cela, c'est la faute des politiciens, ils ont raconté tellement de mensonges à ces pauvres réfugiés. Ils leur ont fait croire que tout ici est à eux. Le service public avec tout le personnel. J'ai vu dernièrement, à la télé, un politicien qui gueulait aux réfugiés : « Ce pays est à vous. » (Elle éclate de rire. L'infirmière arrive tout de suite et lui jette un regard courroucé qui n'intimide nullement tante Raymonde.) Et ces pauvres gens le croient. Il ne leur a pas dit : « J'ai du travail pour vous. » Non, il a trop peur de se retrouver avec une foule le lendemain devant son bureau. Il a préféré leur offrir ce qu'il n'a pas : tout un pays. Voilà pourquoi ces gens se conduisent en propriétaires quand ils viennent à Jackson. Mais les infirmières, c'est pas mieux non plus... La même mentalité...

— Tante Raymonde, tu devrais te reposer au lieu de t'énerver ainsi...

Elle sourit.

— Ce que tu ne comprends pas, et que mon médecin ne comprend pas non plus, c'est que c'est cela qui me tient en vie. J'ai passé toute ma vie à m'intéresser à tout. Tu sais, un pays pour moi, c'est tout ce que je vois. Je ne sais pas ce qui se passe ailleurs pendant que je suis ici, mais ce qui se passe sous mes yeux me regarde. Et personne ne m'empêchera de m'en mêler, pas même l'État. Moi, Raymonde, il faudra me mettre en prison pour me faire rester à ma place...

— Oh ! non, tante Raymonde, aucun État ne tombera dans un tel piège... Si tu entrais dans n'importe quelle prison, même là où se trouvent les pires criminels, je sais que ça ne te prendrait pas un mois pour réorganiser tout le système pénitentiaire américain...

Encore ce sourire désarmant.

— Tu crois cela ?

— Absolument.

— Eh bien, tu as raison... Ce qu'on appelle les pires criminels, ce sont souvent des enfants perdus... Ce qu'ils demandent, c'est qu'on ne leur raconte pas d'histoire... Tu comprends ?

— Je parle des tueurs en série, tante Raymonde...

— On ne tue qu'une fois. Les autres fois, c'est pour masquer le premier crime. Je ne m'occupe pas de cela, c'est à l'État de s'occuper de cela. Ce que je sais, c'est que personne ne reste en cage sans devenir un criminel. J'ai été voir quelqu'un en prison une fois, et il m'a fait goûter ce qu'on lui donne à manger chaque jour. Je tuerais pour moins que cela. Je suis sûre qu'une bonne cuisinière pourrait améliorer l'ambiance dans une prison. C'est que tout le monde s'occupe de les punir. Chacun son travail. Le travail de tout personnel, dans un hôpital comme dans une prison, c'est de rendre le plus agréable possible la vie de ceux qu'on vous paie pour soigner...

— S'il y a trop de confort, tante Raymonde, ils ne voudront plus quitter la prison.

— Tu as raison sur ce point... Je me sens un peu fatiguée... Tu peux rester, j'ai juste besoin de faire le vide un moment. J'ai l'impression que ma tête est remplie de choses inutiles...

Et elle tombe de sommeil comme une pierre au fond de la rivière. L'infirmière arrive au même moment et, avec beaucoup de douceur, lui arrange la tête sur l'oreiller.

— C'est notre ange protecteur, ici, me dit l'infirmière. Vous ne savez pas que c'est grâce à elle que je suis encore ici. Quand on a voulu me renvoyer pour une faute professionnelle, elle s'est présentée devant le conseil pour dire que c'était elle qui avait fait l'erreur... L'administration a un peu peur d'elle...

— Ça ne vous énerve pas trop qu'elle soit tout le temps en train de râler...

— Non, on sait qu'elle est comme ça et qu'on ne pourra pas la changer... C'est une bonne personne, sauf qu'elle a un petit côté un peu acariâtre...

— Vous appelez ça «un petit côté»?

— Des fois, elle nous avertit… Elle lance en arrivant : « Je suis en panthère aujourd'hui. » Alors on essaie de ne pas se trouver sur son chemin… Faut dire qu'elle arrive toujours la première au travail et ne repart qu'après tout le monde… Elle a l'habitude de dire : « C'est moi votre général. Ici, c'est l'armée, et je veux qu'on m'obéisse. »

— Vous ne pouvez pas accepter cela…

Elle sourit tristement.

— Ce n'est pas un général qui reste à l'arrière. Elle couvre tout le monde. Des fois, on ne se sent pas trop bien, elle vous intime alors l'ordre de rentrer chez vous, et vous remplace, sans le signaler à l'administration. C'est un général qui travaille plus que tout le monde. Elle connaît les problèmes familiaux de chaque personne, employés comme patrons. Et elle cherche et trouve toujours une solution. Des fois, elle a des problèmes avec le syndicat parce qu'elle dit toujours qu'elle travaille « avec des gens pour soigner d'autres gens, un point c'est tout ». Elle ne reconnaît aucune distinction entre patrons et employés… Je n'arrive pas à voir « le général » couché dans un lit.

Elle éclate en sanglots.

— Excusez-moi… Je reviendrai plus tard.

*

Le téléphone se met à vibrer. J'ai peur que la sonnerie ne réveille tante Raymonde. C'est sa fille qui vit à Seattle. Tante Raymonde a deux filles (Derly et Sandy) et un fils (Mike).

— C'est toi, maman ? Comment vas-tu ?

— Non, c'est moi…

— Oh, Vieux Os… C'est toi ! Je suis contente de savoir que tu es là.

— Je suis content de t'entendre, Derly.

— Tu vois ce qui est arrivé à ta tante chérie! Je lui ai dit d'arrêter un peu, mais elle repousse chaque année la date de sa retraite. Et surtout, elle ne prend pas ses médicaments. Elle les prend quand elle veut. Tout doit lui obéir, même la science. Là, je suis en train de me battre avec elle parce qu'elle a fait son propre diagnostic. Et ce n'est pas par peur de mourir, mais elle choisit de quelle maladie elle doit mourir. Et c'est ainsi pour tout. Tu sais pourquoi j'ai mis un si grand espace entre elle et moi. Cela me coûte une fortune pour venir la voir, mais je préfère cela plutôt que de vivre dans la même ville qu'elle.

— C'est quand même ta mère...

— Tu sais, quand j'étais enfant, j'ai lu un livre étrange dont j'oublie le titre et le nom de l'auteur, ne me juge pas, tu ne peux pas savoir depuis quand je n'ai pas ouvert un livre, ce livre racontait l'histoire d'un homme qui avait deux personnalités qu'il ne parvenait pas à contrôler: une qui faisait le bien et l'autre qui ne savait faire que le mal. C'est ma mère. Elle aime construire, mais elle peut aussi détruire. Ah, si je n'avais pas filé de Miami, elle m'aurait détruite. À commencer par mon mariage. C'est la première fois de ma vie que je lui ai tenu tête. Parce que j'ai épousé un homme que j'avais moi-même rencontré, elle a tout fait pour détruire mon mariage. Elle n'a rien contre mon mari, et je crois même qu'elle l'aime bien, mais ce n'était pas elle qui me l'avait présenté. C'était moi qui l'avais trouvé, et c'est une chose qu'elle ne pouvait pas tolérer.

— Ah bon, c'est ce qu'elle pense..., dit tante Raymonde d'une voix endormie.

— Qu'est-ce qu'il y a, tante Raymonde? Tu as fait un cauchemar?

— Je ne demande qu'une chose à Dieu, c'est de protéger la sérénité de ma fille. J'ai tant prié pour que son mariage dure... Dieu m'est témoin que je n'ai voulu que du bien pour ma famille. Depuis que je suis arrivée ici, à Miami, tout ce que j'ai fait, je l'ai fait pour ma famille. J'ai fait venir à Miami mes enfants, je me suis occupée de ma mère et de mes sœurs en Haïti. Et là, maintenant, je suis à la fin de mon voyage. Je dois comparaître devant mon créateur. Lui, il me jugera…

Au téléphone, Derly reprend :

— Tu vois, elle m'a entendue… Je te l'ai dit, c'est une sorcière. Et quand je parle, elle met son oreille bionique. Ma mère est la personne qui m'est le plus chère au monde, et tout ce qu'elle dit à propos de son sacrifice est vrai, mais il y a l'autre versant… Peut-être même qu'elle n'est pas au courant de ce que fait l'autre… Quand j'ai eu ma fille, ma mère a voulu m'aider avec la petite. Au bout d'un mois, j'ai commencé à sentir qu'elle était venue dans le but de me prendre l'enfant. Elle le gardait toujours dans ses bras, et, naturellement, l'enfant s'était habitué à son odeur. J'avais un rituel, quand je revenais de travailler : je mangeais, ensuite je prenais une bonne douche et j'allais après chercher le bébé. Eh bien, elle s'arrangeait toujours pour avoir quelque chose à faire avec le bébé juste au moment où j'entrais dans la chambre.

— J'ai trois enfants, marmonne tante Raymonde, alors pourquoi je voudrais lui prendre le sien ? J'ai appris durant cette vie que la main qui fait le bien finira toujours par se faire mordre…

— Je sais quand tout s'est détraqué. Mon père voyait à l'époque une autre femme, une certaine Mercedes. Ma mère l'a su par une voisine. C'est ça, je crois, qui a gâté son caractère. C'est depuis ce moment-là qu'elle a perdu le pouvoir sur elle-même… J'étais une enfant à l'époque, mais très intuitive…

Je regarde le visage tendu de tante Raymonde.

— Elle a cherché à reconquérir son mari. C'était devenu son obsession. Elle a commencé par tout changer dans la maison : les rideaux, la disposition des meubles. Elle a acheté de nouveaux draps. Elle a appris à faire la cuisine. C'est que, jusque-là, elle s'occupait de tout le monde, sauf de son foyer. Mais c'était trop tard…

Tante Raymonde garde les lèvres serrées. Elle doit souffrir. Moralement et physiquement. Sa fille poursuit :

— J'ai eu des complications durant l'accouchement, et le docteur a voulu que je reste quelques jours à l'hôpital. Elle s'est arrangée pour gâter totalement mon mari. Un homme, ça prend très vite des habitudes. Elle lui servait son petit-déjeuner au lit et faisait ses quatre volontés. Mon mari est d'origine asiatique, il est habitué à être traité comme un dieu. Cela m'avait pris un an pour lui faire comprendre que c'est moi la princesse. Ma mère avait détruit tout cela en huit jours. Dès que j'ai mis le pied dans la maison, j'ai senti que je n'étais plus chez moi. Mon mari n'arrêtait pas de me reprocher ma froideur envers une mère aussi dévouée. Je connais ma mère, je savais que c'était l'Autre qui avait pris le contrôle de son cerveau. Quand elle veut tant répandre le bonheur, quand elle chante sans arrêt, quand elle vous couvre de cadeaux, c'est l'Autre qui essaie de vous dorer la pilule. Je lui ai parlé, elle a fait ses valises et est partie le lendemain. Mon mari ne m'a pas adressé la parole pendant huit jours. J'étais seule avec bébé. Je pleurais sans arrêt. Un matin, mon mari m'a dit qu'il avait fait un rêve étrange et qu'après ce rêve il avait compris que j'avais raison. Il n'arrive pas à savoir pourquoi, mais il le sent. Comme il est très pieux, il m'a dit qu'il allait beaucoup prier pour ma mère.

Le rire sardonique de tante Raymonde.

— C'est bizarre… On voit toujours la poutre dans l'œil de l'autre… Elle ne t'a pas dit qu'elle est exactement comme moi. On a le même tempérament tout simplement. Nous sommes toutes les deux cyclothymiques. Quand on vit quelque chose de fort et qu'on est soit très contente ou très triste, tout se détracte en nous. Et on passe de la joie à la tristesse sans pouvoir se contrôler. On a les nerfs fragiles, elle et moi. Déjà bébé, elle était comme ça. J'ai vu tous les neurologues de Port-au-Prince et personne n'a rien pu faire. J'étais désespérée. Je connaissais mon problème et je ne voulais pas que ma fille vive un tel enfer. Tout se voile de noir tout d'un coup. Toutes les fenêtres se ferment. Plus d'issue. On tombe dans un cauchemar, mais c'est la vie réelle. Il faut attendre que ça passe, ça peut prendre deux, quatre, huit jours. Des fois, je me dis que c'est fini, que ça ne passera pas cette fois. Je chante tout le temps pour que mes proches ne puissent voir dans quel enfer je vis. Et puis, tout d'un coup, ça s'évapore. C'est comme si on vous avait enlevé tout le poison qu'il y avait dans votre sang. Les choses reprennent leurs couleurs naturelles. La vie vous sourit de nouveau.

— Vous devriez toutes les deux consulter un psychologue.

— Je vais te dire une chose, Vieux Os... J'ai toujours été comme ça. Si jamais on réussissait à me guérir, c'est-à-dire si on parvenait à m'amputer de cet aspect de ma personnalité, j'aurais l'impression d'avoir perdu une moitié de moi-même...

— Je ne peux pas croire ça, tante Raymonde... Toi, une infirmière, qui fais l'apologie de la maladie...

— Tu sais, il y a des choses en nous qui ne sont qu'à nous... Si on cherchait à tout régler comme ça, il n'y aurait pas d'artistes...

— Tu vois comment elle est, me dit sa fille au téléphone, elle préfère détruire notre vie plutôt que de se faire soigner... Tu ne peux pas savoir combien de fois je lui ai demandé d'aller voir un psychologue...

— Et elle! Pourquoi n'y va-t-elle pas? Étant plus jeune, elle a plus de chances que moi...

— Tu vois quel genre de personne est ma mère: pour éviter de faire face à son problème, elle essaie maintenant de me faire passer pour une folle...

— Vous savez une chose (je parle aux deux maintenant), je n'ai jamais vu deux personnes aussi semblables que vous...

— C'est ma mère!

— C'est ma fille!

Elles éclatent de rire en même temps.

*

Tante Ninine est arrivée vers minuit. Après son travail, elle était passée se changer à la maison. On s'embrasse. C'est la plus jeune de mes tantes. Elle va ensuite embrasser sa sœur.

— Ninine, tu as mis une belle robe...

— Je savais que ça allait te plaire... Raymonde, c'est mon miroir...

Tante Raymonde sourit.

— Tu as mangé? demande tante Raymonde.

— Oui, j'ai pris quelque chose...

— Ninine ne mange pas si ce n'est pas moi qui fais à manger, dit-elle fièrement.

Tante Raymonde travaille toute la semaine à l'hôpital. Les week-ends, elle s'occupe de sa famille. Elle passe son samedi au marché et son dimanche à préparer à manger. C'est une bonne cuisinière, sauf qu'elle a tendance à en faire trop. Si vous lui dites que vous aimez bien (remarquez le «bien») les épinards, elle vous en servira une tonne la prochaine fois. Elle n'a jamais eu le sens de la mesure. Alors on n'ose pas trop lui dire qu'on aime telle ou telle chose. Elle fait de grandes chaudières de nourriture. Et c'est ce qu'on mange durant toute la semaine. Moi, je ne passe la voir qu'une fois par semaine. Si je saute une semaine, elle me garde le plat de la semaine précédente («Pensant que tu allais venir la semaine dernière, j'avais préparé ton plat favori. – Oh, comme c'est dommage! je dis hypocritement. – Ne t'inquiète pas, je t'en ai mis de côté.»), et j'ai ainsi droit à deux rations: celle de la semaine précédente et celle de la semaine en cours. Il m'est déjà arrivé de passer deux mois sans la visiter. Dans ce cas, je lui apporte un petit cadeau exotique, un truc que j'achète durant mes voyages. Elle aime ce qui vient de loin. Elle aurait fait une grande voyageuse.

– Si j'arrive si tard, c'est parce que nous avions des clients difficiles, dit tante Ninine (elle travaille dans un magasin de souvenirs à l'aéroport)… Un couple en transit qui n'arrivait pas à décider quoi acheter pour ses enfants. Ils étaient séparés, mais ils sont revenus ensemble pour les enfants. Pour essayer de se rabibocher, ils ont fait ce petit voyage en Europe. Cela ne s'est pas bien passé.

– Un voyage, dit tante Raymonde, ce n'est jamais recommandé dans ce cas-là…

– C'est tout à fait vrai… Là, ils rentraient de voyage, et j'ai assisté à leur dernière engueulade. Comme ils achetaient beaucoup, j'ai dû tout boire jusqu'à la lie. J'avais envie de les étrangler à la fin… Ça fait un moment que je ne t'ai pas vu, toi…

– J'étais passé à la boutique dernièrement en allant à Montréal, mais tu étais au lunch…

– Et moi qui ne mange jamais le midi… Il a fallu que tu passes à ce moment-là. Tu m'as l'air fatigué…

– Pourtant je ne fais rien…

– Tu écris, dit tante Raymonde, tu ne peux pas dire que ce n'est rien…

– Ah bon, tante Raymonde, je croyais que je ne faisais que raconter des mensonges…

– Oui (rires), mais je dois admettre que tu m'as fait rire quelquefois.

– Je n'espère rien de plus…

– Moi, dit tante Ninine, je n'arrive pas à lire tes livres parce qu'ils me rendent trop tristes. Tu parles d'un temps qui ne reviendra plus… Dans tes livres, on est tous ensemble. Alors qu'aujourd'hui, on est éparpillés comme des graines emportées par le vent. Hier encore, tu étais tout petit, et on s'occupait de toi…

— Je n'ai jamais vu un tel chenapan…, dit tante Raymonde en souriant. Tu étais chétif, mais tu avais une telle force de caractère. Tu te souviens, Ninine?

— Et comment!

— Il avait tout juste cinq ans. Je l'ai mis au coin… Et je lui ai dit: «Tu ne dois pas bouger»… Il s'est mis à danser sur place en disant: «Je veux bouger, je veux bouger.» J'ai tellement ri, ce jour-là. Même Marie a trouvé ça drôle.

— Vous vous souvenez de ces filles qui habitaient en face de chez nous, sur l'avenue Bouzon? je lance.

— Quelles filles? demande tante Ninine.

— Bien sûr que je m'en souviens, répond tante Raymonde en me faisant un lascif clin d'œil. Ninine, tu ne peux pas avoir oublié ces filles qui habitaient de l'autre côté de la rue. Il y en avait une qui était vraiment belle, c'était la maîtresse de ce jeune ministre…

— Ah! oui, je m'en souviens maintenant… On le cherchait partout. Marie pensait devenir folle, alors qu'il était en face. Il nous a donné des sueurs froides, lui. Il avait passé tout le week-end là-bas…

— Et il n'a jamais voulu dire pourquoi il était allé se cacher chez cette fille.

— Elles étaient plusieurs, Raymonde… Je n'oublierai jamais ce week-end. On a visité tous les hôpitaux, les prisons… Il y avait cet homme affreux qui me faisait la cour. Comme je détestais ce type! Je me cachais toujours quand il venait me voir. Il avait mauvaise haleine. Comme il connaissait tous les tontons macoutes, Marie m'avait ordonné d'aller le rencontrer. Je n'avais jamais vu Marie ainsi. On est allées le réveiller en pleine nuit. Il ne comprenait rien de ce qu'on lui racontait. Quand il a su qu'il avait une chance avec moi s'il te trouvait (et Marie qui me pinçait tout le temps pour que je lui sourie), il a filé comme un éclair à ta recherche, Vieux Os. Il savait qu'il pourrait au moins me tenir la main s'il arrivait à te trouver. J'étais bien embarrassée, mais tu valais un tel sacrifice. Il a fait le tour de toutes les prisons, il a mis tous ses amis à contribution. Si tu l'avais vu quand il a été obligé de venir nous dire qu'il ne t'avait pas trouvé. Je n'ai jamais vu un homme aussi défait. On ne l'a plus revu pendant un moment (il passait avant dix à quinze fois par jour devant la maison), et deux semaines plus tard, le voilà qui s'amène. Je me suis cachée et j'ai entendu Raymonde lui dire qu'il ne pouvait plus venir dans cette maison, car j'étais maintenant fiancée avec l'homme qui t'avait trouvé. Seule Raymonde pouvait penser à une chose pareille. Immédiatement, il a voulu savoir qui t'avait arrêté, dans quel cachot tu te trouvais... Raymonde a simplement dit que cet homme était un héros et qu'il allait m'épouser. On ne l'a plus jamais revu par la suite...

— C'est une vraie fable, je fais.

— Sais-tu ce qu'elles sont devenues, ces filles? me demande tante Ninine.

— Je ne sais pas vraiment... Miki m'a appelé dernièrement...

— Miki, dit tante Raymonde à tante Ninine, c'est celle qui avait tellement de manières... élégante... très sympathique aussi...

— Je n'ai pas de nouvelles des autres, sauf qu'il y en a une qui vient de publier un livre.

— Comment ça, un livre? Ces filles ne s'intéressaient qu'à danser, si je me souviens bien, lance tante Raymonde sur un ton guilleret.

— C'est qu'on ne les connaissait pas bien..., remarque judicieusement tante Ninine.

— Je dois partir…, dis-je.

Je les embrasse. Tante Raymonde me tire fermement vers elle.

— Je sais ce qui s'est passé dans cette maison… Cette fille t'a déniaisé, hein ?… C'est normal, tu faisais ta puberté et elles étaient si vivantes, si jolies. Je trouve que tu es vraiment chanceux. Marie était fâchée, mais Marie ne sait rien de la vie.

Sur la route, je me suis mis à penser à ma mère qui a passé, à cette époque, le pire week-end de sa vie.

*

Deux semaines plus tard. Le téléphone sonne au milieu de la nuit.

— Raymonde est morte, il y a une heure, me dit brutalement tante Ninine.

— Tu es où ?

— Toujours à l'hôpital.

— D'accord, je viens.

— Non, on se verra demain matin… J'ai mille choses à faire… Il faut que j'appelle Haïti.

— Laisse-moi parler à ma mère… Repose-toi un peu…

— Je ne pourrai pas me reposer… Tu sais : immédiatement après sa mort, son visage est devenu lisse comme la peau d'un bébé. C'est comme si toute la fatigue de la vie s'était retirée d'elle… Oh, je tombe vraiment de sommeil.

— Va dormir, on leur annoncera cela demain matin… Comme ça, elle sera vivante, cette nuit encore, pour beaucoup de gens.

— La nouvelle de la mort de Raymonde ne nous appartient pas, Vieux Os.

— Je crois que ce délai aurait plu à tante Raymonde. Elle est morte. On dort. C'est comme si rien n'était arrivé pendant quelques heures.

— Raymonde adorait aussi annoncer les mauvaises nouvelles, surtout celles qui arrivent en pleine nuit… Elle pouvait dramatiser encore plus, si c'était possible, la mort.

— Voilà, on parle d'elle… Elle doit aimer ça où qu'elle soit.

— C'est vrai, dit tante Ninine avant de raccrocher.

Je suis allé m'asseoir sur la cuvette des toilettes. Un long moment dans la pénombre. Un verre de rhum à mes pieds. J'entends encore le rire sec et moqueur de Tante Raymonde.

L'interview de *Vibe Magazine*

Le livre de Marie-Michèle, selon *Vogue*, est en train de secouer le milieu de l'édition américaine. Ce mince bouquin, écrit il y a plus de vingt-cinq ans par une jeune écolière de Port-au-Prince, révèle beaucoup plus sur Haïti que tous ces rapports bidon dont la CIA nous bombarde depuis la fin de l'occupation américaine en Haïti (1915-1934), remarque le *Los Angeles Times*. Pour la première fois, nous pouvons pénétrer dans la tête d'une jeune fille de dix-sept ans prise au piège, dans un pays en chute libre, d'une classe sociale aveugle et insensible, signale pour sa part le *Washington Post*. John Updike, dans le *New Yorker*, parle «d'une écriture en dents de scie froidement conçue par un esprit terroriste où des passages plutôt plats alternent avec de formidables montées de colère». Toute la presse (le *New York Times* finalement vers le début de l'été) tresse des lauriers à cette nouvelle romancière. Sauf *The Nation* qui n'y voit «malgré un talent évident, que les états d'âme d'une petite-bourgeoise en mal de conscience politique». Elle fera la couverture du prochain numéro de *Vibe* («Ce n'est pas encore *Time* lui a dit au téléphone son agent, mais c'est quand même bien.»).

Elle attend la journaliste de *Vibe* au salon, près de la fenêtre. La voilà justement qui arrive accompagnée d'un jeune photographe japonais qui fait rapidement une dizaine de photos, presque sans regarder Marie-Michèle, avant de repartir en coup de vent.

Vibe : C'est Sato… Vous inquiétez pas, il est génial, ce type… Je peux enregistrer?

M.-M. : Bien sûr…

Vibe : C'est une longue interview… Vous savez que vous faites notre prochaine couverture?… C'est rare que ce soit un écrivain. On en fait un ou deux par an. Sinon, c'est toujours ces rappeurs qui font suer avec leur enfilade de clichés. Je suis si heureuse que ce soit vous, parce que j'ai a-do-ré votre livre…

M.-M. : Merci…

Vibe : Je ne suis pas très bonne avec ces appareils… Voilà, ça y est… Bon, comment ça va?

M.-M. : Pas mal…

Vibe : C'est jamais facile, le succès, hein?…

M.-M. : Je ne m'en plains pas… Mais je suis d'accord avec la critique de *The Nation*. Je n'étais qu'une petite fille riche qui voulait sortir de son milieu… Les autres, je parle de Marie-Erna et de Choupette, faisaient face, elles, à la dure réalité…

Vibe : Et c'était quoi, cette réalité?

M.-M. : Vous avez raison de me le demander, car malgré toute ma bonne volonté, je n'ai pas prêté une réelle attention à la vie effroyable que menaient ces jeunes filles. Les rares fois que j'ai pu pénétrer dans ce monde si différent de celui d'où je venais, je restais encore obsédée par mon drame personnel. Je faisais ma crise d'adolescence à l'époque, et ma mère était ma première cible…

Vibe : C'est comme ça partout…

M.-M. : En Amérique du Nord et en Europe, oui… Il n'y a que les bourgeois qui peuvent se permettre ce luxe en Haïti. Dans le quartier de Choupette, cette période entre l'enfance et l'âge adulte n'existe pas. Passé douze ans, on est responsable de sa vie… Je suis allée une fois chez Marie-Erna, et au lieu de m'intéresser à ce qui se passait autour de moi, j'ai gaspillé mon temps à fantasmer sur sa grand-mère. Une autre fois, c'était avec cette dame extraordinaire qui vivait, pas loin de chez moi, dans ce bidonville envahi par les moustiques, eh bien, je n'y allais que pour dormir. Je suppose que cela m'évitait de voir la réalité. On n'a pas besoin d'être Freud pour comprendre que je flottais à la surface des choses… Mais peut-on pénétrer l'univers de l'autre ? Est-il possible d'approcher l'autre ? Ce sont des questions qui me taraudent encore.

Vibe : Voilà ! C'est cette sensibilité exacerbée qui fait la force de votre petit livre. Ça sonne vrai. On entend de vraies questions que se pose une vraie jeune fille… C'est ça qui a touché les gens, je crois…

M.-M. : Je n'ai fait qu'essayer de dire ce que je ressentais… La version manuscrite allait plus vite à l'essentiel, mais mon éditeur m'a demandé de la retravailler. Bon, disons que ce n'est qu'un journal personnel… Comme on a voulu en faire un livre, j'ai dû adapter un peu certaines histoires. J'en ai jeté d'autres, que le public nord-américain n'aurait pu comprendre. L'éditeur m'a beaucoup aidée en ce sens…

Vibe (secouant la tête) : Je ne suis pas si sûre de cela…

M.-M. : J'ai essayé de corriger aussi un peu le style, mais je ne suis pas satisfaite du résultat. On dirait, des fois, une dissertation…

Vibe : C'est normal, vous n'aviez que dix-sept ans… Vous passiez plus de temps à rêver et à penser qu'à vivre… J'imagine que vous faisiez des dissertations philosophiques à cet âge…

M.-M. : On ne faisait que cela… La philosophie était le seul moyen pour moi de ne pas devenir folle… Quel merveilleux instrument tout de même pour analyser le monde à dix-sept ans! La vraie raison de ce ton moralisateur qui peut énerver, c'est que je ne suis pas un écrivain…

Vibe: Vous ne pouvez pas dire cela…

M.-M.: Ah oui, je suis sérieuse… Un véritable écrivain, c'est autre chose. Il risque sa vie dans chaque phrase, alors que moi, je ne pense qu'à raconter mon histoire…

Vibe: Vos amies ont-elles lu votre livre?

M.-M.: Choupette et Marie-Erna, je ne crois pas, mais Miki l'a lu, et elle m'a dit que ma façon de voir la vie l'a beaucoup fait rire… Naturellement, elle se moque de ma vision un peu compliquée de la vie. Pour elle, les choses étaient beaucoup plus simples que ce que je raconte. C'est vrai que mes problèmes personnels m'empêchaient de bien analyser les événements. Il faut dire que c'était plutôt ma mère, mon véritable centre d'intérêt à l'époque…

Vibe: Et votre amie de Pétionville?

M.-M.: Steph, elle, elle ne veut plus me parler… Bon, elle est mariée aujourd'hui, elle a quatre enfants. Naturellement, je n'ai pas mis son vrai nom, mais il paraît que des gens l'ont reconnue. Elle fait partie du Cercle. Je ne la juge pas. Je ne juge plus les gens. Quelqu'un qui, comme moi, a fui son pays n'a plus ce droit…

Vibe: Avez-vous remarqué que, depuis le début de cette interview, vous ne faites que vous déprécier…

M.-M.: Ah oui!… Mais c'est la vérité!… Je ne suis pas celle que l'on imagine. Je suis aujourd'hui connue pour avoir partagé la vie de ces filles qui risquaient constamment la mort. Rien ne pouvait m'arriver, à moi. J'étais toujours protégée par mon nom et la fortune de ma famille. Et voilà que maintenant, c'est de moi qu'on parle… Ça ne vous donnerait pas envie de vomir, vous? Moi, si.

Vibe: Revenons à cette époque que vous avez décrite... Vous dites quelque chose d'assez joli: «Les années soixante sont arrivées en Haïti avec dix ans de retard». Car nous sommes en 1971...

M.-M.: Oui... François Duvalier meurt en avril 1971 et son fils, Jean-Claude, le remplace le même jour. Le roi est mort, vive le roi! Comme il n'a que dix-huit ans, on a dû modifier la Constitution pour qu'il puisse prêter serment. Quelle époque absurde! François Duvalier faisait ce qu'il voulait, mais comme c'était au départ un historien, il entendait donner un certain vernis légal à son pouvoir absolu... Vos droits seront bafoués, mais, rassurez-vous, ce sera fait dans les règles, vous voyez le genre?

Vibe: En effet, c'est assez étrange... Ce n'est pas pour rien qu'on l'a comparé au père Ubu... Mais je ne comprends pas encore l'allusion aux années soixante... Pourquoi les années soixante-dix en Haïti ressemblaient-elles à nos années soixante?

M.-M.: Les années soixante, ce sont, pour l'Occident chrétien, les années de la jeunesse, de cette jeunesse qui se donnait pour mission de tout chambarder, qui remettait tout en question: l'amour, la mort, l'argent, la maternité, la beauté, etc. Et c'est la musique qui était le principal moyen d'expression, on se souvient de Woodstock... Cela ne se passait pas différemment à Port-au-Prince, mais dans les années soixante-dix. De jeunes musiciens ont sauté sur la scène, avec un style original, une énergie nouvelle, amenant dans leur sillage ces filles incroyables. Au fond, ce sont ces filles qui ont exigé une nouvelle musique. Comme elles arrivaient en groupe sur la piste de danse, comme elles semblaient n'avoir besoin de personne pour s'amuser, ces jeunes musiciens ont dû créer, pour les satisfaire, une musique plus urbaine, plus agressive, plus inventive que celle de leurs parents. En quelque sorte, ce sont elles qui ont inventé la modernité haïtienne… Dès que je les ai vues, je me suis dit que c'était là que ça se passait, et qu'il fallait que j'y sois…

Vibe: Vous étiez plutôt éprise de Miki?

M.-M. (rires): Disons que j'étais plutôt confuse. J'avais dix-sept ans et je me cherchais. Ma sexualité n'était pas définie… J'en ai parlé plus tard avec Miki, et elle n'en croyait pas ses oreilles. Je pensais qu'elle était attirée par Pasqualine, mais c'était faux. Elle la protégeait simplement. Pasqualine était très fragile à l'époque. Vous voyez: j'avais une vision complètement fausse des rapports entre les gens. Ce n'est que bien plus tard que j'ai compris que mon sentiment pour Miki n'était que de l'admiration. Elle représentait à mes yeux quelque chose de magique, comme un personnage de roman. Je pouvais bien composer d'interminables dissertations philosophiques ou politiques, mais je n'étais pas foutue de faire la différence entre l'amour et l'admiration…

Vibe: Cela vous gêne, aujourd'hui, que l'on pense que vous étiez amoureuse d'une fille dans votre adolescence?

M.-M. (rires): Pas du tout, je vis avec une femme… Elle est enseignante comme moi. On discute de cela, et elle se moque de moi. Elle dit que je suis trop intellectuelle. Pour elle, j'étais tout simplement amoureuse de Miki.

Vibe: Vous parlez souvent du «Cercle»? Au début, je pensais que c'était une sorte de société secrète… C'est quoi au juste?

M.-M.: On peut le voir aussi comme une société secrète… On ferme le Cercle afin qu'aucun corps étranger ne puisse pénétrer le groupe. Naturellement, il faut faire des exceptions si l'on veut éviter l'explosion sociale. On accepte de temps en temps un ou deux nouveaux membres qui viennent de la classe moyenne, souvent des intellectuels… Sa devise est : « Moins on est nombreux, plus grosse sera chaque part du gâteau. » Ce n'est pas le racisme qui est le moteur de cette action, c'est l'argent.

Vibe : Si j'ai bien compris, parce que vous n'êtes pas claire non plus là-dessus, la plupart des gens du Cercle sont des mulâtres… On se demande alors si tous les riches sont mulâtres ou si tous les mulâtres sont forcément riches…

M.-M. : Ni l'un ni l'autre… C'est vrai que beaucoup de mulâtres sont riches. C'est l'héritage colonial. Le mulâtre est le fils du Blanc et de la Négresse. Sa mère n'avait rien, mais son père lui a légué des terres ou au moins un sentiment de supériorité raciale. La grande majorité était noire et pauvre. Même après l'indépendance, les mulâtres devaient toujours veiller à ce que la multitude noire ne les bascule à la mer pour s'emparer de leur fortune. Pour cela, il fallait constamment manipuler la classe politique. Si les dirigeants venaient de la classe moyenne, ce sont les riches qui tiraient les ficelles… C'est assez sommaire comme analyse, car c'est en réalité une histoire beaucoup plus complexe…

Vibe : Les bourgeois étaient-ils protégés, même sous la dictature de Duvalier ?

M.-M. : Comme partout au monde… Les riches ont ce talent, ils savent comment faire de l'argent. Les grands dictateurs ressemblent aux grands artistes : ils n'ont aucun sens de la réalité. Ils passent leur temps à dilapider les fonds publics, oubliant que c'est l'argent qui les maintient au pouvoir. Dès qu'ils n'ont plus la possibilité de distribuer de l'argent, ils se retrouvent en danger. Dans notre quartier, il y avait ce riche industriel, je ne peux pas dire son nom, il était à un moment donné le bailleur de fonds de Duvalier… Faut faire attention qu'il ne vous doive pas trop d'argent, car si le dictateur sent qu'il ne pourra jamais vous rembourser, il s'arrange pour vous faire tuer… Les tontons macoutes savaient aussi d'où venait l'argent, alors ils faisaient attention aux riches et à leurs enfants…

Vibe: Et comment les distinguent-ils du reste de la population?

M.-M.: Les riches sont différents des autres.

Vibe: Vous racontiez souvent à votre mère que vous étiez chez une amie, mais en fait vous étiez ailleurs… Puisque vous êtes une si grande famille, avec des cousins partout, comment se fait-il que vous n'en ayez jamais croisé, pourtant vous étiez souvent à la plage, au restaurant, dans les hôtels, dans tous les lieux de passage?…

M.-M.: Bonne question… Peut-être que ma mère savait et qu'elle m'a laissée faire mes expériences… Vous me poussez là à réviser mon opinion sur ma mère… (rires)

Vibe: L'importance du sexe à l'époque?

M.-M.: Beaucoup plus de fumée que de feu…

Vibe: Ces filles n'étaient donc pas des prostituées comme on pourrait le penser?

M.-M.: Elles voulaient surtout vivre. Les jeunes sont partout pareils: ils veulent s'éclater. C'était aussi une époque très dure. Et elles n'avaient pour tout bien que leur énergie, leur goût de vivre et leur jeunesse…

Vibe: La jeunesse! C'était important?

M.-M.: Elles savaient aussi qu'une nouvelle vague de filles plus jeunes et plus agressives s'apprêtaient, à la moindre faiblesse, à les remplacer…

Vibe: À vous entendre, on comprend mieux le rapport avec les années soixante… Quand on a fini de lire votre livre, la première question qu'on a envie de vous poser, c'est pourquoi avoir attendu plus de vingt-cinq ans pour le publier? Vous étiez quand même consciente que c'était un témoignage important?

M.-M. (rires) : Je ne savais même pas que c'était un livre. Je l'ai fait voir à un ami qui, sans m'en parler, l'a envoyé à des éditeurs. Un jour, je rentre chez moi et je trouve une lettre d'un éditeur me disant de prendre contact, de toute urgence, avec lui. J'étais étonnée. Je l'appelle. Il me félicite chaudement, et ça m'a pris une bonne demi-heure avant de comprendre qu'il parlait de mon journal. Je ne voulais absolument pas le publier pour ne pas heurter ces gens dont j'avais fait des portraits certaines fois peu flatteurs, surtout ma mère...

Vibe : Heureusement que vous avez accepté cette publication... Je dois vous dire que nous avons exactement le même âge... Vous êtes née quel mois ?

M.-M. : Février... Le 10 février...

Vibe : Pas possible ! Pas possible ! *Oh my God !* Moi aussi... J'ai remarqué que vous avez, comme moi, un don pour la digression...

M.-M. (rires) : Vous voulez dire que je suis un peu fofolle... C'est vrai... J'avais l'impression que je n'arriverais jamais à écrire assez vite pour noter toutes mes réflexions, mes émotions... C'est qu'à dix-sept ans tout file si vite... Des fois, je racontais une histoire et je ne pouvais vraiment pas attendre de la terminer pour commencer la suivante... Et pourtant, j'écrivais pour tenter de mettre un peu d'ordre dans ce capharnaüm qu'était mon cerveau à l'époque...

Vibe : On doit vous reconnaître un véritable talent d'observation et beaucoup d'oreille... On a peine à croire, des fois, qu'il s'agit d'une adolescente de dix-sept ans...

M.-M. : Je dois dire que certains passages ont été récrits à la demande de l'éditeur, mais toutes les réflexions sont d'origine... Bon, on me parle de talent d'observation, mais je me trouve parfois insupportable de prétention...

Vibe: Pas du tout… L'adolescente est catégorique, comme tout le monde à cet âge, mais elle est plus cultivée que la grande majorité des gens… Vous lisez encore autant de poésie?…

M.-M.: Oui… Cela m'aide à vivre.

Vibe: Et puis, je reviens à cela, quelle précocité!

M.-M.: Il ne faut pas se laisser prendre… Voyez, je n'ai rien fait après. À l'époque, je me prenais pour Sagan… Mon Dieu! Quelle erreur d'appréciation!

Vibe: Je suis très impressionnée par votre talent d'écrivain, même si vous pensez ne pas en avoir, et j'ai été vraiment surprise par tout ce que nous avons en commun! J'ai pleuré en lisant votre livre. C'était moi, à dix-sept ans. Ce matin, avant de venir faire cette interview, j'avais peur de ne pas être à la hauteur. C'est mon copain qui m'a poussée à venir… Ce ne serait pas trop indiscret de vous demander comment votre mère a reçu votre livre?… C'est aussi ma dernière question.

M.-M.: Elle l'a pris pour un roman.

Vibe: Je vois… Puis-je t'embrasser, Marie-Michèle?

Elles s'embrassent (la journaliste éclate en sanglots).

CET OUVRAGE
COMPOSÉ EN GARAMOND CORPS 13 SUR 15
A ÉTÉ ACHEVÉ D'IMPRIMER
LE QUATRE NOVEMBRE DEUX MILLE QUATRE
SUR LES PRESSES DE TRANSCONTINENTAL
POUR LE COMPTE
DE VLB ÉDITEUR.

IMPRIMÉ AU QUÉBEC (CANADA)